I0761461

Una supuesta escritora puertorriqueña, contemporánea y negra, estudia y escribe sobre una poeta histórica de la isla, Julia de Burgos (1914-1953) y el resultado es una novela doble fascinante sobre la búsqueda de la belleza y la dificultad de conseguirla si provienes de los márgenes sociales. Es un libro que habla de la discriminación, los deseos y los miedos, del fulgor y el furor de la vida, del horror de la vejez, del vínculo entre madres e hijas y, sobre todo, de la dignidad de haber sido consideradas indignas.

ROSA MONTERO, escritora galardonada, con una amplia obra traducida a más de veinte idiomas.

Nuestras ancestras no tienen que haber sido familia, pueden ser mentoras involuntarias para generaciones futuras. Para las artistas, la motivación surge de las obras que nos inspiran, no tienen el peso emocional de vivir las mismas experiencias y privaciones de autoras que nos hablan mucho después de que sus voces han callado en este reino. La vida de Julia de Burgos inspira a la escritora y la empuja a entenderse a sí misma y a encontrar lecciones que la ayudan a lidiar con dificultades y retos. La otra Julia es una canción de una artista a otra, un agradecimiento y celebración de ambas vidas, distintas pero conectadas por el arte. ¡Bravo!

ESMERALDA SANTIAGO, autora de los bestseller *Las madres* y *Cuando era puertorriqueña*, entre otros

Con ternura y verdad, Mayra Santos-Febres traza un paralelo entre dos escritoras: Julia de Burgos, la gran poeta de Puerto Rico, y su biógrafa, un personaje que quizás no sea tan ficcional, dos mujeres negras en una isla "azotada por huracanes, olvido y pobreza" que retan al destino, se sobreponen a las adversidades y saben brillar. Una novela conmovedora y lúcida.

Pilar Quintana, autora de *Los abismos* (Premio Alfaguara) y *La perra* (Premio de Biblioteca de Narrativa Colombiana y finalista del National Book Award) entre otros.

¡Qué *La Charca* ni qué ocho cuartos! *La otra Julia* es la novela puertorriqueña que nos faltaba. Escrita desde el corazón y la mirada de aquellas a las que el proyecto colonial de 'la modernidad' les falló más profundamente: las mujeres negras. Si Julia de Burgos es el alma de Puerto Rico, esta novela es su historia viva, y también la de todas las mujeres caribeñas cuyas vidas ella vaticinó con la suya, destrozadas por las promesas incumplidas del poder. Mayra Santos-Febres nos regala la más personal de sus novelas, una obra profundamente conmovedora, que captura nuestra lucha y nuestra insistencia en la esperanza con belleza, con esas verdades que atraviesan el alma, que no nos dejan olvidar quiénes somos. De dónde vinimos.

Anjanette Delgado, autora de *La clarividente de la Calle Ocho* y *Las bichotas*, entre otros libros y antologías, y conductora y creadora de CaribeFemLit para "Hablemos, Escritoras".

MAYRA SANTOS FEBRES

Narradora y poeta afro-puertorriqueña nacida en Carolina, en la costa noreste de la isla. Ha sido ganadora de las becas internacionales John S. Guggenheim, Ford, Mellon y Rockefeller Foundation, y de premios como el Juan Rulfo, de Radio Francia Internacional; el Letras de Oro, de España; el Premio de Novela del Instituto de Literatura Puertorriqueña y el Premio Primavera de Novela.

Es creadora del Programa de Escritura Creativa de la Universidad de Puerto Rico, así como fundadora y directora del Festival de la Palabra (2009-2018) y del Programa #Quenoseacabenlaspalabras. En 2016 fundó el Colectivo de Mujeres Escritoras Las Ancestras, que ofrece talleres de escritura creativa en cárceles de mujeres, albergues de niñas y adolescentes, y apoya proyectos de memoria y escritura. En el 2023 se convirtió en Investigadora Principal del Centro de Investigación de Estudios en Afrodescendencia y Racialización y Archivo Virtual Afro.

Ha impartido clases en Harvard, Universidad Complutense, Universidad de Houston Rutgers, Baltimore, Universidad Autónoma de Yucatán, entre otras. Sus obras han sido traducidas al inglés, francés, italiano, portugués, coreano y rumano.

LA OTRA JULIA

La grafía utilizada como parte de la textura en la cubierta es la letra manuscrita de Julia de Burgos.

Primera edición: noviembre de 2024

8950 SW 74th Court, Suite 2010
Miami, FL 33156
Vintage Español es una marca de Penguin Random House Grupo Editorial

Impreso en Colombia / *Printed in Colombia*

Información de catalogación de publicaciones disponible en la Biblioteca del Congreso de los Estados Unidos

ISBN: 9798890981165

25 26 27 28 29   10 9 8 7 6 5 4

Mayra Santos-Febres

LA OTRA JULIA

VINTAGE ESPAÑOL

A todas mis madres ancestrales: Petrona Cortijo, hija de africanos; Brígida Canales; Valentina Torres; Gumersinda Ramos, mulata; Paula Bulerín; Magdalena Arroyo; Claudina Ayuso; Crucita Ruiz; Paola González; Juana Vizcarrondo; María Andrade; Pascasia Hernández; Rafaela Rodríguez Hernández; Clemencia Falú;
y a mi madre, Mariana Febres Falú.

Pero sobre todo a ti, Julia.

Pero la dificultad crece más —sean cuales sean al país y la civilización de que se trate— cuando la vida del escritor ha sido tan variada, rica, impetuosa y a veces tan sabiamente calculada como su obra, que tanto en la una como en la otra advertimos los mismos fallos, las mismas marrullerías y las mismas taras, pero también las mismas virtudes y, finalmente, la misma grandeza.(...)Todos tendemos a tener en cuenta, no solamente al escritor, que, por definición, se expresa en sus libros, sino también al individuo, forzosamente difuso, contradictorio y cambiante, oculto aquí, visible allá y, finalmente, quizás, sobre todo al personaje, esa sombra o ese reflejo que el propio individuo (en este caso Mishima) contribuye a presentar a veces, por defensa o por bravata, pero más allá o más acá de los cuales el hombre real ha vivido y ha muerto en ese secreto impenetrable que es el de cualquier vida.

Mishima o la visión del vacío (1985)

MARGUERITE YOURCENAR

Al poner "lo que ocurrió cuando" en crisis y al explotar la "transparencia de las fuentes" como ficciones de la historia, quería hacer visible la producción de vidas desechables (en el comercio de esclavos en el Atlántico y también en la disciplina de la historia), describir "la resistencia del objeto" al menos, al imaginario primero, escuchando los murmullos, juramentos y llantos de la mercancía.

Lose your Mother (2007)
SAIDIYA HARTMAN

PRIMERA PARTE

ÍNTIMA

ANDANDO DE NOCHE SOLA

Era sábado. Los hijos estaban con sus padres. La escritora había ido esa tarde a la Biblioteca Nacional a presentar la biografía de Julia, ese texto que tantas reacciones disímiles provocó desde su aparición.

Hacía ya tres meses que su vida se había convertido en eso: ir de una presentación a otra. Ni con sus propios libros había estado tan expuesta. Presentaba ahora un texto basado en la vida de otra escritora. En esa ficción que era, a su vez, biografía, asumió la voz de Julia Constanza de Burgos García, una de las primeras mujeres en el Caribe en acceder a la categoría de letrada. Julia Constanza de Burgos, su antecesora, la poeta muerta, había pagado por la entrada a ese lugar difuso llamado *Literatura* el precio total.

De Julia de Burgos García se había salvado una grabación en la que recitaba cinco poemas, la colección de cartas a su hermana Consuelo y el diario que escribió estando recluida en el Hospital Mount Sinai,

Bellevue y, finalmente, en el Welfare Island de Nueva York. Se suman a esas cartas, grabaciones y diarios, tres poemarios, algunos poemas sueltos y varios artículos de prensa. La escritora revisó la bibliografía completa, o eso creyó, y el ejercicio le enseñó a reconocer al dedillo el estilo de Julia, esos versos desgarradores que respondían a una sensibilidad tan distinta a la suya.

Habían pasado cien años desde el natalicio de la poeta. En la isla que las vio nacer a ambas cambiaron muchas cosas en ese tiempo, también las sensibilidades. Sin embargo, las coincidencias en sus vidas hacían que a veces, íntimamente hablando, sus diferencias casi no se percibieran. O no, quizás no era eso exactamente. Era como si ambas vivieran conectadas en una especie de reverberación, en una onda de ecos diferidos, de intimidades repetidas.

Hubo veces en que no sabía quién estaba escribiendo escenas de la biografía, si era ella o era Julia. Se dejó llevar por sus manos resbalando sobre el teclado y solo corroboraba los hechos, fechas y exactitudes históricas que podía encontrar. En el centenario de su natalicio y a más de medio siglo de su temprana muerte, Julia era más un mito que una persona. Pero a veces, las visiones de Julia caminando por las calles de San Juan hacia una protesta política, a su casa en la calle Luna o a la cárcel La Princesa se le hacían tan reales que dudaba. ¿Serían revelaciones o sería escritura? ¿La descripción —no exacta, sino más bien íntima— de estas escenas de la vida de Julia provenía tan solo de su imaginación?

Cuando terminó de componer la biografía, la escritora se encontró entre contenta y aliviada. Al principio, pensó que había hecho un buen trabajo, respetuoso, históricamente preciso y con altura creativa. Después, algo incómodo se le despertó por dentro. Ese algo la llamaba a seguir explorando aquella vida tan dolorosa y distinta a la suya, pero a la vez paralela. Sin embargo, ella no tenía tiempo para paralelismos. Había que seguir adelante hacia el próximo trabajo, la próxima obra. Después de todo, la escritora había cumplido con la asignación y ahora debía cobrar la comisión y seguir. Necesitaba el dinero desesperadamente para recuperarse de una pérdida que no osaba nombrar. Además, una escritora como ella nunca debía descansar en los laureles. Era su estilo no dejarse descansar.

Era curioso. En los momentos más intensos de la composición de la biografía, la escritora creyó haber visto un celaje. Pensó que sería lo suficientemente fuerte para perseguir ese celaje y entender finalmente qué era aquello que se le escapaba. El celaje la invitaba a detenerse en Julia; a seguir caminando la isla presentando su libro, pero a estar atenta por si pasaba algo más. ¿Qué secretos de la vida de Julia se le escaparon mientras revisaba bibliografías, leía textos, consultaba fuentes históricas? ¿Existía acaso otra Julia por conocer?

Esa tarde de sábado su presentación sería breve. Dentro de tres horas le tocaba hacer otra en Utuado, a cincuenta minutos de la capital. Le dieron la bienvenida a la Biblioteca Nacional, saludó al público presente, hizo una presentación corta de la biografía de la poeta muerta. Ya la tenía ensayada. Corroboró con el reloj que le había tomado exactamente treinta minutos completar su exposición. Pasaron a tomar preguntas del público. A los quince minutos de diálogo, la directora de la biblioteca, una señora muy atenta, gordita y con acento gringo, dio por terminada la actividad. Agradeció su asistencia a los presentes y anunció que la biografía de Julia estaba a la venta. Fue entonces cuando abriéndose paso entre el público que la felicitaba, poco a poco, casi a tientas, se le acercó una mujer. Tendría como sesenta y ocho años. Quizás tuviese menos edad, pero se veía avejentada. Sin embargo, mientras se acercaba a hablarle un brillo extraño le ocupaba la mirada.

—Mi nombre es Victoria —le susurró al oído—, Victoria Muñoz. Soy la hija de Olivo Muñoz.

La escritora reconoció quién le hablaba de inmediato. Olivo Muñoz fue el último hombre de Julia Constanza de Burgos García, poeta nacida el 17 de febrero de 1914 en los campos del pueblo de San Fernando de las Carolinas, en la isla de Puerto Rico.

Maestra rural, ensayista y poeta, luego de la muerte de la madre en 1939, emigró a Nueva York. Iba persiguiendo al hombre que la inició en su largo peregrinar. Ese hombre no era Rubén Rodríguez Beauchamp, su primer marido, el periodista radial con quien se casó a los diecinueve años. Tampoco era el padre de la mujer que ahora le hablaba en susurros. Ese hombre fue Juan Isidro Jimenes Grullón. Era dominicano de nacimiento e hijo del exsecretario de Estado de la República Dominicana. Julia vivió un intenso y tumultuoso romance con el médico y activista político que duró escasamente tres años. Vivió con él en Nueva York, no exactamente con él, sino en casa de su excuñado José Zacarías Beauchamp, donde se quedaba para guardar las apariencias. Allí, Juan Isidro la visitaba en secreto. Estaba casado y esperando sentencia de divorcio. Luego, lo persiguió a La Habana soportando estrecheces y el rechazo feroz de la insigne familia de su amante. Nunca logró convencerlo de que se casaran. Por eso y por razones que Juan Isidro prefirió callar, el romance acabó abruptamente. Julia abandonó La Habana rumbo a Nueva York a bordo de un vuelo por el que Juan Isidro pagó cuarenta pesos. A los dos años ya estaba enamorada de nuevo. Esta vez sí contrajo matrimonio. El agraciado esposo se llamaba Armando Marín y era contable y músico. La poeta se mudó con él a Washington a rehacer su vida, luego de un breve encuentro con Jimenes Grullón, que fue a buscarla a Nueva York, intentando recuperarla. Julia se negó a intentar la reconciliación. Algo irremediable la convenció de perseguir otras rutas.

También al cabo de dos años abandonó a Armando Marín. Lo dejó solo, mudándose del exilio dentro del exilio que era Washington, como ella comentó en sus cartas. Aquella ciudad quedaba demasiado lejos de la pequeña pero creciente comunidad latina que se iba forjando en Nueva York. Tan pronto regresó a la Gran Manzana, se instaló en casa de una amiga e intentó tomar cursos de periodismo en Columbia University. Mientras tanto, trabajó de costurera en fábricas (*sweat shops*) y como vendedora en tiendas. Gracias a Juan Antonio Corretjer publicó entrevistas, artículos y crónicas en el diario *Pueblos hispanos*. A pesar de todos sus esfuerzos, no logró juntar dinero para continuar estudios en la universidad. Luego de esa etapa conoció y sostuvo un romance con Olivo Muñoz. No se sabe si fue en La Habana, en Washington o en Nueva York cuando se recrudeció su problema con la bebida.

Fue Olivo quien salió a buscarla a las calles, hospitales, estaciones de policía —por todas partes— cuando Julia se perdió por última vez en el laberinto que era el Spanish Harlem. Se iniciaba el mes de julio del año 1953. Olivo llamó al marido oficial de Julia, el callado contable con quien se casó en segundas nupcias una vez que abandonó La Habana, luego de la gran ruptura.

—Ahora sí que Julita no aparece —le anunció Olivo a Armando.

Entonces, salieron los dos, el marido oficial y el último amante, a ver si daban con ella. Julia acababa de salir del hospital de Welfare Island de su último tratamiento de depresión crónica y cirrosis hepática. Esa vez, había estado casi un año recluida en la clínica. La encontraron en la morgue. Identificaba su cuerpo hinchado el número 4009146 bajo el nombre de *Jane Doe, hispana*. La causa de muerte: neumonía. Sin embargo, Julia murió en pleno verano, el 6 de julio de 1953.

¿Qué es lo que esperan?
¿No me llaman?
¿Me han olvidado entre las yerbas
mis camaradas más sencillos
todos los muertos de la tierra?

Julia había escrito esos versos en "Dadme mi número", como si presintiera que así iban a encontrar su cuerpo, identificado por una cifra en una morgue extranjera.

Ahora, la que se le acercaba era la hija de Pucucho, es decir, de Olivo Muñoz, amante de la poeta. La escritora permaneció inmóvil, sin siquiera pestañear. No quería espantar ni una sola de las palabras que aquella señora buscaba depositar en sus oídos.

Tan solo le tomó la mano, como para darle fuerzas mientras hablaba.

—Mi padre y mi madre se divorciaron cuando yo era pequeña, pero eran muy buenos amigos. Yo regresé a Puerto Rico hace años. Antes era de la vida, ahora soy de la religión. Yo conocí a Julia.

Entre susurros, aquella mujer le recitó un poema acerca de un hijo no nacido, pero no era el que ella conocía:

Como naciste para la claridad
te fuiste no nacido.
Te perdiste sereno,
antes de mí,
y cubriste de siglos
la agonía de no verte.

Aquellos otros versos sonaban indiscutiblemente a Julia de Burgos, sin embargo no eran exactamente los del poema publicado. Quizás componían uno de los tantos borradores que se escriben en lo que una encuentra las palabras precisas. Tal vez Victoria le recitaba un borrador de "Poema al hijo que no llega", que se publicó en 1937 en la revista *El Poeta de Hoy*. Sin embargo, Julia conoció a Olivo y, por lo tanto, a su hija, después de 1946, once años después de que fuera publicado el poema. Tal vez los versos que Victoria le declamaba eran una versión reapropiada de su poema al hijo que nunca pudo parir, esa canción a la pena enquistada que cargan tantas mujeres estériles o en pugna con la maternidad como valoración máxima de lo femenino. Aquel poema vivo y cambiante en la memoria de Victoria compartía el mismo tono poético marcado por la melancolía que se comió a Julia, ese neorromanticismo del más puro y duro al cual incorporaba su toque especial. La poeta dejaba que los versos cortaran por respiración propia y no por las reglas de la musicalidad de mediados del siglo pasado. Sus poemas sonaban más a bolero que a poema neorromántico, más a oración interna que a construcción de academia. El poema que le recitaba Victoria Muñoz no figuraba en libro, documento o folio que ella hubiera leído. Habitaba en el cuerpo de Victoria.

La escritora escuchó atentamente cada una de las palabras que le susurró la heredera del poema. El hijo que Julia no parió le daba una pista nueva acerca de su vida oculta, la vida que solo quienes la conocieron le podían contar, una vida que Julia misma no narró en sus cartas ni en sus diarios. En la biografía que acababa de presentar, la escritora declaraba que la gran tragedia que hizo que Julia de Burgos se consumiera en la bebida fue su pobreza material, la misma que le impidió terminar estudios en la Universidad de La Habana o en la de Columbia, montar casa fija, dedicarse a la escritura. Ahora descubría otra probable razón. Julia nunca pudo parirle un hijo a ninguno de sus "maridos". No a Beauchamp, no a Juan Isidro, no a Marín ni a Olivo. Dependió materialmente de todos. Partió tras Juan Isidro a sus veinticuatro años, demasiado joven, demasiado pobre, demasiado grifa. Trabajó en lo que fuera, buscando cumplir la promesa que le hizo a su madre muerta de cuidar de sus hermanos menores.

Juan Isidro, de treinta y seis años, graduado de La Sorbona e hijo de hacendados, tampoco contaba con mucho más que su abolengo. El biólogo e intelectual comunista anduvo también por ahí, empleándose de propagandista médico, de miembro del partido comunista, dando conferencias donde lo invitaran. Solo así pudo sostener a sus padres, también exiliados en La Habana. Y ellos no querían a Julia. Para ellos, la poeta era una cualquiera, una mujer divorciada que andaba suelta por ahí leyendo poemas, involucrándose en mítines políticos, en tertulias literarias, queriendo que su amante la dejara participar junto a Juan Bosch y otros intelectuales caribeños de primer orden en sus conferencias o en la redacción de la Constitución cubana de los años 40, como si ella fuera también un hombre.

La escritora sabía que Julia era una contradicción. No quería endiosarla ni condenarla. Tan solo "transcribir" a la Julia que se definía como "grifa negra", pero rechazó a los negros de Harlem; la que dijo: "Yo quise ser lo que los hombres quisieron que yo fuese/

un intento de vida/ un juego al escondite con mi ser/ pero mi alma estaba hecha de presentes". Sin embargo, esa misma mujer declaró, poema tras poema, que no podía vivir sin que su alma "resonara en desnudo sideral con la del amado". Julia migró de hombre en hombre, de país en país. No se quedó tiempo suficiente con ningún amante, pero, a la vez, sufría porque ninguno quería hacerla su legítima esposa ni podía hacerla madre.

La escritora había querido escribirle otra versión de vida más justa y menos centrada en sus actos de mujer "disipada", "desordenada" y "loca", como son de "locas" todas las mujeres literarias. Ella misma intentó convertirse en una mujer "coherente", y que sus actos y expectativas fluyeran en armonía con esto. Sin embargo, tampoco pudo convivir por mucho tiempo con los hombres. Sobrellevó tres divorcios. Tuvo hijos a destiempo, después de los treinta y nueve años, edad en que Julia ya estaba muerta. Demasiado negra, demasiado pobre, demasiado latina.

—Julia siempre quiso tener hijos, pero no pudo. Una vez me contó, no sé si creerle, ese día andaba medio picá, que fue porque se tuvo que sacar un muchacho después de que se divorció de Rodríguez Beauchamp. Y eso es pecado. Quizás Dios la castigó.

—Yo no sé, Victoria. En aquel tiempo los abortos eran ilegales. Los hacían a lo matapuerco, con cuchillos de cocina, en cuartuchos sucios.

—Usted qué me cuenta, escritora. Eso yo lo sé. Recuérdese que yo era de la vida. Pero busqué de Dios y por eso míreme aquí. Lo que yo pasé no es para que siga viva.

—Ni Julia tampoco.

—Es verdad, Julia sufrió mucho. Siempre andaba triste. Yo creo que fue por lo del hijo.

—Quizás fue por más.

—Todo el mundo dice que fue por lo que le hizo el dominicano. Que si la abandonó, que si la trató mal. Pero yo la conocí. La vi a ella y a mi papá queriéndose. Digo, mi pai no era hijo de próceres, pero era buena persona. Autodidacta. Escribía poemas. Él y Julia se quisieron mucho.

—Cada cual cuenta el cuento a su manera.

—Eso es verdad. Por eso quise recitarle el poema que Julia me dedicó. Es mi gran tesoro. Algunos no creen que yo la haya conocido.

—Yo sí le creo. Mil gracias, Victoria.

—Gracias a usted por oírme. Me avisa cualquier cosa, por si lo quiere incluir en alguna otra versión de la biografía que quiera publicar.

La escritora miró la pantalla del celular de soslayo. Pronto se le haría tarde para partir hacia Utuado a ofrecer su próxima presentación. Debía acortar aquella conversación. Los hijos llegarían a su casa a las seis y media de la tarde, dentro de cuatro horas. Y ella debía estar allí para darles comida, bañarlos, hablar con ellos. Debía llegar puntual para no tener la consabida discusión con los padres. Otra vez tarde, haciendo cosas de escritora. Ellos no estaban allí para facilitarle sus presentaciones. Bastante pagaban en pensión, desatendían sus otros menesteres. Bastante ayudaban con llevárselos los sábados a sus casas, a sus otras vidas rehechas. Nunca funcionaba. Ella no terminaba de convencerse de que el problema era ella que insistía en escribir, viajar, dar conferencias, apartarse del horario de ocho a cinco que observan todas las madres que trabajan y que después corren a buscar a los hijos a la escuela, a atender reuniones escolares, raspazos en rodillas, citas con dentistas, juegos de balompié, proyectos para la clase de ciencias, a cocinar en vez de encerrarse en el cuarto —computadora encendida— a escribir un libro. Debía partir.

A la escritora se le perdió Victoria Muñoz entremedio del público que la fue a escuchar hablar de Julia. A la vez, su voz se quedó vibrándole al oído esa otra historia que ella no acababa de apalabrar.

EL FÉRETRO DEL VIENTO

Era el olor. La acompañaba a todas partes. Nunca se le ocurrió pensar que la piel podrida oliera tanto a fruta. Un olor dulce a carne que se va pudriendo en vida. Por lo menos, así olían las úlceras de decúbito de la Madre.

La rutina le ayudó a encarar el olor. Había que levantarse temprano, a las cinco o seis de la mañana, comer algo, fumarse los tres cigarrillos reglamentarios con el primer café del día. Eran demasiados, lo sabía. No debían ser tantos cafés ni tantos cigarrillos. Se estaba matando. Pero si dejaba de fumar, se le olvidaba respirar. Café era lo único que soportaba en el estómago por las mañanas. Si fumaba y tomaba café, se distraía del dolor en el pecho con que se levantaba todas las mañanas. Aplacaba las náuseas en la boca del estómago y la vergüenza de sentirlas. Encubría el olor dulzón que se le activaba cada mañana con tan solo abrir los ojos y recordar a qué olía la muerte de su madre.

Tazón de café, tres cigarrillos. Partía entonces hacia el hogar de ancianos en que la había recluido. En el camino se fumaba dos cigarrillos más. Ya cuando entraba la noche y no lograba conciliar el sueño, terminaba de fumarse lo que quedaba en la cajetilla.

Llegaba al hogar. Revisaba a la Madre. Que no la tuvieran amarrada a la cama, aunque ya no sabía si esa humillación no era un mal necesario. La Madre yacía tirada en una cama de posiciones con la mandíbula desencajada y la mirada perdida en una inentendible esquina de la pared. Se estaba quedando sin carne, puro hueso. Las piernas eran dos canillitas encogidas en ininterrumpida posición fetal. La hija llegaba al cuarto que a veces olía a orines, a veces a fruta pasada. Buscaba cómo mezclar el suplemento proteínico fortificado con vitaminas y minerales con la papilla que debía darle a la Madre. Echaba la papilla en un tazón junto a la proteína líquida y mezclaba por varios minutos. Vaciaba el engrudo resultante en una jeringuilla gorda y, poco a poco, se la iba echando en la boca a la Madre, que tragaba con dificultad. Una, dos, tres veces. Soportaba el olor dulzón a carne muerta. A veces, sentía que un flujo pastoso pero invisible se le enredaba en las manos, en la ropa. Se le hacía un taco en el pecho, un tumor de presiones en la garganta, pero permanecía atenta a lo que la Madre tragaba, no se le fuera a ahogar, no se le fuera a ir la mezcla por el gaznate equivocado. Ya le había pasado una vez. La

Madre se ahogó con la mezcla y hubo que salir en ambulancia al hospital más cercano. El error le costó una infección en los pulmones y una advertencia de que la próxima vez que pasara le tendrían que hacer una gastrostomía a la "pacientita". Su Madre, la pacientita. Ella, la hija inepta, vivió meses de culpa.

Suerte que el plan médico de la universidad para la que trabajaba cubría esta y otras intervenciones cada vez más agresivas, concentradas en mantener a la Madre viva en lo que terminaba de comérsela el olvido. Suerte que la hija aún no tenía hijos, solo un novio intermitente que se había ido a estudiar a México una vez que la hija comenzó a presionar porque quería casarse, parirse una familia distinta al destrozo que la Madre le heredó. ¿Suerte? Ya no quedaban lugares ni ilusiones fatuas con qué atenuar el destrozo. Solo quedaba cuidar de la Madre y trabajar dando clases, ofreciendo conferencias donde la llamaran, escribiendo. Hacía tiempo que la hija no escribía cosas que no fueran por encargo. Cuidar del olvido de la Madre costaba caro. Suerte que ella sabía escribir. ¿Redactar? ¿Crear? Ya no tenía tiempo para preguntarse la diferencia entre una cosa y otra.

Luego de darle el engrudo a la Madre, la hija procedió a limpiarle la caca acuosa y casi blanca que a veces emitía. Ese era otro gran peligro, que la caca fuera totalmente blanca. Debía tener color. Se lo había explicado el médico: la caca de la Madre debía tener color porque así se comprobaba que su sistema digestivo aún estaba funcionando, que las vitaminas, los suplementos alimenticios, las proteínas, las transfusiones de sangre y los sueros surtían el efecto de retrasar su muerte. No se podía dejar morir a la Madre. Ella no sabía muy bien por qué, pero aquel era el *dictum* que obedecía a ciegas, sin preguntárselo apenas. No se podía dejar morir a la Madre y punto. Ella cumplía lo mejor que podía con la misión.

Quería ser buena hija. Estaba cansada, pero seguía cumpliendo. Su Madre había sido buena madre y ahora le tocaba a ella acompañarla, ir atendiendo su posición fetal en reversa, peleándola hasta que la muerte cobijara a su Madre y se la llevara por la misma grieta oscura por la cual ella, la hija, una vez salió. No lo sabe con certeza, pero en una ocasión, eso sí lo recuerda, vio salir a la Madre de una oscuridad y supo que entre aquellos brazos estaría a salvo. ¿A salvo de qué? No lo sabe a ciencia cierta, pero la hija sabe que una mujer que escribe tiene que cuidarse de muchas cosas y siempre está en peligro. Siempre debe contar con unos brazos que la cobijen. Lo supo por Julia.

También a Julia se le murió temprano la Madre, tempranísimo, más o menos a la misma edad en que la hija ve morir a la suya. Ella, la que escribe, tiene ahora veintiocho años. Julia tendría veinticuatro años cuando Paula García enfermó de cáncer. La poeta salió por la isla entera, de pueblo en pueblo y de casa en casa, a vender su primer poemario. No era para la gloria, ni siquiera para la liberación. Era para comprarle medicinas a la madre. ¿Un poemario? ¿Quién para el 1938 salva a la Madre de cáncer vendiendo un poemario? Pero Julita no tenía otra opción ni otra cosa que vender.

Daba clases en Cedro Arriba. Durante los fines de semana tomaba carros públicos y salía a vender *Poema en veinte surcos* de pueblo en pueblo. Le enviaba giros postales a su hermana Consuelo, que acompañaba a doña Paula a morirse. Ya se había casado y divorciado.

La hija que ahora prepara el agua, las toallitas desechables y un culero nuevo para su madre también se casó y divorció temprano. Julia a los diecinueve años, con un locutor, y ella a los veinticinco años con un antropólogo gringo. El matrimonio les duró a ambas apenas tres años.

Fueron demasiadas tensiones apiñándose una encima de otra. La escritora llegó del extranjero con su doctorado. Se casó. Encontró trabajo a la misma vez que empezó a notar a su madre confundiendo palabras. Decía *tren* en vez de *zapato*. Súbitamente, recibía llamadas de la Madre gritando por el teléfono porque alguien se le había metido en la casa y le quería robar. La hija corría hacia el estacionamiento de la universidad, llegaba a su antigua casa comiéndose la carretera y casi chocando para encontrar a la Madre tranquila, como si nada hubiera ocurrido, viendo la telenovela.

—Mija, ¿qué haces por aquí tan temprano? ¿No tuviste que dar clases hoy?

—¡Pero si me llamaste porque se te metieron en la casa a robarte!

La Madre le contestaba con una mirada abierta, confundida. Luego echaba mano a cualquier excusa, a cualquier cuento que explicara la contradicción.

—Es que escuché unos ruidos. Pero era don Paco que venía a traerme la podadora que le presté la semana pasada.

¿Cómo separar tiempo para llevar a la Madre a todas sus citas médicas, atender sus sobresaltos inexplicables, preparar cuatro clases, atender a su marido, escribir?

La hija sacó de la gaveta un polvo de mandioca que le vendió una naturista para combatir la aparición de las llagas de decúbito. Contra ellas era su nueva batalla. La Madre llevaba dos años encamada. Como no se podía mover, el roce de su piel contra las sábanas le ocasionaba llagas cada vez más profundas que le descubrían el hueso. "Eso se las secará. Mejor que la receta carísima que te prescribió el médico". Y sí, se las secaba. Pero entonces le salían otras y otras. En la espalda, entre las piernas, en las comisuras de las nalgas. La negra caderosa que una vez fue Mariana ya era un campo lleno de minas de carne y hueso expuesto. Olía a piña pasada.

La hija zafó el pañal con el que la Madre había pasado la noche. La Madre comenzó a mugir y agitar las manos, todavía con la mirada perdida en la pared.

—Mami, soy yo.

Sabía muy bien que la Madre no la recordaba. Pero ese era el ritual, su estrategia para soportar el (d)olor.

—Te voy a quitar el pañal. Lo haré muy suavemente. Tranquila. Primero hacia la derecha. No va a doler. Ya verás.

Más mugidos.

—Ahora, te voy a virar hacia mí. Déjame quitarte los vendajes.

Eso era lo peor. Ver piel muerta enredada en caca marrón o blanca, daba igual. La piel se desprendía si ella no lo hacía todo muy suavemente, despacio, aunque se le atravesara el asco en la garganta hasta apretarle el pecho. Hubo veces en que el pañal arrancó carne podrida hasta el músculo. Una vez, cree haber visto la cola de algo agitándose entre los pedazos desgarrados. Sangre a veces, el olor a hierro hundido en la espesura de aquel otro hedor.

Después tocaba bañarla, forzando para que aflojara la testaruda posición fetal en que se habían encogido sus piernas. Al principio pensó que la Madre protegía sus vergüenzas; que la consciencia traspasaba la inconsciencia para guardar el hábito de que las mujeres no abren las piernas nunca porque entre ellas reside su punto más débil, la flor de su peligro. Luego pensó que no, que era reacción involuntaria o quizás un secreto muy antiguo manifestándose en un hábito también muy antiguo. No estaba segura.

Agüita fresca que limpiara el olor a muerte acercándose. Aquel olor a piel desprendida era el anuncio de lo que ya era inminente, pero tenía que batallar. Ella sería buena hija de su Madre, que había sido buena madre. Aquel olvido que la postraba era el resultado de todos los olvidos anteriores que su Madre se tuvo que tragar para que ella pudiera ser quien era ahora. Pero cansaba. Todos los días se levantaba cansada de vivir para la muerte de su Madre. Sin embargo, era su deber. Muchas veces comprobaba que si no lo hacía ella, las enfermeras del asilo no le cambiaban el pañal a tiempo, no le daban su primera papilla hasta después de haber bañado a todos los demás enfermos. Su madre no podía exigir nada. Había perdido el habla hacía dos años. Estaba sola, tirada en aquella cama de posiciones que la hija pagaba con sus salarios de profesora y con lo que lograba vender por ahí en periódicos, revistas, editoriales... La muerte de la Madre costaba un quintal. ¿Más que su vida?

Mucho jabón antibacterial. Mucha agua fresca, que corriera. Luego, la hija secaba el piso con un mapo, no se fuera a resbalar alguna enfermera que entrara de repente y la sorprendiera allí. La enfermera le explicaría de nuevo que no debía estar haciendo eso, que por eso le pagaban a ella, una profesional entrenada para hacer correctamente esos trabajos. La enfermera no se podía hacer responsable de una cura mal hecha porque después el plan no cubriría el costo de los servicios. Mil detalles procesales. Ella no tenía tiempo para discutir los protocolos que se requerían para atender aquella muerte con otra mujer que debía ser su aliada, pero que no lo era; su empleada, pero tampoco; su policía, quizás. No tenía tiempo para nadie ni para nada que no fuera la muerte de su Madre.

Aplicaba los polvos de mandioca en las úlceras que luego cubría con vendajes de gasa ligera. Entonces, le ponía a la Madre el pañal. Peinaba sus escasos rizos canosos. Le untaba crema en la cara y en los labios. Le mojaba la boca con una esponja y agua fresca. La Madre respondía con mugidos a granel. ¿Estaría feliz, más cómoda, aliviada? Ella quería pensar que sí. Se convencía de que se le veía un gesto más liviano.

Había llegado al asilo de ancianos a las seis de la mañana, pero ya eran las siete y media. En media hora debía dar su primera clase. ¿De qué? ¿Cuál era la clase que la hija tenía que dar hoy? ¿Géneros literarios? ¿Historia de la literatura hispanoamericana? Total, se sabía la lección de memoria. Su memoria no podía fallarle todavía.

Recogía la pila de vendajes, pañales usados, aplicadores, algodones, jabón y toallas en una bolsa plástica. Trataba de evadirlo, pero entre toda la basura flotaba el olor aquel a cítrico punzante y dulce que le revolcaba el estómago. Pero ella era buena hija. No podía permitirse pensar en basura, en mierda, en sangre, en iodo pintándole las manos, en polvos de mandioca enredados contra la piel abierta, en gusanos. Su Madre había sido una buena madre y la hija primero moriría antes de dejar de hacer lo que le tocaba. ¿Cómo espantarse el sabor a vómito que le agriaba la base de la boca? Prendería otro cigarrillo. Les diría adiós a las enfermeras.

—Cuídenmela mucho, por favor. Me avisan cualquier cosa. Díganle a Carmen que le encontré copia del libro que me pidió para su nena.

Partía a trabajar.

TEMBLOR DE MARIPOSAS EN MI CORAZÓN

Doña Paula montó a Julita en el chongo. Esta vez aprovecharía que bajaba al pueblo a vender cosecha de la tala mientras dejaba al resto de los nenes con Consuelo, que ya estaba más grandecita. Había que buscar oportunidades para la primogénita. Ya la escuela rural del barrio Limones no daba para más. En ese cuartón que había sido rancho de enrolar tabaco no cabía otro niño, y eso que las condiciones eran para que hubiera espacio. No eran pocos los muchachitos que morían de lo que fuera: de leucemia, tuberculosis o de hambre, ni pocos los que se llevaban los padres a trabajar en el campo.

Todo era culpa del marido. Francisco pasaba más tiempo fuera del hogar que dentro, empleándose en lo que apareciera, y trataba a Julia como si fuera macho. Se la llevaba de ronda por los campos. Le leía o le recitaba de memoria pasajes enteros del Quijote, del Mío Cid y de otros libros que el patrón le regaló cuando trabajó de secretario y contable en su finca. Era el único en el barrio Santa Cruz que sabía leer y escribir, sumar y restar, y que tenía buena letra. Los abuelos de Francisco tuvieron tierras alguna vez, pero las perdieron antes de que llegaran los americanos. Como venía de familia propietaria, Francisco llegó a ir a la escuela.

El patrón le cogió confianza, o, tal vez pena. Francisco parecía hombre blanco, pero vivía como los demás negros, grifos, pardos y mulatos de aquellos rumbos, sumido en la pobreza. Le ofreció un trabajo mejor que el de capataz de campo o de mecánico de máquinas. Francisco no tenía maña ni aguante para el trabajo duro y se le notaba a leguas. Buen conversador, improvisador de discursos y argumentos sí era. Le salía natural eso de hablarle a la gente, decirles de vuelta lo que no les salía en palabras. Así fue como la enamoró.

La comadrona le puso el balajú a Francisco Burgos Hans entre los brazos, primera barriga de Paula García. A la recién parida le preocupaba que no fuera un machito lo que traía al mundo. Si se vive en los campos, que el primero nazca varón era imprescindible para la supervivencia de la familia. ¿Quién iría a trabajar los campos con o en vez del padre? Pero no. Había parido una hembrita larga y flaca como vara de matar gatos. Nació baja de peso y con un ronquido en el pecho, pero con los ojos abiertos, azorada, como si supiera que había que aprovechar y verlo todo de prisa. Paula pensó que se moriría antes del año, lo más seguro. Sin embargo, el padre le dio calor, la acunó días enteros entre sus brazos. No se apartó de su lado mientras Paula se reponía de la sangría que le había ocasionado dar a luz a la primogénita.

—Te llamarás Julia Constanza. Ese nombre te cae como anillo al dedo. Tienes un brillo alerta en la mirada. Creo que cuando crezcas, te van a gustar las letras. Ay, mi niña, quizás te vaya mejor que a mí.

La trató como a hombre porque las almas no tienen sustancia. Todo tiene esencia, eso sí, los árboles, los ríos, la tierra. Ese era el pensar de Francisco. Se lo explicó a Paula en una de sus largas peroratas picadas por ron pitorro. Ese día, Paula no quiso recordarle que se habían conocido en casa de su Mamá Antonia, santiguadora famosa de Canovanillas. Francisco no era católico, sino espiritista kardesiano, y ella lo sabía. Antes de que Julita naciera, fueron juntos a unas sesiones de mesa blanca por los campos de San Fernando. En una sesión, Paula lo vio irse en trance, hablar con gente que no estaba ahí, sino en el otro plano. Francisco vaticinó el futuro, curó gente por medio de la oración, pasó mensajes del otro mundo. Tal vez por eso bebía tanto, para acallar las voces que le decían disparates y no lo dejaban estar del todo en esta dimensión. Solo bebido, andaregueando por el monte o entre las páginas de los libros que le regaló el patrón, Francisco se sentía en paz.

Julita creció entre las piedras del río, trepando árboles y comiendo frutos de monte. Francisco le enseñó rimas y letras, mientras Paula García hizo lo correcto y la adiestró en cosas de mujeres. Era verdad que la nena aprendía rápido y bien. Diferenció rápidamente las yerbas que servían para tisanas, alcoholados y ungüentos, cuáles plantas de yautía eran venenosas, cuándo el aguacate estaba listo para comer, cómo sacarle la semilla para hacer mistura de raspadura hervida. No le quedaba de otra. Paula García, cuarterona de campo, sin instrucción, tuvo que reconocer que había parido a una criatura extraña, una niña que servía para más de lo esperado. Ojalá su extrañeza trajera buena suerte a la familia. Ya tenía suficientes problemas al haberse juntado con Francisco Burgos Hans. Lo más probable es que es que sí la traería, porque desde que la nena nació el padre se había aquietado.

Julia Constanza Burgos se graduó de la escuelita rural del barrio Santa Cruz. Su inteligencia era indiscutible. Francisco y Paula se tuvieron que mudar de Quebrada Limones para otra hacienda en Río Grande en busca de trabajo como braceros, pero al poco tiempo volvieron. En nada se afectó el aprovechamiento académico de la niña, que se graduó con altos honores. Aquel triunfo no hacía más que complicar las cosas. Ya no tuvieron qué más ofrecerle a aquel portento de niña que aprendía como por arte de magia y que tampoco se moría como muchos de sus hermanos menores.

Los fines de semana, Julita se iba con el padre por los campos o salía a buscarlo cuando le mandaban razón a doña Paula de que Francisco amanecía de nuevo tirado en el piso de algún colmado. ¿Qué pasó con aquel hombre guapo de ojos verdes que la sacó de su casa en propiedad para después casarse con ella a lo legal, algo que entre las mujeres de su casta no se estilaba? Después de que nació la nena, luego Consuelo y detrás Carmen, Francisco se volvió sombra errante. No era pendenciero. Trataba a Paula con respeto y dulzura, pero no salía de los chinchorros donde corría el ron pitorro. Hasta allá iba Julita a buscarlo. Paula no tenía a más nadie a quien mandar.

—Acomódate bien entre los sacos, nena. No te me vayas a caer en el camino. Imagínate tú que me llegues con llagas y sucia a casa de la maestra Rosenda.

Ya tenía todo cuadrado. Matricularía a Julia en la escuela intermedia del pueblo. En una de sus idas a entregar su encargo de ropa lavada en la quebrada, se encontró con Rosenda Rivera. Quedaron en que ella las ayudaría. Gracias al cielo, ese día andaba encima con las notas que Julita sacó en la escuela rural. Aritmética: A, Geografía: A, Escritura y Matemáticas: A. Todas "A". Y eso que, mientras fue creciendo, la nena se la pasaba más enferma que sana. Desde bebé, Paula se la llevaba al río para que el pechito se fuera acostumbrando a los cambios de temperatura. La metía en las aguas frescas. Luego la ponía al sol, como si fuera un tejido de algodón, para que la flema con que había nacido le fuera aclarando.

Ya apretaba el mediodía cuando Paula llegó con Julita a la entrada del pueblo de las Carolinas. Pararon en la bodega de la calle Central a dejar un saco de yautías y otro de chinas nebo. Luego fueron dándole la vuelta a la plaza por frente a la farmacia Alberty.

—Por la calle de atrás de esa farmacia queda la escuela Luis Muñoz Rivera, Julia. Mírala qué grande es.

Julia enfocó. La escuela se alzaba a la distancia. Sus frisos de cantería adornaban el tope del segundo piso. Varias filas de niños avanzaban hacia sus respectivos salones. Nunca había visto una escuela tan grande. Julia alcanzó a notar que los alumnos de esa escuela llevaban uniforme, medias, zapatos. ¿Cómo iba su mamá a comprarle uniforme y un par de zapatos para que ella pudiera asistir a esa escuela? ¿Cómo comprarían cintas para sujetar su pelo agreste en trenzas apretadas? Cada cinta debía costar al menos dos centavos. Dos centavos de pan daban para que comieran sus cuatro hermanas y Pepín, su único hermanito vivo. Pero Mamá Paula se lo había explicado todo muy claramente, enojada casi:

—Mientras Dios me dé fuerzas, tú no vas a tener que limpiar casas de ricos ni lavarles sus trapos sucios. Lo tuyo son los libros, Julia. Irás a la escuela. Pa' eso me parto el lomo en la quebrada y en la tala. Tú terminas la escuela, te buscas un buen trabajo en la ciudad y te aseguras de que Consuelo se gradúe. Luego, ustedes dos se encargan de la educación de Carmencita, Aracelis, Angelina, Pepín y así. Ese es el plan que te encargo para que podamos salir todos de la pobreza.

Frente a la iglesia, Mamá Paula empezó a saludar a sus conocidos entre los braceros que también bajaban a vender cosecha. De repente, desaceleró el paso. Julita notó que su mamá arrastraba los pies como si no quisiera llegar a casa de Miss Rosenda. Si pensaba que la apartaban del bohío en Quebrada Limones, se le atosigaba el desasosiego en el pecho. Pero aquel pueblo con sus calles anchas, llenas de carretones y transeúntes, le picaba la curiosidad. Se fijó en los árboles de la plaza. No supo reconocerlos; no eran caobos ni yagrumos, ni guabas. Quizá podría treparlos, esconderse entre sus ramas como hacía en el campo, con un libro o con su libreta de escribir pensamientos. Había tanto que descubrir en ese pueblo, lápiz en mano.

A dos cuadras de la iglesia, comenzó a asomarse el balcón de una casita impecablemente blanca.

Desde el chongo en que andaba montada, Julita pudo distinguir el piso de loza arabesca que la engalanaba. La losa dibujaba patrones de todos los colores imaginables: amarillo mostaza, rojo vino, verde menta, azul añil, blanco cremoso. Los colores se entrelazaban hasta formar estrellas, triángulos y hexágonos, figuras que ella supo reconocer. Una balaustrada gruesa de bloques ornamentales delimitaba el balcón de la calle hasta formar un pasillo hacia el cual abrían tres puertas de madera. Adentro se insinuaba un salón amplio, más grande que el bohío entero de Mamá Paula. De allí salía una música.

—Miss Rosenda, Paula García aquí. Llegamos. Le traigo a la nena, como quedamos...

Julita miró entre los balaustres del balcón hasta dentro de la casa. Notó un instrumento gigante de cuatro patas de madera.

—¿Eso es un piano, Mamá Paula? Miss Oquendo nos lo enseñó en una lámina en la escuela. ¡Mamá, eso es un piano!

Pero de ahí no era de donde salía la música que se escuchaba, pues no lo estaba tocando nadie. Julita, además, pudo distinguir sonidos de instrumentos de viento y percusión. Siguió la música con la mirada. Cerca de un mueble de pared lleno de libros descansaba una especie de taburete que sostenía una trompa de tela dura. Abajito de la trompa, un disco negro daba vueltas.

—Lo que suena es aquello.

—*Shhh*, Julia, no interrumpas. Por ahí viene la maestra.

Avanzaron unos pasos desde los pasillos de la casa. Una señora de piel amarilla, un poquitín más clara que la de su madre, caminó hasta el balcón, secándose las manos con un paño. Llevaba un vestido de flores pequeñitas que la cubría desde el cuello hasta más abajo de las rodillas. Sus zapatos de cuero y tacón eran los causantes de los pasos que interrumpieron la música que brotaba de la mampara de tela.

¿Qué era aquella mujer? ¿De dónde la conocía su mamá? ¿Acaso aquella señora envuelta en tanta tela contaba como mujer?

—Saludos, Paula.

—Buenas, Miss Rosenda. Perdone que la moleste.

Julia observó a su madre hablarle a la señora. Era su misma madre, pero parecía otra. No supo qué causó aquel cambio. Mamá Paula se le hizo pequeña, como si se encogiera. Hablaba por boca ajena, con otra voz. Su temple firme de piernas bien plantadas en el piso, brazos en jarras sobre la cintura, había desaparecido. A su lado, una mujer que parecía ser su mismísima madre fijaba su mirada en las rodillas de la señora del balcón. No levantaba la vista. Mamá Paula le había enseñado que mirar a los ojos de quien te dirige la palabra es señal de respeto. Que una niña educada debía hablar en voz clara y directa. Ahora oía a su mamá hablar en murmullos. Daba pasos chiquitos, sin propósito ni rumbo, llena de incomodidad.

—Le vengo a traer a la nena. Si quiere, se la dejo después de que termine de vender mis viandas en el mercado. Pero entonces, va a llegar toda llena de polvo y puede ensuciarle la casa.

—¿Así que esta es la famosa Julia?

—Respóndele a Miss Rosenda, niña.

Julia alzó su cabeza a lo más alto de sus doce años. Decidió clavar sus ojos en los ojos de la señora. La Miss la miró sonriendo, serena. Pero algo le dijo que no le aceptara aún sus simpatías ni que bajara la guardia. Iba a ser parejera con esa doña, para que aprendiera que a ella no la iba a hacer encoger como a su madre, ni a provocarle que se sintiera fuera de lugar.

— ¿Qué es esa música?

Su madre aguantó la respiración y le abrió los ojos, pero no la regañó ni le dio un jalón de brazo.

—Wagner. Sale de la vitrola. No hay muchas vitrolas como esta en el pueblo. Tuve que trabajar por año y medio, ahorrar mi sueldo entero de maestra para comprármela. Me encanta Wagner. Es un compositor muy apasionado. ¿Te gusta la música, Julia?

—Me gusta la poesía y escribir pensamientos. Es la música que sé hacer.

Rosenda Rivera observó de arriba a abajo a la muchacha, complacida. A Julia se le disipó el coraje.

—Va a ser un placer tenerte en casa. Me dicen que eres muy buena en la escuela. Tu madre y yo nos conocemos desde niñas. Su papá trabajaba de peón en la misma finca en la que trabajó el mío de capataz. Heredé esta casona de una tía abuela que no tuvo hijos. Tu carácter me la recuerda. Me gusta tu temple. Pienso que nos vamos a llevar bien.

Quizás la señora tenía razón. Lo más seguro, se llevarían bien ella y Miss Rosenda. A Julia le pareció que la maestra sabía de lo que hablaba; cómo trabajar duro y moverse en la vida hasta hacerse propietaria de una casa en el pueblo, de un piano y muchos libros. Quizá la que tenía la culpa de vivir en tanta carencia es su mamá, por parir muchacho tras muchacho, por no haber ido a la escuela ni saber cómo leer los libros de Papá Francisco. Quizás si Mamá Paula hubiera nacido hombre, sabría cómo comportarse frente a Miss Rosenda.

Aunque doliera, Mamá Paula estaba haciendo lo apropiado dejándola en aquella casa para que Julia aprendiera cosas que quedaban más allá de sus horizontes. Había que andar atenta, absorberlo todo. Aprendería todo lo que pudiera, rápido; no desaprovecharía la más mínima oportunidad. Pero permanecería en guardia, no fuera a ser que de repente cambiaran las cosas y que Miss Rosenda, por capricho, le quitara la oportunidad que con tanto trabajo su madre había encontrado para ella.

—Hemos decidido que durante la semana te quedes aquí en mi casa para que puedas entrar a la Muñoz Rivera. Yo trabajo allí. Este pueblo necesita muchas maestras. El país entero nos necesita, Julita. El analfabetismo nos está matando. Hay que criar profesionales. Yo no tengo hijos, pero crie a mi sobrina, que ya creció. Era como tú, Julita, buena en la escuela. Ya se graduó de la universidad. Trabaja enseñando a los niños a leer y a escribir para que puedan progresar en la vida y convertirse en algo más que peones de campo o lavanderas. Tu mamá habló conmigo. Ella también quiere que tú seas más. Piensa que naciste para más. ¿Tú qué crees, Julita?

Si una lee todos los libros que aquella señora ha leído, aprende a escuchar la música que sale de su vitrola, evita parir todos los hijos que parió su madre, ¿puede convertirse en más? ¿Acaso su madre se transformó en pequeña y tembluzca, como hoja que arrastra el viento, a causa de su falta de estudios? ¿Por qué no lo notó antes? ¿Por qué Mamá Paula no la defendía de esa pregunta incómoda que le hacía la maestra?

Julia miró a los ojos de la maestra, fijamente.

—Sí, Miss Rosenda. Creo que puedo llegar a ser más.

Respondió con la firmeza que le faltaba a la madre. Alguien debía tenerla en aquellos momentos.

CON LA TEA EN LA MANO

En esos días la llamó Arnaldo.

Arnaldo Gómez Álvarez era otro escritor convertido en profesor y luego en editor. Se formó en la editorial de la Universidad de Puerto Rico, que durante los años sesenta fuera la gloria del hemisferio, logrando subvencionar proyectos tan asombrosos como la comisión de la primera antología de cuentos de Edgar Allan Poe traducidos al español por Julio Cortázar. Dicha editorial había caído en franca decadencia, no por falta de fondos, sino de visión. La mató la burocracia, la excesiva imposición de contratos, pedidos, órdenes, permisos de compra, venta y distribución; en fin, toda una red de papelería que requería de empleos que, de otra manera, no podía proveer la isla. Dichos empleos urdieron un simulacro de "progreso", de "oficialidad" que a su vez generó reglamentos y más papeles que debían pasar por oficinas, despachos y colecturías para obtener firmas, vistos buenos y sellos que alimentaban la inmensa red burocrática que convertía a la universidad en empleador público y que, a la misma vez, encadenaban el criterio de un editor. La fotocopia de la fotocopia de la aprobación de algún administrativo en una oscura oficina constataba que todos los papeles estuvieran en regla. Solo así una obra magnífica saldría a la luz. Esto solía ocurrir cuando la obra de luz era ya una llama apagada.

La misma dolencia que acababa con la editorial aquejaba a la universidad y al país entero. Se llamaba *democracia*, *Estado Benefactor*, *profesionalización de los procesos*. Don Jaime Benítez, el gran patriarca y rector de la Universidad de Puerto Rico para los años en que Cortázar traducía a Poe en París, aplastó huelgas y expulsó a comunistas y nacionalistas del recinto, mientras se bebió un Orinoco de *whisky* y ron. Confabuló con el otro patriarca de la isla, el primer gobernador que intentó robarle poderes al gobierno colonial que mantenía al país en el cerco tenso de la Guerra Fría, mientras aplacaba cualquier disidencia interna. Fueron don Luis Muñoz Marín, junto a don Jaime Benítez y otros dones, quienes armaron el embeleco del "Estado Libre Asociado". La nación (sin Estado) más pobre de todo el hemisferio, de repente se convirtió en vitrina de la democracia en las Américas. Les tomó una veintena de años lograrlo. Hablaron de "democracia", pero actuaron como los hijos de hacendados que siempre fueron. La isla era su hacienda.

Una vez se extinguieron los patriarcas, el Estado Benefactor se hipertrofió. Ahora la isla se alimenta de la teta de un Estado que no es el propio, representando el rol burocrático de lo que en realidad no es una democracia.

Cansado de que le hicieran esperar para publicar hermosos manuscritos que escritores e intelectuales de primer orden le enviaban de todas partes del mundo, Arnaldo renunció a la editorial y montó una publicadora propia. Le iba mal, como casi siempre les va a los que tienen visión, pero no infraestructura.

—Acabo de reunirme con la directora de Cultura del Municipio de Carolina. La biografía de Julia se está vendiendo como pan caliente.

—¡Coño, qué bueno!

—Organizarán más presentaciones en otros pueblos: Caguas, Cayey, Ponce, quizás Nueva York. ¿Te interesa?

La escritora recordó los espaciados domingos en que su padre ausente y benefactor los sacaba a recorrer la isla en su Buick Regal del 77. Así rescataba a la familia de las tardes calurosísimas en la casa de la urbanización carolinense de Country Club. La urbanización era una de las que el Estado Benefactor desarrolló para que los pobres no tuvieran que vivir en bohíos de cartón y saco. Verde contra el techo de cemento plano, agua reposando sobre las losetas frías del terrazo. Cada sábado, la Madre pegaba manguera a la marquesina para ver si la cosa refrescaba. Mientras tanto, el tocadiscos no paraba de sonar boleros de Lucy Favery, de Sylvia Rexach y del Trío Los Panchos. Esos boleros siempre cantaban a la agonía de una larga espera. Sí, tenía ganas de recorrer la isla presentando la biografía de Julia, libre de sus interminables faenas domésticas, como su madre hubiese querido.

—Cuando se acabe esta edición, van a sacar otra. Quieren incluir un prólogo de la gran humanista Mercedes López-Baralt, y quizás una antología de poemas de Julia en un solo tomo. Vida y obra, tú sabes.

Mercedes López-Baralt fue una intelectual de reconocimiento internacional graduada de Cornell, profesora visitante en Yale, en la UNAM y en la Universidad San Carlos de Lima, antes de convertirse en su mentora. Apostó a ella cuando no amontaba ni a pichón de gente. Era apenas una adolescente espejueluda, timidísima y demasiado oscura para que alguien la notara cuando se requedaba hasta tarde deambulando por los pasillos de la universidad, cuestión de no llegar a su casa en Carolina. Allí la esperaban el calor, las cuentas apilándose, la Madre sola trabajando siempre y el hermano metiéndose en problemas; el padre ausente, siempre en la calle trabajando, explicaba malhumorado. No quería llegar al tocadiscos sonando boleros y a la Madre siempre ocupándose de algo, mientras ella buscaba un rincón silencioso y fresco donde sentarse a leer. Por aquellos años, ella intentaba aprenderse de memoria a César Vallejo, devorar la obra completa de Pablo Neruda, repasar con calma a Cortázar, a Julia.

¿Qué hacía una niña tan extraña, perdida en una urbanización del desarrollismo democrático al borde de los mangles, ahora convertida en escritora? ¿Qué hacía sosteniendo conversaciones acerca de presentaciones de libro en rincones "letrados" de su isla calurosa, inclusive entre su diáspora lectora en Nueva York?

Mercedes López-Baralt se le presentó desde otros lares de la isla con su pelo rubio, su nombre compuesto, su abolengo de padre y madre abogados desde principios de siglo. Notó a la negrita espejueluda que una vez fue. La invitó a que se matriculara en un seminario que impartía a graduados, pero en el que también aceptaba estudiantes de honor de la universidad. El seminario estudiaba la obra de Luis Palés Matos, sus ensayos y poética vanguardista. Se detenía en *Puerta al tiempo en tres voces* y en *Tuntún de pasa y grifería,* libro fundador de la poesía negrista en las Américas. Tal vez la notó porque buscaba reclutar a los pocos estudiantes negros que se interesaban por completar un grado en literatura, en vez de en administración de empresas, contabilidad, educación, trabajo social o en cualquier otra profesión que garantizara trabajo.

La muchacha tímida que una vez fue la escritora quedó prendada de la poesía y del Caribe después de aquella clase, liberada de sentir los mangles como amenaza, como foco de inundaciones, de mosquitos y de epidemias tropicales contagiosas; los mangles como lugares faltos de salubridad, de modernidad. La solución era destruirlos, cubrirlos de cemento, pero la joven escritora empezó a mirarlos irreversiblemente de otra forma. Descubrió que los mangles eran las venas de la isla, eran su expansión y le robaban terreno al mar mientras se nutrían de sus detritos.

Arnaldo siguió hablando acerca de posibles fechas para más presentaciones de la biografía de Julia, pero ya la escritora no escuchaba. La asaltó el recuerdo de losetas frías y aguaceros; del carro de su padre paseando por la isla de su infancia; del colegio de monjas españolas donde le otorgaron una beca para que prosiguiera estudios después de graduarse del kindergarten de la escuela pública donde su madre trabajaba de maestra de español elemental, aunque su preparación profesional no se notaba en una casa que la convertía en madre sola barriendo, cocinando, criando; que la atrapaba en días de tapón, bonete contra bonete de carro partiendo desde los mangles hacia el colegio de monjas donde había logrado apuntar a su niña. Los sábados eran de limpieza, jardín, manguera, planchar uniformes y hacer compras, ella sola con sus hijos. ¿Para qué se había casado la Madre? ¿Quién la ayudaba en su eterno trabajar?

—Muchacha, suelta esa escoba. Para algo me rompo el lomo. Ponte a leer, a estudiar, a correr por ahí en bicicleta. Ten la niñez que yo no tuve. Te parí para que tú fueras más.

Mientras Arnaldo seguía conversando, la escritora recordó el día en que su maestra de español de escuela intermedia, Miss Sanavitis, entró al salón de séptimo grado con un libro en la mano, *El mar y tú*, y se lo regaló. Fue el primer libro que leyó de Julia. Con él en mano deambulaba por los pasillos de la universidad cuando Mercedes López-Baralt la notó. Madre solo hay una, dicen, pero ella tuvo muchas madres. La criaron muchas mujeres, muertas y vivas, tejiendo una red de apoyo más allá de los lazos de la sangre, aportando a formarla.

—Esta es una buena oportunidad para los dos, porque fíjate, quizás se abran puertas para seguirle publicando libros al Municipio. Tú sabes que la cosa está mala y se necesitan guisos que paguen con fondos públicos para echar proyectos editoriales hacia adelante. Si accedes a las presentaciones, yo te agencio oferta de comisión, cuestión de que te puedas costear gastos de gasolina y cuido para tus nenes.

Lo de la oferta la animó. Por esos días, la escritora tuvo que aceptar múltiples trabajos para poder subvencionar su vida de madre divorciada con dos niños. A los costos de la muerte de la Madre se sumaron pagos a abogados, división de bienes gananciales, ratificación de pensiones y otros procesos legales que costaron mucho dinero, cuando finalmente tuvo que divorciarse del segundo marido.

Al año y medio de haber muerto la Madre, al marido lo despidieron de su trabajo en el periódico. Primero, cayó preso de un insomnio infinito, después, vinieron peleas y recriminaciones a granel:

—Algo me pasa por dentro. El periodismo se acabó para mí, pero no doy con lo otro que quiero hacer.

—Yo sé que puedes conseguir otro trabajo. Una vez me comentaste que querías dar clases. Con todo lo que sabes, cualquier universidad te ofrece un puesto.

El marido solicitaba nuevos trabajos, llegaba de mal humor, incitaba discusiones, amenazaba con irse de la casa. Desaparecía por dos o tres días. Ella intentaba reconciliaciones, lo recogía de nuevo en la casa. Al poco tiempo de la reconciliación, el marido pasaba días, semanas enteras tirado en la cama. El ciclo de recriminaciones y peleas volvía a empezar.

—Tú estás deprimido. O vas en serio a tratarte con un psiquiatra o esto se acaba. Los nenes se están afectando.

El marido finalmente accedió. Ella misma lo llevó al Hospital Panamericano para que lo trataran por depresión clínica. Pidió que lo admitieran al menos cuatro días hasta que se estabilizara. En la entrevista de admisión, el doctor le preguntó si el marido había tenido pensamientos suicidas. Solo así podrían hospitalizarlo.

—No —respondió ella, y decía la verdad.

No era el marido quien estaba pensando en suicidarse.

Las cuentas se apilaban sobre el mostrador de la cocina. Los nenes, más nerviosos que nunca, requerían lo de siempre: ropa, zapatos, comida, cuido, terapias, escuelas. Ella cargaba con todo ese peso sola, más con un marido enfermo que no debía abandonar. Pero al esposo no lo admitían en ningún hospital. No dormía de noche, rondaba la casa como alma en pena, abriendo y cerrando la nevera para comerse el cereal del desayuno de los nenes, la leche, lo que sobraba de las sobras de las sobras. No comía con la familia porque decía que le daba vergüenza no proveer. Pero no salía a buscar trabajo.

Un buen día, el marido al fin se animó a levantarse y hacer algo por cambiar aquella situación. Fue a tratarse con un psiquiatra. Al cabo de tres meses, ya se sentía mejor. Tan mejor se sintió que, de golpe y porrazo, le anunció a la escritora que se iba de una vez por todas. Que debía levantarse solo de donde había caído. Que la relación no funcionaba. Por más que la había querido, ya no se veía más a su lado.

La escritora lloró de susto y, a la vez, de alivio. Otra vez se enfrentaba a una separación, a un divorcio, pero este la liberaría del dolor de vivir con su marido. Algo se le fue sanando por dentro, una herida que ella no sabía que cargaba. Había sido él quien decidió irse. No ella, él. No lo abandonó. Lo apoyó todo lo que pudo en su enfermedad y él había sobrevivido. Ella podía dedicarse ahora a escribir y a criar a sus hijos, sola y tranquila. Podía descansar a salvo.

Todo esto ocurrió mientras ella escribía su biografía de Julia de Burgos. Gracias al cielo que no era un libro de los cincuenta años de una compañía de cemento o acerca de la vida de algún rico del país, cosa que contempló hacer porque de ahí podría venir dinero. Ya era asunto oficial: era madre divorciada con dos hijos y cabeza de familia. Mediante su trabajo y la modesta pensión asignada por el tribunal luego del divorcio, sostendría su hogar de tres. Suerte que siempre ganó más que el marido y que tenía ahorros. La larga enfermedad de la Madre la enseñó a buscárselas donde fuera.

Todo esto pensó la escritora en apenas minutos, mientras Arnaldo hablaba y hablaba por teléfono de la nueva asignación de fechas para presentar la biografía de Julia. Interesante lo mucho que les gusta hablar a los editores, sobre todo cuando viven en un país que no los escucha.

La escritora se dispuso a contestar:

—Claro que sí, Arnaldo, gracias por pensar en mí. Tú sabes que yo estoy siempre dispuesta. A ver cuánto me pagan por más presentaciones. No doy abasto, pero ya encontraré el tiempo. Además, todo sea por Julia.

SOLLOZOS DE PIEDRA Y DE CAUCES

Cuando amainó la ventolera, todo estaba desecho. Paula, Papitín Francisco, Consuelo, Angelina, Aracelis, Pepín, Carmen y Julia salieron de la tormentera a la vez para ver todo convertido en nada. Las palmas reales y los árboles de guaraguao que sobrevivieron a la ventolera amanecieron desnudos de hojas y con las ramas partidas. No se percibía la vereda que daba al bohío bajo los derrumbes y la hojarasca. Las colinas se alzaban peladas de su verde, como si hubiesen sido arrasadas por el fuego. La familia hizo camino entre retazos de saco, cartón, zinc, pegoste de hojas y savia y árboles caídos. Lo que quedó en pie del bohío era poco, y menos lo que se salvó de la tala. Pero estaban vivos, al menos les quedaba ese consuelo.

Paula partió hacia el río acompañada de las nenas más grandes, a ver si encontraba agua limpia. Tal vez, si rebuscaban entre los pastizales, encontrarían panas o yautías que hervir para amedrentar el hambre.

Quebrada Limones se había salido de cauce. La corriente enlodada no invitaba a pegar la boca a la corriente que antes corría cristalina. Quizás más tarde, cuando se aclararan las aguas, podrían atrapar buruquenas o camaroncillos de río en alguno de los charcos. Francisco se llevó a Pepín y salió a ver si podía reunirse con los vecinos. Muchos de los caminos estaban tapados por derrumbes y por troncos. Abrir ruta para salir de Santa Cruz iba a ser trabajo de varios días y de muchos brazos. Mientras tanto, doña Paula y sus hijas se dieron a la tarea de buscar baldes con los que recoger y llevar agua hasta lo que quedaba del hogar. Habría que hervir aquel engrudo por mucho rato.

En esas estuvieron desde que San Felipe azotó la isla hasta tres semanas después. La comida y el agua se acabaron pronto. Para la familia Burgos García no parecía que quedaba otra opción que migrar hacia la capital.

—No va a servir mudarse para el pueblo, Paula. En todo esto no va a haber trabajo por meses largos.

—Yo me puedo emplear en una casa...

—Las niñas no están de edad para quedarse solas ni para emplearse en casas de familia, a menos que atrasemos los planes de que Julia siga estudiando.

—No, Julita no. Rompió curva en la escuela. Miss Rosenda me dice que es material de universidad.

—Pues vamos a tener que mudarnos cerca de la universidad esa. En Río Piedras hay casas de más donde emplearte. Allá sí que requerirán quién les lave y les planche, no como aquí, que son dos o tres las familias pudientes y a esas también les pasó por encima el huracán.

—¿Y en dónde vamos a vivir con la muchachería?

—Miguelo, un socio de por ahí...

—De tus andadas, querrás decir...

—Pues sí, de mis andadas andariegas.

—No estamos para disparates ni pa' rimas, Francisco.

—Miguelo me contó del barrio Venezuela y de uno que le dicen El Monte, que colindan con las vías del tren. De seguro encuentro trabajo en los puestos, ayudando a descargar mercancía. La plaza del mercado de Río Piedras es inmensa. Para allá se va casi toda la cosecha de la isla. Algo debió quedar en pie por donde no arrasó el huracán.

—Si no es que arrasó parejo.

—Tú sabes cómo es, Paula. Donde hay trabajo hay cuartos para que se queden los braceros, las cocineras, familias enteras. Yo creo que es tiempo de salir de estos yerbajos y halar hacia la ciudad.

No hubo mucho que empacar. Para Julia aquello era una aventura y a la vez un adiós incierto. Atrás quedaría el campo, pero también la precariedad. Ya no tendría que vivir en casa de Miss Rosenda Rivera con su vitrola, sus libros y el olor a limoncillo brotando del piano y de sus muebles de caoba y pajilla.

Miss Rosenda color paja trinca nunca perdió ocasión de instruirla. Cierto es que la ayudaba con tareas, le explicaba cosas que en la escuela no entendía, aunque Julia era de buen aprender. Le compró de todo. Hubo cintas para el pelo y cuellos bordados para adornar las camisas del uniforme. Hubo libros y comida a granel. La animaba a escribir y le corregía las cartas que ella enviaba a su familia, cuando pasaba un fin de semana sin que Mamá Paula pudiera bajar. "No sé por qué insistes en escribir esas cartas —torcía la boca—, si en Santa Cruz el único que sabe leer es tu padre. Y Miss Oquendo, claro está. Pero es bueno que practiques, para que mejores tu redacción y la escritura en cursiva. Al menos, les das un buen ejemplo a tus hermanas". Miss Rosenda proveía, pero con Julita siempre fue seca, disciplinaria. Le hacía doler el pecho de tanto consejo. No importa cuánto se afanara, Miss Rosenda siempre le señalaba lo que no sabía. Ella siempre se pensó gente corriendo por las riberas de la quebrada, trepándose a árboles y escribiendo. Pero sucede que había lecciones de cómo aprender "a ser gente" que no podía aprender de los libros: "Siéntate derecha, no comas con la boca abierta, Julia, cierra las piernas, así no es, muchacha, pareces cabra de monte, no te puedes bañar en los chorros del desagüe cuando llueve, se te van a ver las partes, ¿qué tú eres, a qué aspiras, a seguir comportándote como una salvaje de monte o convertirte en una señorita educada?, presta atención, el cuchillo va en esta mano, uno no come arroz con cuchara, siéntate derecha, Julia". Eso, más aprender.

Atrás quedarían la escuela y los días de semana contados hora a hora hasta que llegara el viernes, a ver si Mamá Paula podía bajar del campo para vender la cosecha de la tala en la plaza. Si bajaba a tiempo, podría irse con ella y, por lo menos, quedarse algunos días con Consuelo y las hermanas más chiquitas, más el bebé de turno, que a veces se moría sin alcanzar a tener nombre. ¿Cuántos bebés muertos iban? Vivos quedaban cinco hermanas, Pepín y una barriga. Agradecía a Miss Rosenda Rivera todo lo que había hecho por ella. También daba las gracias por dejarla, junto a San Fernando de las Carolinas, atrás.

Tuvieron que esperar en el pueblo a que Papá Francisco convenciera a un camionero para que los llevara por la avenida Central hasta la plaza del mercado. Se bajaron cerca de la calle Arzuaga, cundida de almacenes y paradas de carros públicos. La plaza quedaba al fondo. Por la vereda trasera, Julita vio los patios de la escuela de sus sueños. Miss Rosenda se la describió una noche en que le ayudó con tareas.

—Es la mejor preparatoria del país. Todas las clases son en inglés. Los maestros salen a enseñar directito de la Universidad de Puerto Rico. Y los alumnos son hijos de familias de bien, de profesionales, doctores, abogados e ingenieros. Una vez tuve el privilegio de saludar al Dr. Keelan, director de la escuela. Él es irlandés, lo trajeron directo desde Estados Unidos para que civilizara y enseñara buenas maneras a los futuros profesionales del país. ¿Tú sabes lo que es eso? Si entras en la High de la UPR, tendrás todas las herramientas que necesitas para vivir un futuro glorioso, Julia.

—La gloria misma —pensó la adolescente cuando pasaron por detrás de la High de la universidad.

Cruzaron hasta llegar a la plaza de Recreo de Río Piedras, que marcaba el centro del pueblo. Ahí se detuvieron a descansar en los banquitos frente a la iglesia porque Mamá Paula no podía más con las cajas de cartón que transportaban las humildes pertenencias que lograron rescatar del embate del huracán San Felipe. Además, cargaba con el fruto de su última barriga.

—Mamá, tengo hambre. Me duelen los pies —empezó a quejarse Aracelis.

Papá Francisco —Papitín, como Julia le decía— se adelantó hacia el barrio Venezuela, que era jalda arriba. Un enjambre de casitas de madera y zinc se apiñaban en la loma que acordonaba el verde más cercano a la ciudad.

Aquello para nada se parecía a San Fernando de las Carolinas. Los almacenes eran el triple de grandes. Había colmados, uno casi frente al otro, ferreterías, mueblerías, zapaterías, farmacias y almacenes de telas y materiales de costura. Otras tiendas se dedicaban nada más que a vender medias, enaguas y ropa íntima, sostenes de encajes. Solo eso. Julia las vio. Un banco abría sus oficinas entre columnas de mármol. Por ellas, entraban y salían señores de chaqueta, pelo engominado y sombreros de fieltro. También señoras con trajes de corte fino mejores que los de Miss Rosenda. Llevaban carteras de cuero y papeles en la mano. Serían oficinistas, maestras. Allí, en aquella ciudad, parecía que había un rol para todo el mundo.

—¿Podemos caminar hasta el borde de la calle? —le preguntaron Julita y Consuelo a la Madre.

Mamá Paula sacaba unos pedazos de casabe, bacalao seco y unos guineos maduros para dárselos a los hermanos menores. Julita sabía que era hora de ayudar a Mamá y no comer para que ella no tuviera que estirar la faena de repartir lo poco entre tantas bocas. Ella y Consuelo eran grandes, y se habían acostumbrado a disimular el hambre. Además, curiosear por aquellas calles de ciudad le serviría de alimento suficiente.

Paula alzó la mirada abacorada. Julita y Consuelo interpretaron el semblante como un sí y salieron corriendo a curiosear entre la hilera de edificios de tres pisos y de hermosas casas con techos de teja que se extendía hacia el costado izquierdo de la iglesia. Eran muchas, tantas que se perdían por los lados de una cuestita que daba hasta un pastizal por donde se entreveían, infinitas, las vías del tren.

—Vente, vamos a ver si encontramos caña —Julia le propuso a Consuelo. Su hermana vaciló.

—Te juro que no nos vamos a perder. Además, seguro Papitín se tarda en encontrar a su amigo.

—Ojalá no se distraiga demasiado. No me gustaría tener que dormir en un banco de la plaza. Aquí no es como en el pueblo. No hay nadie que nos preste un zaguán.

—Consuelo, tranquila. Ya verás que Papitín regresa pronto. Aprovechemos el tiempo.

—¿Y si no encontramos caña?

—Empezamos a conocer la ciudad. Nos va a servir de mucho. Aquí vamos a vivir quizá por el resto de nuestros días.

Papitín llegó con olor a lo de siempre y con una dirección precisa. Calle San José #54, Parada 37 y media, Sector El Monte.

—Del otro lado de las vías, tercer callejón, detrás del criadero de cerdos.

Hacia allá enfiló la familia entera. Mamá Paula se adelantó y le cogió el paso a Francisco. Hablaban en voz muy baja. Julia miró a Consuelo. No quisieron ni preguntarse de qué iba la conversación.

La rutina se estableció rápido y casi sin que se diera cuenta. Había que levantarse al amanecer para hacerles espacio en la cama de saco a los demás hermanos. Ya eran ocho los que dormían en un mismo cuarto, todos apiñados. Papitín dormía con

Mamá Paula y con Tito, el recién nacido. A Julita le tocaba sacar la palangana, botar los orines en la calle, echarle encima un balde de agua de lluvia que Mamá dejaba al pie de la escalera, justo debajo del desagüe. Entonces, le tocaba bajar hasta el zaguán trasero de la casita. Allí estarían guindando, de una soga, los guineos que Julia y Consuelo irían a vender a la plaza del mercado.

En lo que ella escogía y separaba las manos de guineo, Consuelo se vestía. Julia le había pasado a su hermana menor los zapatos y parte de los trajes que Miss Rosenda le regaló. Ya lista la hermana, caminaban juntas hasta la escuela. A Consuelo la habían aceptado en séptimo grado de la escuela intermedia pública Concepción Blanco. Llevaba casi un mes yendo, pero Julia no acababa de ser admitida en la University High.

Mamá Paula llevó tarjeta de notas, cartas de la Luis Muñoz Rivera que daban fe de su aprovechamiento, pero la administración de la escuela daba largas al asunto. No era por su promedio, le explicaron. Se exigía tener zapatos, ropas adecuadas, libros y libretas. También exigían como requisito que se pagara un dólar de matrícula para asegurar la entrada. Además, corría el mes de octubre. Aunque el huracán San Felipe atrasó el inicio de clases, tendrían que esperar y volver a solicitar cuando empezara el nuevo semestre.

—Tú no te preocupes, Julita. Para enero o antes tendremos esa matrícula ahorrada, aunque me parta el lomo trabajando. Ya lo verás.

Mamá Paula se lo prometió, pero ella no lo dejaría a su suerte. Ya tenía 14 años, prácticamente era una mujer. Sabía moverse a sus anchas, ya fuera por montes, pueblos o barriadas. En casa de Miss Rosenda aprendió a coser, a hacer mandados, a limpiar casas finas. Adquirió muchas destrezas viviendo en el pueblo de Carolina, fuera de los campos de Santa Cruz, así que su plan era ponerlas en práctica.

Todos los días, a Julia le tocaba vender mazos de guineos maduros en la plaza del mercado. Papitín los conseguía, no se sabe cómo, cada semana. Los maduraba en el patio y Julia los revendía en la plaza. Además, logró apalabrar dos puestos donde barría por dos centavos la hora.

Una vez terminadas las faenas de la amanezca, Julita cruzaba hasta la University High. A veces, lograba asomarse por las ventanas, descalza, a escuchar alguna clase. Quería estar lista para cuando le tocara empezar a estudiar en propiedad junto a aquella gente toda blanca, toda pulcra y bien cuidada, con zapatos relucientes y vestidos inmaculados. Se miraba con su traje raído, sus pies descalzos, y le entraba desesperanza. Pero no. La familia entera había hecho una apuesta a ella, mudándose de Quebrada Limones hasta Río Piedras. Tenía que entrar a la UHS. Se lo debía a la familia, a los hermanitos vivos, a sus muertecitos del alma. No les podía fallar.

—Por favor, Mamá Paula, no más barrigas.

Lograba quedarse asomada a las ventanas de los salones de la University High hasta que sonaba el timbre del mediodía. Entonces, emprendía el camino de regreso hacia su casucha en El Monte. Pero antes hacía una parada. Era en un edificio muy silencioso, una casona blanca de dos pisos con una enorme trenza de trinitarias florecidas color magenta. Desde las aceras, Julia podía observar sus lustrados pisos de losa, más hermosos aún que los de la casa de Miss Rosenda. Un rumor de aguas como de fuente atenuaba los motores de autos y camiones y los murmullos de las conversaciones que se daban dentro de la casona. Eran rezos, pero no de misa. Ningún cura oficiaba las reuniones que allí se daban. Entraba mucha gente, sobre todo los jueves y viernes por las tardes. Se veía que era un lugar respetable, porque muchos de los reunidos llegaban en autos o con choferes. Olían a fragancia y no a sudores rancios. Iban señores que parecían doctores, comerciantes, profesores de universidad, pero también obreros diestros, trabajadores de imprenta, maestros de obra, gente de bien. También iban muchas señoras. Por la manera en que se comportaban, Julia no podía deducir si eran amas de casa o empleadas que trabajaban, de seguro, en laboratorios, escuelas u oficinas. Se veía a leguas que todos los que iban a la casona de las trinitarias eran personas que sabían ser "gente".

—Invocamos a nuestros guías espirituales para que, informados por la infinita inteligencia divina, nos presenten asistencia y guíen nuestros pasos por las sendas del bien físico, emocional, espiritual y del bien común a todos los aquí presentes. Que se manifiesten los mensajes que tengamos que atender para luz y progreso de nuestra comunidad, y para que en este aposento quede resuelto todo mal, toda pena, todo agobio de nuestro cuerpo físico y metafísico, causa de enfermedad y de atraso...

Pasaba por allí pasaba por alli para ver si se topaba con el viejo don Euskalduna, que a veces se aparecía en la casa de las trinitarias entrada la tarde. No sabía su nombre completo, pero Julita lo trataba de "don" porque el viejo español parecía gruñón, aunque ella intuía que no lo era. Don Euskalduna era dueño de la fábrica de pan que quedaba a las afueras de Río Piedras, cerca de las vías y pastizales que colindaban con la barriada El Monte. Daba órdenes para que a Julia y a los niños de la barriada se les diera el pan sin vender antes de que se pusiera dura la hogaza. De ese pan comía el barrio entero, más Jurutungo, Venezuela, Buen Consejo y otros vecindarios aledaños a la plaza del mercado y de la universidad. Un tropel de muchachitos se pasaba la mañana entera pululando frente a la fábrica. A algunos, el viejo les daba oficio o los contrataba de aprendices del arte de la repostería. También les mandaba a hacer encargos a sus casas. Les pagaba bien, a diez centavos la bandeja de budines, a cinco centavos la docena de galletas de canela. Euskalduna ponía los ingredientes: pan viejo, las especias, la harina. Varias veces, Julia llegaba a El Monte con premio doble: varias hogazas de pan viejo y un encargo. Mamá Paula repartía el pan y también hacía un dulce que se empezó a vender bien en la panadería: una especie de budín de brasa. Era su receta original. Lo endulzaba con melao y a veces lo rellenaba de pasta de guayaba y le quedaba exquisito.

Casi todas las semanas moría un angelito en el barrio. Entonces, Julia iba a buscar a Consuelo a la escuela. Entre las dos recogían amapolas, magas, canarias, cruces de malta y trinitarias del Centro Espírita para ayudar a armar entre todos los vecinos los altares para los baquinés. No sabía a ciencia cierta por qué, pero Julita insistía siempre en llevar trinitarias del Centro cuando celebraban rosarios cantados para los niñitos muertos. Una señora, la que siempre abría y cerraba los portones de la casona, la veía robarse las flores, pero no decía nada. Un día, Julita se le acercó. ¿Qué diría de ella Miss Rosenda si al menos no intentaba pedir permiso?

—Buenas tardes, señora.

—Buenas tardes, jovencita.

—Perdone que le hayamos arrancado flores a su trinitaria.

—Las flores no tienen dueño y, si tu mano es guiada por buenas intenciones, entonces no hay nada malo en que te las lleves.

Era dulce la voz de aquella señora, llena de paz. No mostraba angustia ni enojo, ni esa cosa incómoda que sentía cada vez que hablaba con personas bien que, por más educada que fuera, la trataban con una displicencia que la mantenía huraña y a raya.

—Mis intenciones son buenas. Son para la mesa del baquiné de un niñito en mi barrio. Hoy empiezan las novenas.

—Los niños son almas puras que no necesitan intercesión para subir directo a lo Divino.

—Eso pienso yo. No tuvo tiempo de cometer mal alguno.

—Usted se expresa muy bien, jovencita.

—Muchas gracias. Intento hacerlo. Además, leo mucho y escribo poemas y pensamientos. Tengo que seguir practicando para cuando reunamos el dólar de la matrícula. Estoy solicitando entrada en la University High. Mi familia se mudó del campo hasta Río Piedras para que yo pudiera asistir a esa escuela.

—Es una escuela muy estricta. Haces bien en practicar. ¿Tienes libros en tu casa?

—Tenía unos cuántos de cuando estudiaba intermedia en la escuela de mi pueblo. Se los llevó el huracán.

La señora usaba unos grandes espejuelos de pasta. Caminó para acercarse hasta donde Julia le hablaba del otro lado de la verja. Julia pensó que su andar sería tan pausado como su voz; sin embargo, la señora dio varios pasitos ágiles, brinquitos, y en un santiamén se plantó justo frente a ella. Le abrió el portón mientras fijaba sus ojos por encima de la montura de sus gruesos espejuelos, escrutándole el semblante, la mirada.

—¿Cómo te llamas?

—Julia Constanza Burgos García.

—Encantada, Julia Constanza. Esta es tu casa. Puedes entrar al Centro cuando quieras y cuando lo necesites. Llévate todas las trinitarias que quieras.

—Quisiera cortar algunas ramitas ahora.

—En confianza... En lo que escoges, quisiera ofrecerte algo para que te lleves a tu casa.

Julia entró tranquila a la casona, esta vez sin el agite de llevarse flores sin permiso. Comenzó a estudiar qué rama tenía menos espinas y qué capullos lucían más frescos. Mientras tanto, la señora de los gruesos espejuelos se perdió por los pasillos de la casona. Regresó con tres libros.

—Este folleto es de metafísica kardesiana. Lo estudiamos en el Centro. Te lo puedes quedar para que practiques lectura y meditación. Si tienes dudas, puedes venir al Centro a estudiarlo con nosotros. Los jueves, a las cuatro de la tarde, nos reunimos aquí para aprender acerca de la metafísica del doctor Kardec y la sanación por medio de las almas. Este otro es una novela de aventuras, *Los tres mosqueteros*, traducida al inglés. ¿Sabes leer inglés?

—Era mi mejor asignatura en mi antigua escuela.

—Te va a servir para cuando entres a la University High. Es uno de los libros que se lee en noveno grado. Este es otro, *The Prisoner of Zenda*.

—Me los leeré de tapa a tapa.

—Si me traes los últimos dos en buen estado, te presto dos más. Tengo muchos libros de los que leen en la University High.

A Julia se le iluminó la cara. Iba a preguntarle a la señora cómo sabía qué libros se leían en la escuela de sus sueños, pero la señora de los grandes espejuelos de pasta se le adelantó.

—Fui bibliotecaria en esa escuela —le guiñó un ojo.

Julia llegó a El Monte cargada de libros y trinitarias. Tal vez sí existen los efluvios del alma y la inteligencia divina. Su encuentro con la señora del Centro Espírita había sido providencial. Ahora estaba segura de que entraría en aquella escuela.

SEGUNDA PARTE

ALGO LENTO DE SOMBRA ME GOLPEA

[illegible] a su mamá [illegible]. Daba pasos chiquitos, sin propósito ni rumbo, llena de incomodidad.

—Le vengo a traer a la nena. Si quiere, se la dejo después de que termine de vender mis viandas en el mercado. Pero entonces, va a llegar toda llena de polvo y [illegible].

—[illegible] —[illegible] Julia.

—[illegible] Miss Rosenda, [illegible].

Julia [illegible] de sus [illegible]. [illegible] de la época [illegible] que no [illegible] en su compañía [illegible] que pasara la guardia [illegible] ser parejera con esa doña, para que [illegible] ella no le iba a hacer encoger como [illegible] su madre [illegible] que se [illegible] fuera de [illegible].

—¿[illegible]?

Su madre [illegible] la respiración y le abrió los ojos, pero no la regañó ni le dio un jalón de brazo.

—Wagner [illegible] de la vitrola. No hay muchas vitrolas como esta [illegible] por año y medio [illegible] mi sueldo entero de maestra para comprarmela. Me encanta Wagner. Es un compositor muy apasionado. ¿Le gusta la música, Julia?

—Me gusta la poesía y escribir pensamientos. Es la música que sé hacer.

Rosenda Rivera observó de arriba a abajo a la muchacha, complacida. A Julia se le disipó el coraje.

EN LA DESENFRENADA SOLEDAD DE LA ISLA

Llegó a una presentación en el centro comercial Plaza Carolina. No tenía uso hacer la presentación en la plaza del pueblo. Allí no iba ya casi nadie. Desde que Carolina se comió el mangle que rodeaba sus costas y se ensanchó hacia los montes más verdes de su territorio, el centro del pueblo quedó desierto. San Fernando de las Carolinas mutó hasta convertirse en un mar de cemento y tierra baldía, una mezcla de urbanizaciones monstruosas y caseríos para familias de bajos recursos que no habían tenido ni la suerte ni el tesón de entrar de lleno a la cultura del consumo y la modernidad. Aquellas urbanizaciones se quedaron con todo y a la vez hacían imposibles los rituales propios de una vida de pueblo. Sus desarrolladores levantaron controles de acceso; casas sin ventanas ni balcones, dependientes del aire acondicionado; marquesinas para dos carros; parques internos donde no podían jugar niños de otras colindancias. Cada vecindario funcionaba como una miniciudad zombi, totalmente separada de la otra vecindad. Todas ostentaban nombres pomposos: Alturas de Metrópolis, El Escorial, Escorial Towers, La Hacienda Estates. Ahogados en deudas, con dos carros del año en las marquesinas, la gente de bien del pueblo de Carolina no pasaba hambre, pero vivía una extraña carencia que ninguna cosa que compraran podía saciar. Los otros, los pobres, abandonaron el bohío, bajaron, como Julia, primero al pueblo y luego se fueron a Estados Unidos. Los que quedaron atrapados en barriadas cundidas de violencia, alcohol y drogas, esperaban atentos la oportunidad financiada por algún familiar, algún desastre natural o algún partido de turno para poder escapar al fin de la isla asfixiante.

Pobres y profesionales iban a Plaza Carolina en busca de rebajas, a hacer *layaways*, a almorzar comida del Norte en un aire acondicionado templado que mataba el calor y permitía que los *blowers* —y las planchas para alisarse las melenas— no se vieran afectados por el sudor y el salitre. Por ello, los oficiales de cultura del municipio de San Fernando de las Carolinas pautaron un conversatorio y la venta y firma de la biografía de Julia un sábado a la hora pico de las 2:00 pm. La actividad se celebraría en el atrio central del centro comercial que no se vaciaba nunca. A través de la presentación, lograrían maximizar la difusión del libro que celebraba el centenario de la Poeta.

La escritora salió ese sábado hacia el centro comercial. De camino a la presentación, dejaría cuidando a los niños en casa de su prima Astrid. Astrid vivía en una de esas urbanizaciones chatas de clase media trabajadora que tenían las mismas pretensiones de las urbanizaciones con control de acceso, pero sin la valla. Su casa se levantaba rodeada por tiendas de *autoparts*, laboratorios médicos, gomeras, farmacias y caños de río. Trabajaba para el gobierno gracias al partido de turno. Su esposo tenía una pequeña compañía de camiones de carga.

—Nena, vete. Jay Anthony ya está grande y se puede quedar jugando PlayStation con el nene. Voy a llevarme a la nena al *biuti*. Me toca hacerme las uñas, mira cómo las tengo.

La escritora se despidió de sus hijos, se montó en su carro y agarró la avenida Monserrate rumbo a Plaza Carolina. Dobló a la derecha frente al parque Julia de Burgos, donde ahora yacen los restos de la Poeta.

Julia por todas partes, pensó.

Le encantaba hacer presentaciones en sitios inusuales. Siempre se le hacían incómodos los lugares donde interactuaba la élite intelectual de su isla. Ateneos, librerías, universidades, institutos de cultura, museos de la Masacre o de los Próceres; eran lugares acartonados donde pocos se atrevían a entrar. En sus ritos de validación, la alta cultura de siempre le dio la espalda a ese pueblo feroz, cafre, gritón, consumista y malhablado que ella conocía tan bien porque de ahí había salido. No hay ninguna virtud en ser pobre, la escritora lo sabe. No es de las que romantiza la carencia porque la conoce bien, demasiado bien. Sabe que cuando hay que trabajar como bestia para poder sobrevivir hasta fin de mes, queda poco espacio para la cultura; sobre todo para una práctica de la cultura que requiere manejo de ademanes, ritos, formalidades, títulos, deferencias, maneras de vestirse y de comportarse que no son los propios: esas reglas ocultas que siempre hacen sentir a una como intrusa.

Llegó a Plaza Carolina, estacionó la guagua y caminó hacia la entrada que le permitiría acceder con mayor facilidad al atrio principal del centro comercial. Allí la esperaba Irma Santiago, historiadora oficial de cultura del municipio.

—¡Doctora!

—Hola, Irma, ¿cómo está? Si me llama doctora, me pone nerviosa. Así me dicen en la universidad cada vez que meto las patas. Llámeme por mi nombre.

—Me va a tener que perdonar la formalidad. Usted sabe, el puesto y la costumbre.

—No se preocupe. Lo importante es que esto está hermoso. Qué bonito les quedó el escenario, con arreglos florales y todo.

—Nos esmeramos. ¿Vio que pusimos unas guajanas? Son de las orillas del Río Grande de Loíza, donde desemboca el Paseo de Julia con el embalse Blasina.

¡Y qué bueno que llegó! Esto ya está lleno. Vino público desde Guayama, Corozal, desde la isla entera. Desde las once hay gente preguntando por el libro y ya vendimos trescientas copias.

—No me diga. ¡Qué buenas noticias me da!

—Empezamos en quince minutos. ¿Quiere que le pongamos un espacio en el escenario?

—No, voy a hablar parada.

—Tenemos una hora completa para la presentación. Voy a dar el saludo protocolar a nombre del alcalde. Luego entra usted y habla. ¿Cómo ha decidido que corra la presentación?

La escritora explicó. Primero leería tres pasajes del libro que ya tenía escogidos, con comentarios acerca de cómo accedió a la información que nutrió la biografía. Luego explicaría cómo la vida de Julia era la de todos los puertorriqueños. En treinta y nueve escasos años de vida, Julia resumió la historia de todo un pueblo: su pobreza extrema, la mortandad infantil de los años veinte y treinta, el embate de los huracanes, la Gran Depresión, la migración a Nueva York, la entrada de las mujeres a la fuerza de trabajo en el Banco de la Leche, en el magisterio, en el periodismo, en la lucha política. Cómo, mientras estuvo viva, muchos la criticaron. La llamaron machorra, comunista, pendenciera, mujer demasiado fuerte, demasiado independiente, de poco roce social, malos modales, mujer de mala vida. También vivió y sufrió en carne propia la gran tara de nuestro pueblo, ese secreto a voces que nadie quiere nombrar, el alcoholismo. ¿Hablaría del alcoholismo de Julia? ¿Se atrevería a nombrarlo frente a los oficiales de Cultura del municipio que le comisionó escribir la biografía de la ahora insigne Poeta Nacional? La escritora dio una mirada panorámica de reconocimiento al público que, sentado o de pie, esperaba a que diera comienzo la presentación. ¿Estaría entre ellos algún familiar de Julia? ¿Estaría María Consuelo, hija de Consuelo Burgos García, sobrina de la Poeta? Sabía por comentarios del círculo intelectual de la isla que la albacea de los diarios, cartas e inéditos de la Poeta no estaba del todo contenta con la biografía que ella había escrito. Ya la comisión, que también dirigía esfuerzos para celebrar el centenario de Julia, le había enviado un *mail* con la respuesta de algunas escritoras de izquierda molestas con ella y lo que había escrito: "¿Por qué te adentraste a discutir asuntos de su vida privada, de su alcoholismo? Hay que celebrar la obra de Julia, su gran obra, no alimentar de manera tremendista esa tara que obviamente fue causada por la pobreza, la persecución política, la depresión causada por su rompimiento amoroso. Le has hecho un gran daño a tu país con tu versión de la vida de Julia".

María Consuelo no estaba allí. No la avistaba. Mejor. Diría lo que se había propuesto decir. No tenía ni el tiempo ni la posibilidad de cambiar su plan, ni de escuchar sus miedos. Fue allí a presentar la biografía de Julia, la que ella escribió, con fortalezas y quizás con errores de juicio, esa vida que ella investigó, pero que no paraba. Iba a contarles de Victoria Muñoz y el poema inédito de Julia que habitaba la memoria de aquella señora. Hablar sin miedo sobre el alcoholismo de Julia, que es el alcoholismo que sufren muchos en la isla. Que borracho puede ser cualquiera, pero escribir como Julia, con esa trascendencia y pertinencia, como si aún siguiera viva y conectada con los dolores del país, lo han logrado pocos. Que dio la vida por este pueblo hasta donde le alcanzaron las fuerzas. Que ella se atrevió a soñarse escritora porque Julia se atrevió primero, una mujer pobre como ella, negra grifa como ella, de los campos de Carolina, que había sido maestra rural como su madre, que había caminado la isla entera vendiendo su primer poemario de casa en casa y no de Ateneo en Ateneo para pagar por las medicinas de su madre agonizante. Que ganó dos veces el Premio Nacional de Literatura, la primera mujer en lograrlo, para después repartir lo que se ganaba entre sus hermanos pobres y hambrientos y su padre borracho. Hablaría de lo mucho que le pesaba regresar a Puerto Rico luego de migrar a Nueva York, no solo porque la habían etiquetado como nacionalista, comunista o rebelde, sino también porque no era de la élite. No tenía padrinos en ningún sitio y la miseria de sus hermanos le pesaba, le pesaba largo y tendido, y ella no tenía con qué remediarla, por más poemarios que publicara o premios que se ganase. Diría al fin que Julia no quiso regresar sin títulos y convertida en una borracha porque le avergonzaba haberse ido de corteja de Juan Isidro, y que luego de seguirlo a Nueva York y a La Habana, y de esperar tres años hasta que a Juan le llegara la sentencia de divorcio, él no se quiso casar con ella.

Además, ¿qué apoyo se le puede dar a una mujer de su calaña, poeta, bohemia, politizada, que quién sabe cuándo comenzó a beber? ¿De niña? ¿En la universidad? ¿Cuándo se fue a Comerío frustrada, sin conseguir trabajo como maestra y contentándose con el que le dieron en la Estación de la Leche? ¿Qué fue la bebida para Julia? Tal vez beber como los hombres bebían fue una manera de hacerse mujer de sí misma, de ganarse la confianza y medirse de tú a tú con sus compañeros del Partido, con los otros poetas del patio. Tal vez fue la forma que encontró de medicarse contra la ansiedad, contra la melancolía que describía en sus versos y que podía ser indicio de una posible depresión.

"Ojalá la vida nos dé una oportunidad de poder hablar de frente y no por carta, Consuelo. Tú sabes que por tres años me dediqué en cuerpo y alma a tu hermana, a ustedes. Tú misma me llamaste Papaíto. Pero Julia necesita un ambiente diferente, uno que le exija la fortaleza de carácter de la que ella carece.

Quizás más cerca de la familia pueda desarrollar la virtud necesaria para poder cumplir con su palabra" —le había escrito por carta Juan Isidro a Consuelo, mal callando la razón de por qué rompió con la Poeta. Esa era toda la prueba con la que contaba la escritora para argumentar que ya cuando Julia vivía con Juan Isidro en La Habana, su estado depresivo, su consumo de alcohol, o ambas cosas, se estaban convirtiendo en un problema. Los padres de Juan Isidro no la querían. El mismo Juan le exigía virtud, fuerza de carácter. La encontraba (¿Cómo? ¿Tirada en la cama, desganada, borracha? ¿Entonada, pero funcional?) cuando regresaba a casa después de sus largos viajes. Julia pasaba demasiadas temporadas sola en Trinidad, en La Habana, en Corpus Christi , mientras Juan se iba a trabajar como propagandista médico, a militar con sus amigos del Partido, a laborar en la redacción de la Constitución del 40 o a dar discursos, mientras Julia no sabía qué hacer, dónde insertarse, dónde trabajar. Tampoco podía parir.

La escritora terminó su presentación bajo un fuerte aplauso. Atendió unas cuantas preguntas del público. La historiadora del municipio pasó a cerrar la actividad y a dar instrucciones de cómo se iba a proceder para la firma de autógrafos.

—Muchas gracias a la doctora por su magnífica presentación de esta obra que les trae el honorable alcalde de nuestro municipio de Carolina. Como hijo de maestros, nuestro alcalde sostiene un compromiso firme con la educación y por ello no ha escatimado en preparar actos para celebrar el centenario de nuestra inmortal Julia de Burgos. Permanezcan pendientes, que habrá actividades de celebración el año entero. Las mismas culminarán en el Mausoleo Julia de Burgos, en este su pueblo de Carolina. La doctora procederá a autografiar los ejemplares de la biografía de nuestra poeta. Si usted desea que la escritora le autografíe su ejemplar, favor formar fila a partir de los cordones en medio de las columnas del atrio a la derecha de la tarima. Solo se firmarán ejemplares comprados. Muestre su boleto de compra a mi compañera Sally, quien saluda al fondo, a la derecha, antes de pasar al área designada para autógrafos.

La fila se extendió interminable. La escritora miró su reloj. Aquello iba para largo. Decidió llamar a Astrid.

—Prima, ¿no te molesta que llegue un poco más tarde? Aquí se ha formado una fila inmensa para que autografíe libros. No sé cuánto me tome, pero tan pronto termine salgo a buscar a los nenes a tu casa.

—No te preocupes, chica, si todavía estamos en el *biuti*. Te íbamos a sorprender. A la nena le están pasando un *blower*.

—¿A los siete años?

—Ella quiso. Además, se ve tan linda con su pelo alisado. Oye, no le vendría mal que de vez en cuando la lleves a que le recorten las puntas y le pongan una mascarilla para el pelo. Como tú andas por ahí espeluzá, así mismo tienes a la nena. Deja que la veas, más linda, parece una muñequita.

—Embelequera. Y yo no ando por ahí espeluzá.

—Espeluzá sí, siempre con esos *dreadlocks* que parten pelo. Tú no eres jamaiquina. Tú eres boricua. Las boricuas nos pasamos la plancha y nos alisamos el pelo. Ay, Dios mío, si la vieras, esa nena de Tití con esos rizos y ese colorcito canela… Ya tú verás, cuando crezca no te va a dejar vivir con los novios que va a traer a la casa.

—Qué novios ni novios. Falta mucho pa' eso. No le pintes las uñas.

—Ya pa' qué. Tiene pintadas las de las manos y las de los pies del mismo color que su Titi. ¿Verdad que sí, princesa? Ay, mi nena hermosa, cosita linda. Esa mai tuya, que si libro pa aquí que si libro pa' llá. No te lleva al *biuti*. Pero tu Titi sí te lleva. Yo siempre te voy a llevar.

—¿Cuánto te cobraron por esos emperifolles? Tú no tienes chavos pa' eso.

—Regalo de su Tití. Tú olvídate, que la última la paga el diablo. Me regalas un libro de esos tuyos firmado y ya.

—¿Lo vas a leer?

—Jamás. A mí los libros me dan calor y dolor de cabeza. Lo mío es la fabulosería.

—Eres incorregible.

—No me regañes o le pinto el pelo a la nena de colorao.

—Ponme a la nena. Y gracias, prima, en verdad.

—Tú cuenta conmigo para lo que haga falta. Pa eso somos familia, ¿o no?

Después de asegurarle a su hija que la iba a buscar pronto, procedió a firmar autógrafos. Posó para fotos con alumnas del cuadro de honor de la escuela superior de Orocovis que vinieron hasta Carolina a escucharla. Saludó a maestras compañeras de su madre y a fanáticos de Julia. Oyó procedencias, deletreó nombres imposibles para quienes querían que le dedicara el libro a la novia, a la prima, a la nena que está estudiando allá afuera. Contestó más preguntas. Anotó nombres, compartió teléfonos con maestros que querían que visitara su escuela. Ella les prometió que iría. A dos, a veinte. ¿A cuántas? ¿Con qué tiempo? Ya lo encontraría. Había que apoyar, darles ánimos a los lectores anónimos que se sabían de memoria dos poemas y uno era de Julia, a los que criaban a más lectores por los campos perdidos en donde no hay ni una sola librería ni una biblioteca abierta y que, sin embargo, leían. Había que animarlos a seguir leyendo, a no conformarse con la nada, a tener hambre de más.

Le tomó dos horas firmar todos los libros comprados.

La escritora se despidió del personal de cultura del municipio. Un señor flaco vestido con una pulcrísima guayabera crema y espejuelos se le acercó cuando ya empezaba a caminar rumbo al estacionamiento.

—Escritora, no se vaya.

—Sí, dígame. ¿Le firmo el libro?

—No, si ya me lo firmó. Mire, doña, es que quiero contarle algo.

—Lo escucho.

—Yo conocí a Julia.

Otra vez Julia, el mito; Julia la vida que no se acaba, por más que leyera, que entrevistara, que aparecieran papeles perdidos, poemas inéditos encontrados en quién sabe qué caja de coleccionista o en qué sótano; alguno de los muchos en los que Julia durmió cuando se quedó en el Norte sin casa y con frío, cuando el aguardiente le cambió la ruta y acabó con su esperanza.

—Fue en Nueva York. Yo era chamaquito. Me fui de la isla a los ocho años. Desde esa edad empecé a trabajar. Ayudaba a un tío mío que tenía un puestecito de dulces cerca de una escuela en Harlem. Julia se la pasaba por ahí. Andaba hinchada, sucia, bebía mucho. La gente no sabe por las que pasó. Ya andaba de deambulante, ida, como los que duermen en las escaleras de los *subways*. Mal. Mi tío le guardaba calditos y se los daba, porque casi no comía. Y le regalaba una bolsita con dulces. Usted sabe que a la gente que bebe le encanta el azúcar. Me decía: "Nene, vete y llévale esto a esa señora, tráemela para acá, porque si los guardias la ven cerca de una escuela, se la llevan pa' la cárcel, y no. Ellos no saben que esa señora es una poeta nuestra, famosa, que escribe muy bonito. Hay que ayudarla. Tráetela pa'cá". Yo no quería ir. A veces me le escapaba a mi tío cuando él me mandaba a buscar a la señora, porque no quería que me vieran con esa borracha. Pero ¿qué sabía yo, chamaquito al fin, que esa señora era Julia de Burgos? Trabajé en bodegas. Me hice hombre de bien. Tengo dos hijos que viven por allá. Cuando me retiré del trabajo, regresé a mi campo. Soy agricultor. He hecho mil faenas para no perder la finca de la familia. No soy hombre de letras. Sé lo básico. Leo periódicos, eso sí. Cuando supe que usted iba a presentar el libro de Julia, le pedí a mi sobrina que me trajera. Salimos tempranito esta mañana desde Manatí. Ahora mis sobrinos nietos se aprenden poemas de Julia de memoria y hacen proyectos sobre ella. Pero nadie les dice lo que esa mujer sufrió. Nueva York es duro. En Puerto Rico andábamos todos escapando de la pobreza de verdad, no como ahora, que hay cupones y ayudas, WIC, seguro social. Pa' los años en que yo me crie, en los 40, no había casi ninguna ayuda. Uno no puede juzgar. El que no haya pasado por lo que pasamos los que nos fuimos, no puede juzgar. Yo era un niño, no sabía nada. Por eso me avergonzaba de ella. Pero ahora me llena de orgullo haberla conocido aunque fuera de deambulante. He leído sus poemas. ¡Qué cerebro tenía aquella señora! ¡Qué sensibilidad! Le ponía palabras a lo que uno siente, a lo que yo sentí. Mi poema favorito de ella es "Campo". Bueno, doña, no le quito más tiempo. Era para decirle que yo la conocí y que gracias por el libro. Me lo voy a leer completo. Usted se ve que es honesta, que no se anda con tapujos y que sabe hablar con la verdad. La felicito. He disfrutado mucho de su presentación. Usted es sencilla como Julia, y se ve que ha pasado sus trabajos, por eso puede hablar por ella.

—Gracias por sus palabras. ¿Me puede decir su nombre?

—No hace falta, escritora, no hace falta.

Quebrada Limones se había salido de [illegible]. La corriente enlodada no invitaba a pasar la boca a la corriente que antes corría cristalina. Quizás más tarde, cuando se aclararan las aguas, podrían atrapar buruquenas o camaroncillos de río en alguno de los charcos. Francisco se llevó a Julia, que [illegible] podía [illegible] con los yerbajes. Muchos de los caminos estaban tapados por derrumbes y por troncos; se necesitaría para salir de Santa Cruz [illegible] el trabajo de muchos días de muchos brazos. Mientras tanto [illegible] sus hijas se [illegible] a la tarea de [illegible] que recoger y llevar agua hasta lo que quedaba del hogar. Habría que hervir aquel engrudo por mucho tiempo.

En esas estuvieron desde que San Felipe azotó la isla hasta tres semanas después [illegible] parecía que quedaba otra opción que mudarse hacia la capital.

—No va a servir mudarse para el pueblo, Santa. En todo esto no va a haber trabajo por meses largos.

—[illegible] me puedo emplear en una casa...

—Las niñas no están de edad para quedarse solas ni para emplearse en casas de familia, a menos que atrasemos los planes de que Julia siga estudiando.

—No, Julia no. [illegible] va a la escuela. [illegible] Rosenda me dice que es material de universidad.

—Pues vamos a tener que mudarnos cerca de la universidad esa. En Río Piedras hay casas de más

ENTRETANTO, LA OLA

A Carmen la conoció en la University High. Era de su misma clase. Carmen Cuchí fue lo más cercano que tuvo Julia a una amiga mientras estudió en aquella escuela. Sus otros compañeros de clase no le hacían mucho caso. Tampoco Julia compartía con ellos. "Demasiado huraña y poco comunicativa, ensimismada, rehúye el trato social", escribieron en sus evaluaciones Miss Constance Rosario y Míster Fernando Millán. Míster Millán fue más lejos. En su evaluación de décimo grado, señaló que "la estudiante Burgos García parece que tiene problemas". Claro que los tenía. Ni el dinero ni la comida daban abasto. Cierto es que Míster Millán le reconocía a Julia su inteligencia. "Sobre todo en sus ensayos de redacción libre. Indudablemente inteligente, buen manejo del lenguaje. Con ello compensa su rudeza y falta de buenas maneras sociales. Si pudiera vivir apartada de su familia, seguramente algo podría esperarse de ella".

Míster Rivera y Míster Montalvo concordaron con la evaluación de Míster Millán.

Julia recibió las evaluaciones de año en un sobre cerrado que debía entregar a sus padres.

—Dile a tu madre que la espero por mi oficina. Quisiera hablar con ella —le indicó Míster Rivera, entregándole el sobre.

Esperó a que Míster Rivera se perdiera de vista y abrió el documento. Total, tenía que leer lo que dijera en la carta para luego decirle a Mamá Paula, o esperar a que llegara Papitín de sus andanzas. El pecho se le encabritó mientras leía. Le dieron ganas de treparse al árbol más alto de la escuela con los bolsillos llenos de piedras y romperles la cabeza a pedradas a todos sus maestros. ¿Cómo que cierta rudeza? Para poder terminar las lecturas que asignaban en cada clase había que hacer malabares para conseguirlas en la biblioteca, concentrarse leyéndolas a la luz del quinqué luego de que todos sus hermanitos se durmieran. A solas intentaba entender qué decían aquellos libros; no la información que mostraban, sino las referencias a ese otro mundo que retrataban, el mundo "culto y civilizado" que ella nunca había visto. Luego tocaba amanecerse para terminar de planchar sus dos o tres trajes de la semana y limpiar los únicos zapatos que tenía para la escuela. Al alba, había que partir a la plaza a barrer y acomodar cosecha en los puestos, más ayudar a Mamá Paula a criar a los demás. Rudeza no, cansancio. Falta de buenas maneras sociales no, falta de oportunidades para aprenderlas. Y hambre. Julia siempre tenía hambre. Carmen Cuchí Coll y las demás podían estudiar tranquilas, con la barriga llena, en la biblioteca de sus casas iluminadas con luz eléctrica. Recibían tutorías, iban a bailes de sororidades, cenas, quinceañeros. Sabían lo que era un queso *gruyère*, identificar el tenedor de la ensalada. Podían mandarse a coser trajes o comprarlos en los almacenes de Río Piedras. Julita debía buscar cómo estudiar, qué comer, inferir detalles que no reconocía en los libros, mal dormir en su cama de saco, mal comer lo que llegaba de comida y trabajar.

Para colmo de males, Papitín se perdía cada vez más entre las callejuelas de Río Piedras, por los cientos de colmados, chinchorros, bares, puestos de alambiques escondidos entre los pastizales circundantes. La mudanza le estaba afectando. En la clase de Estudios Sociales, Julia había estudiado acerca de la Ley Seca, que regía en la isla desde 1917, cuando los Estados Unidos la impusieron junto con la Ley Jones, que otorgaba la ciudadanía americana. Pero era como si no estuviera vigente. Dondequiera corría el alcohol. Dondequiera te topabas con un bar. Desde que bajaron de Santa Cruz, pasaban semanas enteras sin que la familia supiera de don Francisco. No había forma de seguirle el rastro. En los campos de Santa

Cruz había comunidad, pero acá en Río Piedras, la red de vecinos, compadres y dueños de colmado que mandaban recado a la familia se había roto. Papitín era otro de los miles de borrachos anónimos que se ahogaban en el río de aguardiente que anegaba la ciudad.

Además, por los montes de Santa Cruz no faltaban las viandas, matas de guineos, árboles de panas, papayas, mangó. Era cuestión de trepar un árbol, estirar la mano y coger la fruta. Los vecinos se intercambiaban la cosecha de la tala que no vendían en la plaza de San Fernando. Allí se vendía en el piso, sobre sacos de yute y mantas. No se sacaba mucha ganancia, pero tampoco se pasaba hambre. Sin embargo, acá en la ciudad, para todo necesitabas dinero.

La familia tampoco contaba con que la UHS fuera una escuela tan estricta. Se la pasaba citando a reuniones de padres y maestros, haciendo actividades a las que Mamá Paula no podía ir, mandando circulares que no podía leer. Cierto era que Julia estaba aprendiendo mucho. Sobresalía en Inglés, se ganaba casi todas las medallas en las competencias de natación y pista y campo, pero sus notas en las demás materias no eran tan buenas como en la Luis Muñoz Rivera. Eso también la tenía preocupada. Por más que se empeñaba, nunca sacaba "A". Su nota más baja era en español, una "D". Cuando entregaba sus ensayos, le alababan la originalidad de sus trabajos y su independencia de criterio, pero sus maestros no fallaban en señalar su torpeza en la puntuación, su construcción de oraciones *demasiado largas*. Su problema mayor eran los exámenes de comprobación de lectura. La mayoría de las veces, no los pasaba.

En la Escuela Superior Preparatoria de la Universidad de Puerto Rico era requisito formar parte de clubes de oratoria, equipos deportivos, coro o banda. Le explicaron a Papitín, a Mamá Paula y a Julita durante la reunión de ingreso a la escuela que esta era una de las formas en que la universidad ofrecía matrícula gratis y becas a sus estudiantes. Julia se matriculó en el equipo de pista y campo tan pronto empezó a tomar las clases. También se postuló para el consejo estudiantil. Fue allí donde Carmen Cuchí Coll y ella se hicieron amigas.

—Tienes que confesarme tu secreto para vender tantos boletos de rifa en tan poco tiempo. ¡Eres la que más ha vendido del décimo grado! —le comentó Carmen un día por los pasillos de la escuela, después de que acabara la reunión del consejo.

—Me le acerco a la gente que veo en la calle o en la plaza del mercado y se los ofrezco. Casi siempre, me los compran.

—¿Tus padres te dejan caminar sola por las calles de Río Piedras, Julia? Deben ser de avanzada.

Julia sonrió en silencio. ¿De avanzada sus padres? Si Carmen supiera… Le hizo gracia la ingenuidad de su compañera de escuela. No le dijo que vendió sus cinco libretas de boletos en una sola tarde, cuando los ofreció en el Centro Espírita de al lado de la escuela.

—Lo mejor es llevarte los boletos a un lugar donde haya mucha gente con buena disposición, gente a la que les guste ayudar a los demás.

—Me los voy a llevar a la Iglesia del Pilar. Quizás los pueda vender después de misa. Mis padres son del Pensionado Católico de la UPR, que es muy activo en esa parroquia.

—De seguro allí vendes todos tus boletos. A esa iglesia va mucha gente. Nosotros hemos ido de vez en cuando a su misa, pero no comulgamos. Todavía no he hecho la primera comunión.

Lo debió haber pensado mejor antes de abrir la boca. Tan pronto Julita terminó la frase, notó que Carmen paró en seco, mirándola boquiabierta.

—Espérate, Julita. Explícame una cosa. ¿Cómo es que estás en décimo grado y no has hecho tu primera comunión? ¿Lo sabe Míster Keelan?

—En casa se reza el rosario. Creemos en Dios, aunque a veces no entiendo cómo permite tanto sufrimiento en el mundo. Para entrar en la escuela intermedia, a mis padres les pidieron mi certificado de bautismo. Me bautizaron en la parroquia de San Fernando. Pero entonces pasó el huracán y nos mudamos para acá el año pasado...

—¿O sea que tu familia ya lleva un año establecida en Río Piedras y todavía no has hecho tu primera comunión? ¡Yo la hice a los diez años!

—No sé, no nos ha dado tiempo. Además, en casa somos muchos hermanos, Carmen.

—La salvación de tu alma no es para esperar tanto, Julia. Créeme que esas cosas cuentan para tu progreso personal, aunque no lo parezca. Mira lo que le pasó a mi tío. Renegó de la Iglesia, se metió a militar en uno de esos partidos que buscan la independencia para la isla que, si no fuera por los americanos, se moriría de hambre, y ahora no encuentra trabajo por ninguna parte.

—Algunos pasan hambre por causa de los americanos. Por lo menos, en los campos es así. Todas las tierras son de ellos. Pagan una miseria por cortar caña, por enrollar tabaco, la mayoría de las veces pagan con unos vales que solo sirven para comprar un saquito de arroz y dos o tres latas de sardinas en los mismos colmados de las compañías. Y ron, mucho, mucho ron.

Julia pensó en su padre, Papitín, pero no se atrevió a comentar nada.

—Ay, Julia…, eso de tu primera comunión hay que resolverlo pronto —comentó Carmen Cuchí después de un breve silencio—. El mismo director Keelan se la pasa insistiendo en que los estudiantes de la UHS tienen que comprometerse con estudiar, aprender inglés, hacerse personas de bien y ser católicos; no de esos pentecostales que se van por los campos convirtiendo a la gente a otros cultos. Eso, si queremos que la escuela nos apoye con cartas de recomendación para entrar en la universidad. Tampoco nos quiere inmiscuidos en organizaciones nacionalistas, como las que cunden en la UPR hablando en contra de los americanos. Yo lo único que sé es que tienes que hacer la primera comunión, July. Ya no hay lugar en este mundo para una jíbara primitiva y sin los sacramentos para la salvación de su alma. No te preocupes. Yo te voy a ayudar.

A la semana siguiente, su "amiga" Carmen había convencido a sus padres para que hicieran los arreglos de la primera comunión de Julia. Solo tomó una llamada de parte de los padres de Carmen para que el pensionado le ofreciera clases de catecismo gratis "a la compañerita de la nena" y para incluirla en la próxima ceremonia de comunión que celebrara la parroquia del Pilar.

—¿Puedo llevar a mi hermana Consuelo? —Julia se atrevió a preguntarle a Carmen.

—Yo no creo que haya ningún problema. Voy a consultarle a mi papá, pero las clases de catecismo son gratis. Es bueno que tu hermana vaya para que vean su interés y también le guarden espacio.

Esa tarde, Julia salió corriendo de la escuela hasta El Monte para darles la noticia a Consuelo y a Mamá Paula. Consuelo se puso a brincar de alegría. Mamá Paula torció la boca mientras miraba a sus hijas reír desde el zaguán de la casita.

—Ya saben que no hay pa' velos ni pa' los trajes de novia en miniatura con que los ricos visten a sus hijas ese día. Las amortajan con mosquiteros de costurera cara. ¡Qué barbaridad! Trajecito limpio y mantilla es suficiente para cumplir con el rito onomástico.

—Eclesiástico.

—El Dios de los pobres no necesita tanta ostentación. Él sabe mirar el alma, oír las plegarias que elevamos al cielo. Sabe que no tenemos zapatos lindos para ir a misa, que no hace falta tanta ceremonia. Desde que nacemos, vivimos en comunión con Él.

Levantarse temprano, acostarse tarde, entregar ensayos, intentar subir las notas. Hablar con Carmen de vez en cuando, competir en las justas deportivas de la escuela, ganar medallas en salto a lo alto y jabalina, oír las peleas entre Papitín y Mamá Paula. Estudiar, estudiar, trabajar, estudiar. Sin casi darse cuenta, Julia aprobó décimo grado, pasó a undécimo. También aprobó. De repente, se vio cursando el primer semestre de su cuarto año. Solo le quedaba medio año para graduarse. Su promedio seguía siendo pobre, rozaba los 2.30, pero Julita le metió más fuerza a los estudios y logró subir promedio a 3.00 hacia finales de semestre. Solo quedaba tomar el examen de ingreso a la Universidad de Puerto Rico.

Siguió estudiando como una burra. En la biblioteca de la escuela daban repasos para el examen de ingreso todas las semanas. La aspirante a universitaria no salía de allí. Releyó los libros que no pudo terminar de leer durante sus cuatro años en la High. Tomó repasos en Ciencias, Gramática y Matemáticas, sus mejores asignaturas, para reforzarlas. Redactó borrador tras borrador de su ensayo de admisión. Tenía que ser un ensayo brillante, que demostrara buen manejo del idioma; que convenciera a los oficiales de admisión que se encontraban frente a una candidata segura de lo que quería estudiar, sólida en sus argumentaciones. Estudiaría Educación. Iba a convertirse en maestra, como Miss Rosenda, pero mejor. Se convertiría en una maestra solidaria con sus estudiantes, que entendería sus limitaciones y los alentaría mediante el ejemplo positivo y el acompañamiento. La crítica severa y la aridez disciplinaria no sirven para educar, sobre todo sin un apoyo comprensivo entre educador y estudiante. Los maestros deben tomar en cuenta las condiciones de vida de sus discípulos. Si alguien vivía convencida de la importancia de la educación para que un pueblo alcance la modernidad y salga de la pobreza, era ella. Pero también sabía que sin un acompañamiento alentador que integre las experiencias de los estudiantes, ninguna formación académica lograría su cometido. Julita escribió acerca de su experiencia en los campos, que la inspiró a enamorarse de las letras y escribir poemas y reflexiones desde muy niña; también de las limitaciones de la educación rural, donde se enseñaba sin libros, por medio de la repetición y la memoria, y de la poca guía que podía recibir de sus padres porque ellos mismos carecían de instrucción o andaban siempre trabajando. Terminó un borrador de ensayo que le pareció adecuado y se lo llevó a su amiga bibliotecaria del Centro Espírita.

—Esto está estupendo, señorita. Se lee con fluidez. Tus argumentos son conmovedores y brillantes. Te hice algunas correcciones en lápiz rojo. Me tomé el atrevimiento de sugerir que añadas una cita de uno de mis filósofos favoritos, Bertrand Russell, que discute cómo las experiencias directas tienen un papel primordial en la adquisición del conocimiento. Pero muy buen ensayo, Julia Constanza. Te felicito. Has crecido mucho en estos años. Te aseguro que entrarás en la universidad.

En la casa hubo algarabía cuando Julia llegó corriendo de la escuela con la carta de aceptación a la UPR. Se la dio a Mamá Paula, olvidando de momento que su madre no sabía leer.

—Mamá, mira. ¡Me aceptaron!

De casualidad, esa tarde Papitín estaba en la casa. Julia se corrigió y cambió la carta de manos. Papitín leyó despacio, en voz alta, rodeado de toda la familia.

"Estimada Julia Constanza Burgos García. Sirva esta misiva para anunciar con sumo placer que ha sido escogida para..."

De repente se detuvo, descifrando el resto de la carta en silencio.

—Francisco, por Dios, termina. ¿Qué dice la carta? ¡No nos hagas esto! —demandó doña Paula con la voz quebrada.

—¡Que Julita fue aceptada en la universidad! —gritó Papitín, ondeando el papel en el aire como si fuera una bandera—. ¡Y con beca!

El sacrificio de mudarse de Santa Cruz a Río Piedras no había sido en vano. Parecía que en la casucha de los Burgos García se estaba declarando una especie de paz.

Se corrió la voz por todo El Monte, de balcón a balcón. A las pocas horas, gran parte del vecindario llegó a la casita trayendo café, galletas, queso, guineítos en escabeche, bacalao guisado y ron pitorro. Aquella tarde se hizo noche con un gentío celebrando en el zaguán. Había vecinos sentados en taburetes prestados, en los escalones del balcón, en viejas latas de galleta. Mamá Paula coló café para todos los presentes. Julia jura que la vio bautizar el suyo con un chorrito de ron.

Aliviada y alegre, Julia empleó su último semestre en la High, pasando más tiempo en la universidad que en la escuela. Suerte que el recinto quedaba justo al frente. Cada día, tomaba las clases que le quedaban para graduarse, que eran pocas, y luego, en la tarde, cruzaba la avenida Gándara. Trasponía los portones de la UPR hasta llegar al Colegio de Educación, donde había sido aceptada. A su costado quedaba la oficina de Admisiones. Allí pasaba horas hablando con los orientadores universitarios, buscando información sobre requisitos, becas y currículos. Leyó folletos que informaban de un sinnúmero de programas para sufragar sus estudios. Así fue como se enteró de que iba a tener que mentir acerca de su edad y asegurar que contaba con diecisiete años para que la consideraran como candidata del programa de residencias universitarias. Tenía dieciséis años cumplidos en febrero, sin embargo, aparentaba más edad. No fue difícil que le creyeran. Si de algo sirve la pobreza es que obliga a crecer rápido. Julia se había hecho experta en resolverse por sí misma. Hacía tiempo que había dejado de ser niña.

Cierto que había escogido estudiar Educación por todas las razones que expuso en su ensayo de ingreso, pero también la movían otras consideraciones. Julia le llevaba tan solo un par de años a Consuelo, que pronto se graduaría de escuela superior. Debía conversar con su hermana, contarle su plan. Una mañana en que caminaban juntas hacia la plaza del mercado a barrer puestos de viandas, decidió contarle. Era buen momento. Podían hablar a solas, sin interrupción de los hermanos y sin que las oyera Mamá Paula.

—Vamos a sentarnos en esos banquitos, Consuelo.

—¿Estás mareada? Hoy nos fuimos sin tomar café.

—No, estoy bien. Es que quiero contarte algo que vengo pensando.

Caminaron hasta los banquitos a la entrada de la plaza.

—Ya lo tengo todo calculado, Consuelo. La carrera en Educación es corta: dos años de cursos y uno de práctica. La práctica es con paga. Si jugamos las cartas bien, puedo graduarme y conseguir trabajo el mismo año en que te gradúas. Así aporto a la casa con dineros que nos den para vivir decentemente.

—Pero si todavía no has empezado tus clases en la universidad, Julita. Falta mes y medio para que te gradúes y para el *prom*. ¿Qué te vas a poner para esa fiesta? Tenemos que trabajar un montón para reunir lo de la cuota de graduación y para tu vestido.

—He decidido que no voy a desfilar ni ir la fiesta. No hay chavos para esos lujos. Con graduarme de la High y entrar a la universidad tengo suficiente.

—Ay, Julia... Me hacía tanta ilusión verte desfilar...

—Pero... Consuelo, ¿qué ropa se van a poner Mamá Paula y la retahíla de hermanos? ¿Y si Papitín no aparece ese día? Mejor no voy a la graduación y nos ahorramos el mal rato.

Los estibadores les pasaron por enfrente, empujando carretones de guineos, plátanos verdes, cajas de piñas y guanábanas. También comenzaron a llegar los primeros clientes del día. La mayoría eran cocineras de fiambrera, dueños de fondas donde almorzaban los obreros o compradores asiduos que reconocían a las hermanas y les daban los buenos días.

—Ya va siendo hora de que entremos a acomodar mercancía, Julita.

—Espera, que todavía me falta contarte algo.

Julia respiró profundo.

—Mira, Consuelo, ya Aracelis, Carmen, Pepín y Angelina están grandes. Casi no cabemos en la casa. Estoy pensando solicitar cupo en la residencia de la universidad. Abro espacio en la casita y, a la vez, me quedo cerca de ustedes. Los vengo a ver todas las tardes. Además, con la carga de estudios que voy a matricular, es mejor que me quede viviendo en el campus.

—¿Y con qué vas a pagar la residencia?

—¿Tú no sabes que la UPR da becas para todo?

—¿En serio?

—Ya averigüé y solicité. Me preaprobaron cien dólares enteritos para mí sola. Con eso cubro mis gastos de residencia del semestre. Quizás hasta sobre. También me aprobaron estipendio para comidas en la cafetería de la universidad. Ya Mamá Paula no va a tenerse que matar para pagar un solo centavo por mi educación.

—Tengo que entrar a esa universidad.

—Con las notas que tienes, para ti va a ser un paseo. Pero tienes que ir pensando desde ya a qué facultad vas a solicitar. ¿Ya tienes plan para cuando te gradúes de cuarto año?

—Más o menos.

—Dime. Tenemos que trabajar en conjunto o no salimos a flote.

A Consuelo le brillaron los ojos.

—Voy a entrar por Educación, como tú, Julita, pero mi meta es estudiar Leyes. Es una carrera larga. No me atrevo ni a pensarlo, porque no sé si se va a poder. Pero ahora que me dices lo de las becas, creo que tengo oportunidad.

—Claro que puedes graduarte de abogada. ¡Qué maravilla! ¡Su eminencia mi hermana, la licenciada Consuelo Burgos García! Tendremos quién defienda al pueblo trabajador en los tribunales.

—Deja el relajo, Julia.

Ambas se levantaron del banquito y caminaron hacia los puestos de la plaza, sonriendo.

—¿Y el marido?

—¿Cómo que el marido?

—¿No te piensas casar, Julita? No tuviste ni un solo novio en la High. En la Intermedia estuviste con aquel muchacho al que le escribías poemas.

—Uy, no, esos tipos son unos bobos pretenciosos. No hay ni uno que sea más alto que yo. Además, a todos les gustan las blancas.

—Tú no eres tan prieta.

—Les gustan blancas y rubias. Si no, ni te miran.

—Ellos se lo pierden. Pero tú no te acomplejes, no vaya a ser que te conviertas en una de esas maestras solteronas que viven entre gatos y libros.

—Qué va, Consuelo, claro que voy a casarme, ¡pero a lo legal! No voy a juntarme con el primero que pase y me ofrezca musarañas. Tiene que ser con un alma como la mía, tú sabes, con un hombre culto, comprometido, de empuje, al que le guste leer poesía, quizás con un político que trabaje para terminar con la pobreza del país.

—De seguro conoces a un muchacho así en la universidad.

—Quizás. Por el momento, tengo la mente fija en una sola cosa. Voy a enfocarme en estudiar mucho este próximo semestre, aprobar todos los cursos que me dejen matricular. Incluso, estudiaré los veranos. Me graduaré rapidito de maestra normal. Con mi salario ayudo a la familia. Luego, cuando tú te gradúes, te me sumas.

—¿Y tus poemas, Julia? Ya no te veo escribir tanto.

—Quisiera pulir mi poesía. La UPI está llena de profesores que también son poetas publicados. Tengo que averiguar más sobre el asunto. Pero lo más importante es graduarme y luego conseguir trabajo, Consuelo, un buen trabajo, para podernos mudar a una buena casa, como la de Miss Rosenda, donde quepamos todos. Siempre andamos atrasados en el alquiler de la casa, que, además, se nos está cayendo encima. No podemos seguir viviendo en esa incertidumbre. Hay que salir de allí.

Consuelo asintió en silencio.

—Mi plan es graduarme de maestra en año y medio. Quizás, para ese entonces, ocurra el milagro y Papitín encuentre fuerza de voluntad para dejar de beber y vivir de lleno con nosotros.

—Papitín no tiene arreglo, Julia.

—Es nuestro padre. Él también ha sufrido. Lo tenemos que ayudar.

Las hermanas se enfocaron en acomodar viandas y barrer de prisa. Había que terminar pronto con la faena o llegarían tarde a sus escuelas.

TE LLEVARÁN

Una vez que les llegó la adolescencia, su abuela repartió a sus hijas en casas de familia entre los ricos de Carolina. Era uso y costumbre de los pobres de la isla asegurar a sus crías en casas de alcurnia para que medraran a través del trabajo doméstico. Dormirían caliente, no se morirían de hambre, no se las "llevarían" los hombres del barrio. Además, en esas casas había comida de más. Podían apartar porciones, esconderlas y llevarlas luego a la casa materna. Allí fregaban, tallaban pisos, cocinaban y planchaban a cambio de techo y comida y permiso para ir a la escuela del pueblo. La abuela ubicó a la madre de la escritora y a su hermana menor en casa de doña Georgina Velázquez. Sus otras tías fueron a parar a casa de los Alberti o de los Juliá. La hermana mayor se hizo maestra de matemáticas a los dieciséis años y se quedó con la abuela ayudando a la manutención y cuidado de los más pequeños. Luego, quién sabe cómo, logró que la admitieran a estudiar leyes en la Universidad de Columbia, en Nueva York. Se graduó de abogada en 1956, tres años después de la muerte de Julia.

El patriarca de la familia regentaba una fonda en el barrio Tumba Brazos, a tres calles de la plaza del pueblo. Conoció a la abuela mientras trabajaba de ingeniero de calderas. La cortejó durante un año entero, visitándola cada tarde de domingo, vestido en su mejor guayabera blanca en contraste con su piel prieta y brillosa como la noche, hasta que la enamoró. Esperó a que la muchacha cumpliera los dieciséis años para casarse con ella. Se la llevó al pueblo y la colmó de hijos. La grifa terminó pariéndole doce muchachos, seis hembras y seis varones de todos los tonos posibles entre el prieto oscuro y el marrón claro. Tres se le murieron de parto.

Mientras el patriarca trabajó en la Central Victoria, fue conociendo a los alambiqueros de ron del litoral. Empezó curando y vendiendo pitorro desde su casa para completar lo que cobraba en las calderas y poder mantener a la familia. También vendía las fiambreras de almuerzo que preparaba su mujer a los obreros de la Central. Se hizo de una buena clientela. Le fue tan bien en sus negocios que logró juntar capital para abrir El Pincha y Moja. Allí siguió vendiendo almuerzos, más plátanos y guineos, una que otra vianda y mucho ron pitorro por debajo de la mesa. Bebía con los clientes y llegaba borracho a la casa, si llegaba. Le pegaba a la abuela, pero siempre proveyó para la familia hasta que se murió de un fulminante ataque cardiaco antes de cumplir los cincuenta años.

Ya las hijas mayores no vivían en la casa y la primogénita se preparaba para irse a estudiar fuera. Quedaban por criar tres hijos varones y dos hembritas. A esas la abuela no las repartiría. Crecerían a salvo del padre. De pequeña, la escritora oyó rumores entre sus tías de que el abuelo a veces se confundía de cama y que llegó a "hacerle el daño" a una de las hermanas mayores. Cuando notaron que ella ya estaba en edad de escuchar y entender, cundió el silencio. Nadie habló más del tema. La escritora jamás se enteró de a cuál de las tías violó el abuelo, o si acaso la víctima fue su propia madre.

Julia nació en 1914; la madre de la escritora, en 1937. Durante esos veintitrés años ocurrió la Primera Guerra Mundial, Fleming descubrió la penicilina, se aprobó el derecho al voto de la mujer. Se implementaron legislaciones, se decretaron huelgas, se lograron invenciones tecnológicas. Sin embargo, los hacendados siguieron viviendo como hacendados y los campesinos como campesinos, como hijos de jornaleros y descendientes de cimarrones, negros libertos o esclavizados. La destitución los hermanaba. Se casaron los unos con los otros, compartieron cosechas en los campos, se mudaron juntos a la ciudad, escaparon juntos del hambre, la mala paga, los abusos del capataz, levantaron carreteras, edificios, escuelas de la ciudad, mientras vivían en sus barriadas de obreros.

Cuando la escritora cumplió los nueve años, su madre la llevó a casa de su antigua patrona, doña Georgina Velázquez. No sabía a ciencia cierta a lo que iban. La maestra de escuela y madre abnegada la mandó a bañar con jabón de olor, le echó aceite de coco en las trenzas y la peinó duro con un cepillo para asegurarse de que no se le salieran las greñas de los moños que le trenzó en lo más alto de su cabeza. Le echó agua de violetas en el cuello, el pecho, detrás de las orejas, y le puso un traje bordado, medias de medio punto y zapatos de charol. Es decir, la vistió de lujo. Alguna que otra vez había oído nombrar a aquella madrina, pero se confundía. ¿Acaso su madrina no era la hermana mayor de su mamá, la abogada pequeñita, negra y furiosa, siempre con el pelo alisado, que usaba gafas oscuras de marca, a veces cuellera?

—Es que tu Madrina volvió a tener una discusión con tu Tío Paquito. Ella, que sabe tanto de derechos, se deja golpear del marido. Primero voy presa antes de que un hombre me ponga una mano encima —le explicaba su mamá.

Ahora resulta que tenía otra madrina: Georgina Velázquez. Nunca la había visto, salvo en fotos:

señorona de gafas puntiagudas de montura plateada, moño alto, un tanto amorfa por la hinchazón de su gordura. Su mamá le mostró una Polaroid. En ella, Georgina sujetaba a una bebé morena y soñolienta. Posaba para la cámara.

—Esa bebita tan chula, motita bella de azabache, eres tú.

Ese día, la Madre guio su Volkswagen azul claro hasta el pueblo. Estacionaron cerca de la plaza, frente a la farmacia Alberti. Luego, cruzaron a pie hasta la vieja mansión Casa Ecuté, para luego adentrarse por las calles de una sola vía que circundan la plaza del pueblo. Pararon frente a un balcón de balaustres y de losas criollas que adornaban los pisos. Se abrió una puerta de caoba sólida y apareció doña Georgina Velázquez. Las hizo entrar.

Otra señora del mismo color que madre e hija les trajo café y galletas con queso de bola holandés, mientras su madre y ella, la escritora niña, se mecían en unos sillones de pajilla trenzada. Su madre y la viejísima Georgina Velázquez hablaron del marido, de los hijos, del trabajo como maestra en la escuela Santiago Iglesias Pantín, de Barrio Obrero, que quedaba al otro lado de la laguna San José, en la otra costa de los mangles. De repente, doña Georgina se levantó y caminó hacia el pasillo de la casona.

—Te tengo un regalo para la nena. No sabes lo que me alegra que haga su primera comunión.

Se perdió por los pasillos de la casa. La niña aprovechó para acercarse a los estantes que exhibían libros, discos, y a un piano Steinbeck que brillaba en el fondo de la sala.

—¿Te gustaría coger clases de piano? —le preguntó su madre cuando la vio mirar curiosa el teclado. Su hija no pudo contestar.

Regresó la Madrina con una caja de Almacenes Capri. La escritora recuerda vivamente las letras en cursiva que adornaban la caja. De repente, se vio caminando de manos con su madre por la avenida Ponce de León, entrando a la tienda. Aquella avenida era lo más lujoso en la isla de su infancia. Por ella se paseaban personalidades de la farándula y del deporte, de la política y de la televisión, todos montados en sus Cadillac del año. Recordó la vez que su madre le señaló a Ruth Fernández, cantante negra y diva del bolero, que conducía su Cadillac amarillo por la avenida. Las malas lenguas aseguraban que Ruth fue amante del compositor y director de la Orquesta Panamericana, Lito Peña. Cuando la esposa de don Lito salía a pasearse con chofer por la avenida, Ruth Fernández también salía, guiando su propio Cadillac, imponente. La competencia entretenía a todos los transeúntes del bulevar.

Peruchín Cepeda, estrella del béisbol, también se pavoneaba por la avenida en su lujoso Cadillac blanco con capota roja grabada con las insignias de su equipo de pelota. Esos prietos con suerte eran propietarios de casas y apartamentos lujosos en Santurce, pero los trataban como arrimados. Los antiguos propietarios que vivían en sus mansiones a la vera de la avenida eran todos del color de la Madrina. Sus coches pintaban tonalidades plateadas, cremosas o azul oscuro por las calles de Santurce. Los Almacenes Capri les vendían las telas más elegantes tanto a unos como a otros, lucrándose con sus búsquedas de lujo y elegancia.

—Toma, un regalo para tu primera comunión.

La escritora se recuerda abriendo la caja. Sumo cuidado, muchísimo, que nada se fuera a romper. Adentro yacía una tela traslúcida perfectamente doblada, un organdí blanco bordado en hilos de seda color punzó. Otra media yarda de tafeta pálida acompañaba a la tela traslúcida. Serviría de forro. Al principio, la escritora niña pensó que todo aquello era un traje, después se dio cuenta de que tan solo era un cuadrado de material. ¿Para qué le regalaba aquella señora esas telas que no podía usar de inmediato? Miró a su madre, otra vez confundida.

—Da las gracias, nena. Yo te voy a llevar adonde tu abuela para que te cosa el traje más bonito que jamás usarás en tu vida.

—No, muchacha. ¿Cómo vas a hacer eso? Esta tela es cara. Mejor llévala a donde una modista profesional. Este va a ser su primer traje formal. Que sea elegante y recatado, propio para una niña de su edad, y que la distinga entre sus amiguitas de escuela. Te la aceptaron en el colegio católico que te recomendé, ¿verdad?

—Con beca.

—Qué bien… Después habrá que pensar en el traje de graduación de octavo grado, el de quinceañera y luego el de la boda, si mi ahijada llega al matrimonio como tiene que llegar. Aunque en estos tiempos, con tantos cambios morales y esos inventos del feminismo, quién sabe… ¿Tú la estás educando bien, verdad? ¿La estás llevando los domingos a la iglesia, enseñándole los preceptos correctos?

Allá rompió la señora Georgina a soltarle una monserga a la Madre. Aquella casa olorosa a limoncillo, a almidón fresco que perfumaba los tapetes de hilo y los mantelitos tejidos sobre las mesas de la sala tuvo un efecto en ambas, en la escritora y en su madre. Doña Georgina hablaba y la Madre asentía desde su sillón de caoba. Su Madre altiva, la negra brillosa que se ponía botas de cuero, minifaldas de poliéster y peluca para enseñarles a niños de residenciales públicos y barriadas a leer y a escribir, no podía estar de acuerdo con las sandeces que le aconsejaba aquella señora. ¿Qué hacía aquella doña opinando? ¿Cómo se atrevía a pedir cuentas de cómo su Madre la estaba criando?

Su Madre, que enseñaba español a cuarto, quinto y sexto grado, inició su carrera destacada como maestra rural en Naranjito, el mismo pueblo en que había enseñado Julia. Ella fue de las pioneras. Ahora se mecía en silencio, asintiendo en aquel sillón. ¿Por qué recibía para su hija un inservible trapo de tela presuntuosa? ¿Qué extraños intercambios se estaban dando entre la Sra. Velázquez, viuda del único doctor del pueblo, y su madre, antigua niña arrimada, mujer profesional que montó casa con el fruto de su sudor y su trabajo? Su madre era dueña de una residencia de cemento con cuatro cuartos y dos baños, un Volkswagen del año, tenía una niña estudiando con beca en colegio de monjas y había parido tan solo dos hijos. Se casó de blanco, controló su natalidad, estudió en la Escuela Normal para Maestras de la UPR. Trabajó en el Sistema de Instrucción Pública por años. ¿Por qué no le debatía sus consejos a la señora? Sus palabras enmarcadas por la escenografía de aquella casa le quitaban algo de adentro a su madre y, por consiguiente, a ella.

ME DIJERON GOLONDRINA

Julia caminó por el paseo de las palmas reales rumbo al cuadrángulo de Humanidades. Llegó hasta la torre y se dirigió hacia su salón en el Colegio de Educación. Aquella era tan solo una de las muchas mañanas, tardes y noches en las que estudiaba en la universidad. A veces se cruzaba con Carmen Cuchí que, junto a su nueva amiga Nilita Vientós, se paseaba por el campus vestida como protagonista de cine americano. Caminaban juntas por el campus pavoneando sus enaguas de crinolina debajo de las faldas floreadas de sus trajes de corte preciso. Nilita era mayor que Carmen. Había vivido en La Habana cuando niña. También en Nueva York. Era un pájaro raro, arrojada en su estilo de ser y de vestir. Usaba gafas estrepitosas; a veces, extraños sombreros de felpa con redecilla de medio velo sobre sus negrísimas pestañas. También a veces asistía a clases en pantalones de marinero. Tenía estilo y no desaprovechaba ninguna oportunidad de demostrar que era una mujer de mundo. Le habían ofrecido dar algunas clases de Literatura mientras estudiaba leyes en la misma universidad. Carmen Cuchí la admiraba muchísimo.

Julia las miraba de lejos. Alguna vez habló con ellas en las actividades de la Asociación de Mujeres Graduandas a la que ella quería pertenecer. No veía por qué no. Pero, igual que le pasó en la escuela preparatoria, tampoco en la universidad contaba con mucho tiempo para actividades extracurriculares. Esta vez, al menos, Julia no tenía que estudiar y trabajar. Su beca le cubría matrícula, libros, residencia y gastos. Guardaba bien los dólares que le sobraban para llevárselos a su madre a la barriada de El Monte. Visitaba a la familia cada tarde. Al principio los echó de menos, sobre todo a Consuelo, pero pronto se acostumbró al lujo increíble de dormir en habitación con cama propia, bañarse con agua corriente y gozar de luz eléctrica para leer cuanto le diera la gana. En la residencia de la UPR descubrió otra forma de vivir.

Sin embargo, entró a estudiar con la idea de cumplir el plan que compartió con su hermana Consuelo antes de graduarse de la escuela superior. Insistió como el matapiojo hasta que convenció a los oficiales de matrícula de que le permitieran tomar seis clases en vez de las cuatro requeridas para estudiantes de primer año. Logró colarse de oyente en una clase de segundo semestre, para adelantar. Aun así, le sobraba tiempo. Pasaba sus horas libres en la biblioteca. Devoró a Luis Lloréns Torres; los poemas y artículos de Lola Rodríguez de Tió; *Tala,* de Gabriela Mistral, y a muchas otras autoras latinoamericanas que no discutieron en su escuela. Encontró traducciones de Goethe, de Oscar Wilde. A veces, mientras leía un libro escogido por ella, sin que fuera lectura asignada, sino animada por el deleite y la curiosidad, Julia se sentía habitada por una sensación sin nombre. Detenía la lectura, casi en trance, abría su libreta de notas y se ponía a escribir. Anotaba versos sueltos, estrofas que hilvanaba luego en medio de la noche. Hacía tiempo que no escribía así.

Aprobó su primer año con notas decentes. Eso la envalentonó para matricularse en clases de verano y también para tomar más cursos durante su segundo año en la universidad. Para fines de 1932, se vio de toga y birrete. Durante su graduación, a la que sí asistió junto a toda su familia, escuchó a la gran Gabriela Mistral dictar cátedra en el teatro de la universidad al recibir un doctorado *honoris causa* de parte de su *alma mater.* Lanzó su birrete lo más alto que pudo cuando le confirieron su grado de maestra normal. Esa tarde invitó a Mamá Paula, a Consuelo y a sus hermanos a comer helados en la plaza de Río Piedras. Había ahorrado lo suficiente para aquella pequeña celebración.

Sin embargo, fuera de los portones de la Universidad de Puerto Rico, a Julia Constanza Burgos García la esperaba una complicada realidad. La Gran Depresión arrasaba parejo. En el verano del 32, la mortalidad infantil subió al treinta y siete por ciento en la isla y el desempleo a casi el sesenta por ciento. Por más que buscó, no consiguió trabajo de maestra en Río Piedras, ni siquiera en Carolina, aunque Miss Rosenda hizo todo lo que pudo por acomodarla. El único puesto que encontró fue en la Puerto Rican Emergency Relief Administration. Buscaban muchachas jóvenes con dieciocho años o más, solteras, sin hijos ni responsabilidades domésticas, que pudieran moverse a donde había necesidad. Aunque pedían diploma de cuarto año, preferiblemente estudios universitarios, se conformaban con que la candidata supiera leer y escribir. Desesperada, Julia aceptó trabajo en la PRERA, un programa de la Estación de la Leche. La mandaron a trabajar a los campos de Comerío.

La embargó una enorme vergüenza. Mejor irse. Mejor dejar atrás aquella casucha en la barriada de El Monte, despertando cada mañana en la cama de sacos que de nuevo debía compartir con su hermana Consuelo. Mejor irse que quedarse desvelada, mirando entre las rendijas del techo de zinc por donde se colaba la noche cerrada que no ofrecía ninguna solución para aquella pobreza sostenida. Mejor admitir que, pese a todos sus esfuerzos, no podía cumplir con la palabra dada. La familia entera había trabajado para que Julia los sacara de aquella pobreza peor que la del campo del cual habían emigrado. Apostaron a ella, única tabla de salvación, solución absoluta para que la manada echara hacia adelante y escapara al fin de la miseria. Tanto nadar para ahogarse en la orilla.

Una mañana, Consuelo la levantó, azorada. Julia dormitaba echada en la cama. Se le estaba haciendo difícil encontrar los ánimos para empacar sus pertenencias y organizar su mudanza a Comerío.

—Mamá no puede caminar.

—¿Qué pasó? ¿Dio un traspié?

—No sé qué pasa.

Las hermanas salieron hasta el zaguán, donde Mamá Paula reposaba sentada en un banco de madera, con la pierna hinchada como un jamón. Luego fueron hasta donde Teresa, la partera del barrio, que se había certificado en el Departamento de Salubridad y sabía algo de enfermería. Teresa le puso a doña Paula unas compresas calientes de hoja de higuerilla. Fue a consultar el caso con el dueño de la farmacia más cercana, quien le recetó dos inyecciones diarias de un antibiótico potente, durante una semana. Le puso las primeras inyecciones. Luego enseñó a las muchachas a ponerle las demás. La hinchazón bajó bastante, pero Mamá Paula no pudo volver a caminar sin renguear.

Ahora sí que apretaba la necesidad. Carmen y Angelina tendrían que abandonar la escuela, buscar trabajos de limpieza en casas particulares, tomar pedidos de lavandería. Julia, finalmente, partió a trabajar a Comerío. Repartiría por los campos leche condensada a niños con las barrigas llenas de lombrices, desahuciados por la anemia, el escorbuto y la tuberculosis, en vez de educarlos. Para remediar todas aquellas dolencias, el gobierno de Estados Unidos ofrecía leche. El trabajo de Julia consistía en añadirle agua para que rindiera, envasarla en latas grandes y anotar a las familias asistidas en una lista.

—Muchacha, toma de esa leche —le animaba su jefa, doña Paquita—. Estás flaca como un espeque. A ver si te suben esos ánimos tan decaídos. Los jíbaros van a pensar que la que se está muriendo de hambre eres tú.

Niños comiendo tierra. Madres analfabetas con doce barrigas a las que se les morían más criaturas que las que enterró Mamá Paula. A Julia se le perdió la mirada. El campo, verde y húmedo, seguía colmado de vida. Árboles, quebradas, pájaros, sabandijas. Sin embargo, en medio de tanta vitalidad, el pueblo no encontraba cómo hacerse gente. Ella tampoco.

La radio llenaba el silencio y distraía de la penosa tarea en la PRERA. Francisca Rivera, su jefa, la mantenía encendida el día entero. Oriunda de Arecibo, doña Paquita seguía de cerca las noticias que transmitían acerca de la Federación Libre de Trabajadores. En ella militaban sus hermanos y otros miembros de la familia. Los trabajadores de la Central Coloso adscritos a la Federación amenazaban con irse de huelga. Pedían los mismos derechos de los que gozaban los trabajadores gringos: jornada de ocho horas, seguro por incapacidad, pensiones de jubilación, abolición del trabajo para menores, salario ajustado al costo de vida. La figura de don Pedro Albizu Campos, mulato de Ponce, de padre corso y madre lavandera, descollaba y causaba aún más agitación entre los huelguistas. El licenciado Albizu se ofreció a representar a los trabajadores contra la explotación imperialista de los Estados Unidos que los mantenía sumidos en la miseria. "Esto no es cuestión de llegar a convenios salariales —insistía—. Hay que pelear por el derecho natural de los puertorriqueños a decidir sobre el futuro de nuestra tierra".

La batalla en sordina que por años sostuvo el licenciado contra Santiago Iglesias Pantín y su Partido Obrero Socialista se hizo pública. Sostenía Albizu Campos que el Partido Socialista se había vendido a los intereses americanos y que ya no representaban la verdadera lucha de la clase obrera puertorriqueña. Iglesias Pantín ripostaba que los nacionalistas no entendían que la gesta obrera era internacional, como él mismo la había vivido en España, en Cuba y ahora en Puerto Rico. Los nacionalistas eran pocos y no contaban con mucho poder de convocatoria. Por eso querían ganarse la confianza de los trabajadores sin apenas haber luchado por sus derechos. La Federación Libre de Trabajadores y su Partido Obrero Socialista, en cambio, llevaban desde el 1899 luchando por la clase trabajadora del país. "¿Cuánto hemos adelantado en esa lucha, si hoy el pueblo de Puerto Rico se está muriendo de hambre?", cuestionaba Albizu. Desde los campos de Comerío, Julia y doña Paquita escuchaban la confrontación entre Santiago Iglesias y Pedro Albizu Campos, batalla que ardía con más flama que los fuegos que los trabajadores encendían en el cañaveral.

Tras los reportajes acerca de la inminente huelga, la WNEL pasaba a discutir noticias de actualidad. Contaba con un reportero de voz profunda y excelente dicción, un tal Rubén Rodríguez Beauchamp. Doña Paquita no quería cuenta con él. Siempre que tocaba su programa, subía el volumen de la radio.

—Esta es mi estación, muchacha. Son los que ofrecen mejor cobertura de lo que pasa en la isla entera. Además, tienen buena señal. Escucha, Julita, le toca a Rodríguez Beauchamp. Ese muchacho es natural de Utuado. Se crio cerca de mi barrio. Es bien humilde y habla bonito.

Rodríguez Beauchamp entrevistaba al profesor Clemente Pereda. El catedrático de la universidad anunció que comenzaría una huelga de hambre durante la

Semana Santa para purgar los pecados cometidos contra el pueblo de Puerto Rico y su clase trabajadora, que vivía sumida en la miseria y la explotación imperialista.

—Ay, Virgen, a ese parece que se le quemó un tornillo.

—No, doña Paquita. Yo lo conozco. Es un hombre inteligente y a la vez muy espiritual. Apoyó a los estudiantes en la publicación de la revista de denuncia *Vórtice* y en sus marchas.

Volvieron a prestar atención a la entrevista de la WNEL.

—¿Y por cuánto tiempo declara esta huelga de hambre en solidaridad con los cañeros?

—Hasta que el cuerpo me lo permita. Hasta que el pueblo entero se solidarice con la noble gesta de nuestros compatriotas, que no solo pelean por sus derechos como trabajadores, sino por el derecho de todo puertorriqueño a poder comer y vivir dignamente, libre del yugo del imperialismo.

El letargo de los campos de Comerío se disipó un poco esa tarde. Al escuchar la voz del profesor Pereda, Julia sintió que no eran momentos de darse por vencida. A fines de esa semana bajaría a Río Piedras, de ahí a San Juan. Había que moverse. Julia no sabía muy bien hacia qué dirección, pero lo haría. No le salió el puesto de maestra, pero no se quedaría en aquel campo repartiendo leche en lo que la isla ardía.

Por lo menos, iría a la WNEL a ponerse a disposición de la radioemisora. Se presentaría donde el reportero aquel. Le pediría a su jefa una carta de introducción, cualquier nota que le permitiera conocerlo. A fin de cuentas, no tenía nada que perder.

Ese mismo viernes, de madrugada bajó de Comerío hacia la capital; primero hasta la plaza del pueblo, luego en carro público hasta Río Piedras. Eran casi las tres de la tarde cuando llegó. No bajó a la barriada a visitar a su familia. Ya los vería esa noche. Siguió directo hasta la estación del *trolley* que la depositó en la plaza Colón. Caminó cuatro cuadras hasta las oficinas de la WNEL en la calle Fortaleza. Subió las escaleras de las oficinas con paso decidido. Allí preguntó hasta que le indicaron cuál de los hombres que hablaban en la sala de noticias era Rubén Rodríguez Beauchamp.

—Disculpe, estimado reportero. Aquí le traigo una nota de la Sra. Francisca Rivera, directora del Banco de la Leche en Comerío, mi jefa.

Rubén Rodríguez leyó por unos breves segundos la carta que le extendió Julia. Sonrió complacido. Se detuvo un segundo para observar a la mensajera.

—Le invito a un café en La Bombonera. ¿Acepta?

Caminaron por el Viejo San Juan hasta llegar frente a una vitrina de cristal que exhibía dulces, bizcochos y budines, enmarcada por unos vitrales anaranjados y verde oscuro que anunciaban el nombre del negocio. Rodríguez Beauchamp abrió las puertas de madera de La Bombonera para que Julia pasara. Fue como si le abrieran las puertas a otra dimensión. El lugar bullía de comensales. Todo brillaba. Muchos hombres engabanados, de corbata, esperaban sus órdenes sentados frente a un largo mostrador de bancos altos, o tomaban café en las mesas de fondo de aquel establecimiento largo y angosto. Mientras tanto, el batallón de mozos en uniforme de camisa blanca como de barbero, pantalones oscuros y sombreritos de papel apuntaban órdenes del otro lado del mostrador en veloz coreografía. Desaparecían por la portezuela hacia la cocina. Volvían con bandejas de café, tostadas con queso, dulces de repostería, mallorcas espolvoreados con azúcar, mallorcas calientes con mantequilla. Una enorme cafetera plateada, las más grande que Julia había visto en su vida, lanzaba el vapor que calentaba leche, colaba expresos, silbaba para avisar que el café estaba listo.

Rodríguez Beauchamp la condujo hasta una mesa.

—Esta es mi cafetería favorita de todo Viejo San Juan. Los meseros son dueños de La Bombonera y sus propios jefes. Armaron una cooperativa, compraron el local, invierten la ganancia en pagar buenos salarios y mantener el negocio. Buen modelo para replicar en la isla entera.

Llegó el mesero a tomar la orden.

—Ilustre, felices los ojos. ¿Se toma lo de siempre?

—Saludos, don Mario. Le presento a mi amiga...

—Julia Constanza Burgos García, encantada.

—Tiene nombre de poeta —don Mario soltó el comentario listo para apuntar pedidos.

—Aspiro a serlo algún día.

—Acaba de graduarse de maestra —comentó Rubén, orgulloso.

—Felicidades, poeta. ¿Qué se toma?

Julia miró al reportero con timidez. El lugar se veía elegante. Quizás fuera caro.

—Pida lo que usted quiera. Permítame darme el lujo de invitarla. Además, hoy cobré.

Nacionalismo, la lucha obrera, recesión económica. Rubén Rodríguez Beauchamp le explicó con cifras, fechas y detalles cómo la colonización americana era la causante de la pobreza del país. Julia sorbía su café, daba mordisquitos a su mallorca con queso blanco y lo escuchaba embelesada. Aquello era un banquete.

—La cosa suena complicada, pero es muy sencilla. Donde hay monocultivo, hay pobreza. La caña deja a la gente sin sustento, la obliga a depender de salarios de miseria pautados por los dueños de las tierras y de todo el comercio que están en contubernio con el gobierno que administra la colonia. Los americanos controlan todo lo que entra a la isla y todo lo que sale mediante las leyes de cabotaje.

—¿Leyes de cabotaje? —Julia recordó haberlas oído mencionar en sus clases de la High cuando estudiaron la Ley Jones. Nunca las discutieron a fondo.

—Las que imponen que toda exportación e importación a la isla tiene que hacerse en barcos con bandera americana. No hay forma de progresar de esa manera. Nos tienen con la soga al cuello.

—¿En serio que no hay solución?

—Solo una, la descolonización del país. Sacar a los americanos.

—¿Qué puedo hacer? Quiero ayudar. Ahora mismo lo único que logró en la Estación de la Leche es ayudar a que mi pueblo se convierta en una raza de limosneros.

—Mantendré el oído abierto a ver si surge algo en la estación. Han hablado de producir programas de educación para niños en la radio del Estado. Pregunto. Pero ya que por el momento eres obrera, pero con una preparación y una formación que pocas tienen, debes sacarle provecho a esa oportunidad. Pon tu formación al servicio del pueblo.

La conversación duró horas. El reportero tenía que volver a la estación para el turno de noticias de la tarde. Julia se despidió de su nuevo amigo, quien insistió en acompañarla hasta la plaza Colón antes de volver a la WNEL. Desde allí, caminó hasta la estación de Covadonga, tomó el *trolley* rumbo a El Monte. Jamás había hablado tan fluidamente con un hombre. *Me llamó su amiga,* recordó, esperando en la parada. Sintió que una lucecita le titilaba por dentro.

Pasó la noche y la mañana siguiente entre los suyos. Se encontró con una Consuelo ojerosa que la puso al día de los asuntos de la familia. Mamá Paula resistía. A veces se le hinchaba de nuevo la pierna, a veces no. De Papitín no se sabía nada hacía semanas. Carmen había conseguido puesto en una casa de familia. Julia suspiró profundo y le entregó el grueso de su salario del mes a Consuelo.

—Hazlo rendir.

—Con esto nos ponemos al día con la renta. A ver si podemos comprarle un buen pedazo de carne a don Moncho, el de la plaza.

La primogénita separó algunas monedas para comprar su pasaje de regreso a Comerío y también para la ficha del *trolley* que la llevaría de nuevo a San Juan.

—Tengo que hacer una gestión. Vuelvo a eso de las tres de la tarde.

El viaje en *trolley* se le hizo ligero. Repasó de memoria su conversación con Rubén en La Bombonera y la forma en que el locutor la miraba mientras ella le contó de la pobreza de Comerío, pobreza que ella conocía de sobra, pero que no podía seguir soportando como algo normal. No después de sus años en la universidad, después de haber hecho todo lo esperado para llegar a puerto seguro. Miss Rosenda, sus maestros de la High, sus profesores universitarios le habían jurado que ese futuro estaba en sus manos; las mismas manos que ahora repartían leche para que los pobres murieran más lento y las cosas quedaran iguales a cómo estaban antes.

Subió la loma de la calle San Justo a zancadas. Sin encomendarse a nadie, se encaminó a las oficinas del Partido Nacionalista, que quedaban en la calle San Sebastián.

—Mi nombre es Julia Constanza Burgos García y vengo a inscribirme en el Partido Nacionalista.

—Pues pase por aquí, compañera. En estos tiempos funestos, el partido necesita todas las manos y todas las conciencias que se nos quieran sumar.

Julia empezó a bajar más frecuentemente a Río Piedras. Aprovechaba para llevar latas de leche condensada que repartir entre los vecinos de El Monte, una vez que aseguraba provisiones para los suyos. Después subía a la sede del partido. Poco a poco, los cafés entre ella y Rodríguez Beauchamp se hicieron asiduos. Luego se convirtieron en caminatas por las callejuelas coloniales, manos entrelazadas y algún beso bajo los balcones raídos de la calle Luna. Entre abril y mayo del 34, el reportero le pidió que se casaran. Hacía escasamente tres meses que Julia había cumplido los diecinueve años.

¿Era su tiempo para casarse? No estaba segura. Sin embargo, Rubén era atento y su corazón latía al ritmo de la justicia, del compromiso social. A través de sacrificios, sudor y estudio, como hizo ella, logró abrirse camino en la radio hasta convertirse en un reportero respetado. Su tesón y su verticalidad la animaban a no darse por vencida, a buscar otro destino para ella que no fuera el mero sobrevivir.

—¿En serio quieres casarte conmigo?

—En serio. Si quieres, bajo a El Monte a pedir tu mano a tu padre.

—Ay, Rubén, ya quisiera yo. Para bien y para mal, soy mujer de mí misma. Pero me encantaría que conocieras a mi madre, Paula, y a mi queridísima Consuelo. Juntas llevamos las riendas de la familia. Mi mamá está un poco enferma.

—Dime fecha y se hará.

El romance le provocó que la cabeza se le llenara de nuevo de versos. Ya no escribía desde que aquella extraña melancolía se apoderó de ella luego de graduarse. Verse sin trabajo, con Mamá Paula enferma, le secó las palabras. Pero una vez que conoció a Rubén y entró a militar en el partido, no pudo parar de escribir. Le dedicaba cada verso al campo desnutrido, a la lucha de los trabajadores. Uno tras otro, los poemas fueron apareciendo, aunque fuera tan solo para compartirlos con Rubén. El reportero era su público cautivo, el único que, salvo su hermana Consuelo, sabía de ese río de palabras que la anegaba. Sin decirle nada a Julia, Rubén convenció a don Juan Pizá, jefe de programación y dueño de la emisora, de que la invitara a leer uno de sus poemas en la WNEL.

—Le escribe unos versos hermosos al campo, a la patria. Es maestra normal graduada de la UPR. No es ninguna boba. Además, tiene buena voz.

—Que vaya a leer con Paquito Robles, en la sección de entretenimiento. Tiene cinco minutos antes de la revista musical.

Rubén le dio la sorpresa a Julia. Esa noche escogieron entre ambos el poema que recitaría. También la fecha de su próxima boda.

Ya se acerca el grito de los campesinos y la masa,
la masa explotada despierta.
¿Dónde está el pequeño que en el "raquitismo"
deshojó su vida?
Baja de tus riscos
y cruza los prados borrachos de caña...
¡Acércate!
que en las poblaciones también hay tragedia,
también hay desgracia.
Te esperan tus pobres hermanos del mangle
y los jornaleros
y las costureras.
¡Acércate!
Mira las centrales:

¡Allí está tu muerta!
Contempla el salvaje festín de las máquinas,
agarra bien fuerte tu azada
y prosigue
y di "¡Hasta la vuelta!"
¡Acércate!
Aquí están los bancos.

Cuando Julia terminó de leer por radio, Paquito Robles la bautizó con el apodo por el que se le conocería por años.

—Estos conmovedores versos te declaran la Novia del Nacionalismo.

Novia. Sí. Era ese amor el que la unía a Rubén, a su isla, a sus hermanos de la barriada, a su lucha nueva, más allá del trabajo en los montes o en las escuelas. No bastaba con encontrar su lugar en la sociedad. Ese lugar estaba reservado para gente precisa, con nombres y apellidos, conexiones con el partido de turno. Era mentira lo que le enseñaron en la High. La educación y el esfuerzo no la llevarían a ningún sitio. La lucha por la justicia y la libertad, sí.

Julia subió una vez más a Comerío. Estaba pensando en hablar con doña Paquita y decirle que lo más seguro era que renunciaría a la Estación de la Leche. No iba a ser pronto, pero se estaban presentando oportunidades en San Juan que ella quería explorar. Se presentó a la Estación, como de costumbre.

Se encaminó a los almacenes. Los lunes tocaba hacer el inventario de leche de la semana y revisar la lista de familias que habían recibido el servicio, para que no fueran a repetir. Doña Paquita entró al almacén con su hoja de asistencia.

—Buenos días, mija. Se te ve de buen talante.

—Buenos días, jefa.

—Vengo para que confirmes hora de entrada. Aprovecho para darte la noticia. Ya los americanos decidieron que el estado de emergencia se acabó, Julita. No van a repartir más leche entre los damnificados por la recesión. Abrirán más escuelas rurales y por ahí encaminarán las subvenciones de comida, a través de comedores escolares. Dicen que no llevamos bien el inventario, que se pierden unidades que aparecen ubicadas en una región, pero se reciben en otras.

La Novia del Nacionalismo escuchó a su jefa mientras hablaba, y la miraba, irónica.

—Más nos roban ellos a nosotros —respondió envalentonada.

—Mucho más. Estate pendiente y ve encaminando esfuerzos hacia el Departamento de Instrucción. Quizás se te cumpla el sueño y pronto encuentres trabajo de maestra.

Julia sonrió tranquila. Todo iba cayendo en su sitio. Terminaría su semana de trabajo en Comerío. No iba a esperar a que cerraran la Estación de la Leche. Ese mismo viernes le comunicaría a doña Paquita su intención de renunciar, su *two week notice*, como pedían los americanos. Recogería el saldo de tiempo trabajado. Llevaría dineros a la familia. De paso, les comunicaría su nuevo plan de vida.

Poco después, la poeta se despidió de Comerío para convertirse en Julia Burgos de Rodríguez Beauchamp. La ceremonia de matrimonio fue sencilla. No conllevó grandes celebraciones. No se guarda foto de la boda. Estaban presentes Otilia Rodríguez, madre del reportero, y Juan Antonio Corretjer, poeta, periodista y secretario general del Partido Nacionalista. La pareja se mudó a un apartamentito de la calle Luna, en la ciudad vieja de San Juan.

AHUYENTANDO LA SOMBRA VACIADA

La escritora despertó. Había soñado algo difuso. No recuerda sino retazos del sueño. Sin embargo, estaba segura de que había soñado con la Madre. A veces, se le aparecía. Años después de su muerte, la siguió soñando descarnada, con una coronilla de canas enmarcándole el rostro demacrado. La muerta fijaba su mirada en ella. Intentaba sonreír, pero se le desencajaba la mandíbula. La escritora se levantaba sobresaltada.

Después la fue soñando mejor, hasta que se encontró con su madre joven, limpia de llagas de decúbito, vestida con el pantalón corto de mahón y la camisa tubo que usaba para limpiar la marquesina de la casa. Ambas estaban sentadas una frente a la otra en la cama matrimonial del cuarto de la escritora. Enrollaban monedas en papel de estraza, como cuando ella era niña y ayudaba a la Madre a contar el menudo que ambas recogían en frascos de cristal durante meses. Hacían rollitos con esas monedas para irlos a cambiar por billetes al banco.

En ese sueño, ambas eran adultas. La Madre y su hija, madre también, hacían juntas las economías de la casa. La Madre estaba hermosa. Su piel brillaba firme y oscura, con esa luz inversa que le salía de adentro y la iluminaba entera desde lo más profundo de su cuerpo. Su belleza serena le explotaba en una tenue sonrisa. Sus manos anchas de tanto restregar pisos, limpiar paredes, escribir en pizarras y corregir exámenes manipulaban ágilmente las monedas y los papeles de estraza que les servían de envoltura. Manos de mujer trabajadora. Sonrisa de mujer propia.

En el sueño, la escritora miraba a su madre como siempre la miró, con todo el amor del mundo apretándole el pecho, queriendo salírsele en un llanto suave de plenísima gratitud. Qué suerte que tuvo al nacer de esa madre. Qué suerte que ambas sobrevivieron su larga muerte del olvido y ahora estaban las dos enrollando monedas en la cama de un sueño, mientras, a lo lejos, los hijos de la escritora jugaban en alguno de los cuartos, en la sala, algo así. Los murmullos del retozo se oían hasta donde ambas se dedicaban a su faena.

En ese sueño, la Madre miró a su hija contando monedas que antes siempre habían sido escasas. Ahora la cama entera estaba cubierta de rollos de dinero que llevar al banco.

—Guárdalas —sintió que la Madre le dijo con tan solo mirarla.

Ambas sonrieron.

Se levantó con morriña de la cama. Se estiró. Caminó despacio hasta el baño de su habitación. ¡Qué lujo inmenso! Tenía un baño privado al fondo del pasillo de su cuarto adonde, además, había mudado su escritorio lleno de papeles y de libros flanqueando su computadora. Un cuarto propio para dormir y escribir. Prendió la ducha y se desnudó. Hoy los nenes estaban con sus padres. Tenía tiempo. ¿Tiempo para qué? No lo sabía. Estaba sola y sin prisa en aquella casa que ahora era de ella y de su prole. No la compartía con ningún marido. Tampoco se la debía a nadie. La había levantado con el sudor de su tinta. Pagaba sola cada mensualidad de su hipoteca. Nunca recibió de ningún hombre un solo centavo para hacerse de su casa. Alargó la mano hacia el agua que caía templada y se metió debajo del chorro tibio. Pensó por un instante en Julia bañándose semidesnuda en los desagües de los zaguanes de su casita en El Monte, bajo los aguaceros. Julia de nuevo. Su madre de nuevo. Aquel sueño. Quizás sentarse a escribir sería buen punto de partida.

Pero antes quería leer. Terminó de bañarse, se secó, escogió una bata ligera que ponerse sobre la piel todavía húmeda. Calentó agua para prepararse un té de manzanilla. Mientras esperaba a que el agua hirviera, regresó a su cuarto y se aplicó aceite de coco en la piel para que brillara, como le había enseñado su Madre. Se sirvió la tisana, la endulzó con miel. Caminó directo hacia su estiba de libros. Escogió un poemario de José Emilio Pacheco, el mexicano. ¿Por qué José Emilio? No lo sabe. Solo supo que buscaba en la poesía lo de siempre, lo que otros buscan cuando rezan. La misma bendición, el mismo sentido de ruta, conexión, foco. Quería sentir que ese sábado en que no tenía a los niños podría sentarse a leer al azar, quizás a escribir de un tirón y terminar un texto completo, con principio, medio y fin. No como tuvo que escribir la biografía de Julia.

—Qué tonta fui, qué ingenua —murmuró.

En verdad, no sabe por qué pensó que la historia de Julia terminaba con la publicación de aquella biografía que le comisionaron, con la cual intentó pagar la deuda contraída con la Poeta. Sin embargo, ahora entiende que Julia fue muchas Julias: la hija que intentó salvar a su madre, la joven militante, la mujer divorciada a los veintitrés años, la Novia del Nacionalismo. También la maestrita rural que abandonó esa senda, convencida de que podría alcanzar la gloria, la plenitud y la abundancia a través de la militancia y la poesía. Julia la inmigrante, la borracha, la loca, la deambulante, la que saltó de marido en marido. Julia, la que odiaba vivir en Nueva York, pero que se negaba a regresar a la isla; la que huyó aterrorizada del Harlem negro, la que rechazó del Dr. Lanauze una oferta para recitar poesía en las universidades negras de Washington. Julia diagnosticada con alcoholismo después de ser arrestada por deambular en las calles y dormir en sótanos.

Se la llevaron al hospital Mount Sinai y luego a Bellevue y a Welfare Island por loca, por disipada. Pero entonces, ella, otra escritora, se topó con su vida, aún más poderosa que sus textos. Leyó en archivos toda su obra publicada y la sin editar, y todas las cartas de la Poeta. Se topó con Victoria Muñoz en la primera presentación del libro, con el señor de Manatí en la segunda. Ambos le contaron datos de Julia que ella desconocía. ¿Por qué su vida insistía en permanecer inabarcable, incompleta? La condenada no acababa de morir y ella, su descendiente literaria, no terminaba de pagar su deuda. Julia permanecía deambulando de boca en boca, en la memoria de todos los que en algún lugar la conocieron. En los cuentos de su familia dispersa entre la isla y Nueva York; en los recuerdos de los niños que la vieron deambular frente a la escuela que hoy es un centro cultural; en los silencios de sus parientes más funcionales: abogados, maestros, que mantienen un férreo control sobre sus escritos, diarios y cartas. Allí siguen las muchas Julias retumbando. También en las ciento treinta y una cartas que Pucucho, el último de sus amantes, le entregó a Consuelo, la hermana menor que sí logró convertirse en abogada y que, por alguna razón desconocida, las hizo desaparecer de la faz de la tierra. Ninguno de los archivos que consultó las contiene. Nadie sabe dónde están. En ese silenciado pedazo de su historia también seguía viviendo Julia. La biografía que escribió y publicó estaba incompleta. No había forma de ponerle fin.

Tomó el poemario del mexicano. Él sí había sabido morirse. ¿Era, quizás, porque fue hombre criollo y blanco? ¿Porque había sabido vivir una vida ordenada y apacible? ¿O fue porque nació en México, país convulso pero independiente, con su propio estado y sus propias instituciones culturales, becas, premios, ateneos, editoriales, consulados extranjeros a donde enviar a sus literatos como *attachés* culturales a representar a la patria? Aquella apacible mañana sin hijos, la escritora recordó cuando lo conoció en persona y lo escuchó leer poesía. Visitaba México para un congreso de escritores, no recordaba cuál. Por la puerta del salón de actos del Museo de Arte e Historia lo vio entrar, sentarse en el escenario. Su pelo negrísimo enmarcaba su mirada dulce tras los espejuelos, enfocándose en sus papeles. Ella sonrió agradeciendo el inmenso privilegio que le prodigaba su época. Allí estaba, sentada en primera fila oyendo a uno de los grandes. Recuerda habérsele acercado luego y que conversaron como si se conocieran. El mexicano se le reveló sencillo y accesible sin dejar de ser lo que era, un escritor, un poeta. ¿Cómo había pasado eso? Es decir, ¿cómo se hizo posible que ella, una mujer negra oriunda de una isla colonizada en medio del Caribe, azotada por huracanes, olvido y pobreza, se encontrara con aquel otro escritor para conversar de tú a tú de literatura? ¿Fue acaso a causa del internet, del abaratamiento de los pasajes de avión, de la multiplicación de festivales, congresos, ferias del libro, del acceso a la educación pública, todo lo anterior logrado en medio de guerras y de hambre, de conflictos de fronteras, migraciones constantes, del empobrecimiento sostenido de los desplazados de la tierra? Conversó con Pacheco sin que una sola de sus palabras borboteara en símbolos ni en misterios. Se encontraron y hablaron simplemente, de mujer a hombre, de blanco a negra, dos criaturas sencillas que habían pisado la Tierra, caminado por la Tierra, y a las que, por pura casualidad, había hermanado la escritura.

El té estuvo listo. La escritora lo vertió en una taza en la que se que leía "negra y criminal". La compró en Barcelona hacía años, cuando fue con el último marido que, para esos tiempos, la acompañaba a congresos, viajes, presentaciones de libros. Entraron a una pequeñísima librería de literatura criminal que quedaba cerca de La Rambla y allí estaba la taza. Mientras la compraba, el marido se cebó de libros del género. Por esos años, le dio por escribir novelas detectivescas. En ellas retrataría el bajo mundo de la isla. Un mundo negro y criminal.

Sentada en el balcón encendió su primer cigarrillo del día y se sentó a leer a Pacheco. Pasó páginas de páginas. No todo lo que Pacheco escribía en ese tono coloquial y llano que tomó prestado de la poesía clásica latina, a ella le gustaba. Pero también solía ocurrir que el poeta mexicano acababa por sorprenderla. Se detuvo en una página.

Meditación del autobiógrafo

¿Con cuál ficción me quedo para no ver lo que soy?
¿Qué otra mentira invento para justificar mi vacío?
No importan los testigos ni sus reproches:
la falsificación de mi pasado
me saldrá tan absurda que acabaré por creérmela.

Sin perder ni un minuto terminó su té y su cigarrillo. Caminó hasta sentarse frente a la computadora. Abrió un documento. Una extraña energía fue conduciendo sus dedos por el teclado. Las palabras le salían a borbotones. La Madre, una casa, otra, la de su madrina doña Georgina, un extraño eco, un celaje que quería perseguir. Más tarde velaría por los detalles, acentos, puntos, errores tipográficos. Ahora era cuestión de sentir esa pulsión, dejarse llevar por ella.

POEMA CON DESTINO

Las multitudes se arremolinan en la plaza. La Poeta esperaba su turno para hablar. El casamiento con Rubén había operado en ella un cambio vertiginoso. Atrás quedó la melancolía de los campos, las latas de leche condensada, los pocos centavos que cobraba para buscar remedios para su madre. Sin embargo, poco después de casarse la destacaron como maestra rural en la escuela primaria de Cerro Alto en Naranjito. Hasta allá se mudó, pero bajaba todos los fines de semana a encontrarse con su marido y a seguir militando en el partido.

El veinticinco de octubre de ese mismo año, la policía insular asesinó a los nacionalistas Ramón Pagán, Pedro Quiñones, Eduardo Rodríguez Vega, Santiago Barea y a un civil en la calle Brumbaugh, a pocas cuadras de la universidad. La policía no hizo ningún esfuerzo por salvarle la vida al pobre billetero que también cayó víctima de la balacera. Su único delito fue vender billetes de lotería cerca del lugar de los hechos.

El siniestro pasó luego de que don Pedro lograra convencer a muchas centrales de unirse a la huelga de la caña. Su verbo prendió la isla como llama en bagazo. Convenció a estudiantes universitarios para que no dejaran que su Consejo Estudiantil lo declarara enemigo número uno en su Asamblea General. Compartió con la directiva del partido rumores de que el gobierno militar intentaba asesinarlo a él y a todos sus dirigentes. También intentaban asesinar a Juan Antonio, su padrino de bodas, su mentor en la poesía. Juan Antonio la había presentado a Luis Lloréns Torres, a Evaristo Ribera Chevremont. "He aquí a la Novia del Nacionalismo", les dijo. Ahora él, don Pedro y ocho miembros del partido estaban presos.

Tanto dolor y a la vez tantos horizontes que se expandían. La acompañaba Rubén. Su marido la apoyó para que se fuera a Cedro Arriba a trabajar de maestra, aunque eso significara pasar la semana entera separados. No le importó lo que dijera la gente que se preguntaba por qué permitía que su nueva esposa viviera como mujer soltera en el campo.

Rubén también la animó a seguir militando en el partido. Los fines de semana regresaba desde Cedro Arriba al apartamento que compartían en la calle Luna. Su marido la mantenía al tanto de los últimos acontecimientos, discutía con ella las estrategias del partido y la animaba a escribir versos de revolución.

—Te va a ayudar hablar en público, Julia. Debes prepararte para ocupar el lugar que te depara la lucha.

Los ojos de Rubén la hacían mirarse de otra forma. Sus pupilas le servían de espejo ante el futuro. A los veintidós años, Julia Burgos de Rodríguez se encontró viviendo una vida que jamás pensó posible. Era mujer casada, maestra rural, poeta y mujer militante con compañero que la animaba a avanzar en su desarrollo político y humano. Tenía un cómplice. Tanto lo era que un día le vino con la noticia.

—Ahora que han arrestado a don Pedro y a todos los secretarios del partido, necesitan que una militante hable en la Asamblea del Frente Unido. Quieren que sea una mujer que toque a las demás para convencerlas de que boicoteen las elecciones y pidan la revisión de la Constitución. Está duro, sobre todo ahora que todas las mujeres han ganado derecho al voto y que todos los partidos compiten por el voto de las obreras. Yo te propuse a ti, Julia, para que hablaras. Aceptaron.

Se quedó boquiabierta. Daría un discurso frente a miles de personas. Rubén y los compañeros del partido confiaban en que ella sabría sumarse a la lucha con el arma más certera con la que contaba, sus palabras de mujer trabajadora comprometida con las causas del pueblo.

Entre la multitud reconoció a Carmen Alicia Padilla, poeta militante y profesora de la universidad. Julia se le echó a los brazos.

—Gracias por el libro que me dejaste con Consuelo. No conocía a Alexandra Kollontai.

—Muchacha, yo te hacía en Cedro Arriba.

—Imposible. Me toca hablar. Tengo que hacerlo, por Juan Antonio, por don Pedro.

—¿Vas a declamar algún poema nuevo?

—No. Un discurso. "La mujer ante el dolor de la patria". Estoy que me muero del miedo.

—No es para menos. Están despidiendo a todo servidor público que haga declaraciones políticas contra el gobierno de Blanton Winship. En la universidad nos tienen más que vigilados.

—Pero se siguen reuniendo en tu casa, ¿verdad?

—Siguen las tertulias. A veces llega José Emilio González o Antón. Mantenemos las reuniones pequeñas. No queremos que se nos infiltre nadie. El próximo fin de semana, como a las cinco de la tarde, nos reunimos de nuevo. ¿Vas a venir?

—Si puedo, voy. Estoy loca por leerles un poema que estoy trabajando. El poema del río, ¿te acuerdas? Se me sigue trabando. ¿Y tú, ya terminaste tu colección?

—Todavía revisando.

Ambas mujeres contemplaron por un segundo la multitud de gente que seguía llegando.

—Esto mete miedo.

—Se está llenando de banderas. Creo que hoy saldremos varios arrestados.

—Anoche estuvimos hasta las tantas Rubén y yo, corrigiendo el discurso.

—Todo saldrá bien.

—Además me habló de nominarme para el puesto de secretaria general.

—¿Secretaria del Frente Unido Femenino?

—Todavía no es seguro.

—Julia, te vas a quemar con el gobierno. Es posible que pierdas tu trabajo en Cedro Arriba.

—No te voy a negar que sería un golpe bajo, pero no se compara con los sacrificios que encaran los nuestros. No me puedo quedar callada.

—Hay muchas maneras de luchar. Trabajar en la educación campo adentro es muy valioso. Si no, ¿cómo nos preparamos para el futuro? Escribir poesía también es importante. No somos muchas las que escribimos.

Sonaron los altavoces llamando a silencio. La primera Asamblea del Frente Unido Femenino Pro-Convención Constituyente iba a dar comienzo. Rubén serviría de maestro de ceremonias junto a otros reporteros, locutores e intelectuales que simpatizaban con el partido. Ya su marido se lo había advertido. La misión de la Asamblea era una sola. Había que desalentar el voto de las obreras en las elecciones ese año. Las obreras habían probado ser una fuerza política contundente cuando salieron a votar en masa en las elecciones de 1932. En 1933, el gobierno aprobó la legislación que le otorgaba a toda mujer su derecho al voto, aun para las que no sabían leer ni escribir. Pero hacía unas semanas, la plana mayor del Partido Nacionalista había sido encarcelada. Había que liberarlos. Aquella nueva fuerza política podía sumarse a los nacionalistas para empujar que se revisara la Constitución de Puerto Rico, pedir la excarcelación de don Pedro, de Juan Antonio, de Clemente Soto Vélez. Sin ellos, las horas del Partido Nacionalista estaban contadas. Cualquier otro partido que ganara las elecciones iba a perpetuar el estado colonial en que se encontraba la isla, quizás a extraditar a los presos políticos a Estados Unidos. Allá, quién sabe qué sería de ellos.

—Difícil tarea la tuya, sobre todo si te nombran secretaria. Habrá que ir de zaguán en zaguán, explicándoles a las obreras lo que implica votar el año que viene. Me preocupa eso de darle tanto poder a gente que no tiene instrucción, y más ahora, con tanto disturbio social.

—Mi madre no sabe leer ni escribir, Carmen Alicia, pero sabe pensar. Yo confío en nuestras obreras. Ellas han vivido en carne propia las injusticias que han causado los americanos. Es cuestión de explicarles bien de lo que se trata el asunto. Para algo me licencié de maestra. Sé enseñar.

—No sé si educar sea solución suficiente. Hay mucha tensión en el aire, mucho miedo. La policía militar aprieta el cerco. La gente está asustada. Van a votar por quien imponga paz.

—¿Cómo pedir paz en estos momentos de persecución? Nos están acribillando.

—Son muchos los intereses encontrados y las agendas ocultas. Esto no puede salir de nosotras, Julia, pero creo que el partido se debilita llamando a boicotear las elecciones. Muchos han propuesto que nos aliemos con los comunistas, que hagamos lo contrario a lo que vas a hacer tú hoy, que trabajemos por el voto de las obreras.

—Es hora de luchar, Carmen Alicia. Las elecciones están compradas.

—¿Y si nos aliamos con los comunistas más allá de pedir una revisión de la Constitución?

—Pero Carmen, si hay como doce asociaciones marxistas negociando cómo comportarse como partido y no lo logran.

—La verdad, no sé.

—Yo sigo a don Pedro. Creo en él. Hay que sacarlo de la cárcel. Tenemos que sacarlos de allí a como dé lugar.

—Hay demasiada división entre nosotros. Hacerle caso a don Pedro es escalar a la lucha armada. En el partido hay muchos que se oponen, que nos oponemos. Nos van a masacrar, Julia.

Tal vez era verdad lo que habló la noche anterior con su marido. Él también dudaba de que la lucha armada fuera una solución, pero pensaba que si las mujeres se unían al boicot, podían poner presión y lograr la revisión de la Constitución colonial. Julia lo escuchó atentamente. Había tanto que no sabía, tantos libros que leer para corroborar lo que le argumentaban Carmen Alicia y Rubén. Una cosa era cierta: por primera vez en la historia el futuro político de la isla estaba en manos de las mujeres. Sin embargo, lo doméstico era una prisión para unas y otras (su madre, por ejemplo). Aun cuando muchas trabajaron desde siempre, seguían presas de la ignorancia, de sus maridos, de los seis centavos al día que les pagaban los americanos. Muchas, demasiadas, seguían empleándose en oficios tradicionales como lavanderas, cocineras, niñeras, sirvientas, costureras, a un paso de la esclavitud. Cierto era también que cada año se graduaban más secretarias, enfermeras, maestras, doctoras, abogadas, bibliotecarias. En la isla ya habían sido electas dos mujeres a la Asamblea del Gobierno. Cada día se sumaban más mujeres a la Liga Femenina de Ana Duprey y Mercedes Solá, y a los sindicatos organizados por Juana Colón, Ramona Delgado y Luisa Capetillo para el Partido Socialista. Ahora, le tocaba a ella llamar a las mujeres a la lucha armada, si era preciso. Seguirían el ejemplo de Rosa Luxemburgo, de Elena Marx, de los batallones de la muerte de las soldadas rusas en Petrogrado, Moscú y Kubán. Este era el tiempo de las mujeres. Solo ellas, que ocupaban el más bajo escalafón social, podían liberarse para dejar de ser esclavas del imperio de los hombres que mantenían a la isla cautiva.

Le temblaban las piernas cuando subió a la tarima. Sus largas, largas piernas. Bastante alta que era. Desde lejos la podían fácilmente divisar. Un buen tirador podría fulminarla sin problemas. Tan pronto alcanzó el podio, notó cómo miembros de la policía militar acordonaban la plaza. No había marcha atrás.

"Conciudadanos de la nación puertorriqueña: me dirijo a ustedes desde esta tribuna de la independencia patria con el alma puesta en esa hermosa bandera puertorriqueña que no tardará mucho en flotar triunfante sobre nuestra república y sobre los traidores de la libertad".

Lanzaba una provocación y lo sabía. Era ilegal invocar la bandera puertorriqueña en cualquier sitio público o privado. Desde que llegaron los americanos, poseer una era motivo de arresto. Se escuchó alabando el ardor de las mujeres españolas que marchaban fusil en mano, junto a sus hombres, a defender la causa de la República española. Recordó lo que recién había aprendido acerca de la vida de Alexandra Kollontay, la noble rusa que abandonó sus orígenes de clase para sumarse a la revolución bolchevique y convertirse en comisaria de Bienestar Social. Recordó a la esposa de Lenin, Nadezhda Krúpskaya y las trescientas cartas al día que escribía en código; sus tres años de exilio en Siberia, donde conoció a su marido, a quien dedicó vida y lucha, haciéndose su secretaria personal. Si las mujeres del mundo entero salían al campo de batalla, ¿por qué no iba ella a luchar por una causa que abría todas las fronteras de la vida? ¿Por qué no podía convertirse en portavoz de un pueblo de mujeres combatientes?

No sabe cómo avanzó en su discurso. Se dejó llevar por las palabras, por la entonación de su propia voz. Era como si fuera otra Julia la que hablaba. Llegó el momento de pausar y pausó, como lo había practicado muchas veces.

—Cuida tu entonación, Julia. Respira cada idea en cada párrafo para que se te pueda oír y puedas conmover. Usa tu entonación como frente de la emoción.

Ya había oído a don Pedro hablar del uso correcto del frente de la emoción. La emoción es como un río. Hay que lanzarse de cabeza y dejar que la corriente te lleve. Que nos lleve a todos.

"En nombre de la maternidad, que es la consumación de lo divino; en nombre de la bandera monoestrellada, que se acoge a la mujer como última esperanza de la dignidad patria; en nombre de esos mártires de nuestra causa, como son las esposas, madres e hijas de los ocho patriotas que en estos momentos duermen tras las rejas de una cárcel por querer ofrecernos una patria libre, digna de una mujer virtuosa, pedimos a nuestras hermanas puertorriqueñas que se abstengan de depositar sus votos en estas elecciones coloniales que son una herida más en el corazón sangrante de la patria y una vergüenza más para los hijos de esta tierra".

El estruendo de los aplausos le avisó que había llegado al final de su discurso. Julia saludó a la multitud y luego bajó pausadamente las escaleras de la tarima. Ya no le temblaban las piernas. Abajo, Rubén la recibió con un abrazo y un beso.

—Estuviste genial. Creo que lo lograremos.

A la mañana siguiente, Julia caminó hasta la estación de Covadonga y compró su boleto de *trolley*. Tuvo suerte. Llegó justo a tiempo. Trasbordó en la parada 18, cerca de la Roberto H. Todd y la lujosísima Escuela Labra. La avenida pululaba de gente. Hacia abajo se abría un gentío de estibadores bajando hacia los puertos. Los verduleros se habían levantado más temprano que ella. Ya bajaban después de haberse hecho de provisiones en la plaza del mercado de Campo Alegre y abrían rumbo hacia Puerta de Tierra o hacia las casonas de los señores en Miramar.

En las aceras caminaban muchas personas. Había muchas mujeres entre la multitud. Las vendedoras de carbón llevaban sacos repletos sobre sus cabezas, latas a los costados, y hacían malabares con una y otra mano, sosteniéndose del aire. Muchachos en bicicleta entregaban ropa recién planchada o transportaban cajas de refrescos. Amoladores tocaban su pito anunciando los servicios. Los pitos se confundían con bocinazos de autos. Al otro lado de la avenida, la Academia del Sagrado Corazón se alzaba sobre una loma. Adentro se podía entrever hábitos de monjas y alguna que otra silueta de las muchachas internas que ahí estudiaban. Poco después, la Gran Logia Masónica refulgía contra el sol mañanero.

Julia estaba montada en el *trolley* que pasó sobre las vías del Caño Martín Peña rumbo a El Monte. Una barriada de casuchas subidas en zocos de madera se alargaba a la orilla de la laguna. Todas estaban hechas de cartón, de planchas de madera rescatada de los puertos, pedazos de latón, saco. Desde el puente, un grupo de muchachos se lanzaba de cabeza al río. Seguramente eran muchachitos que no iban a la escuela, que trabajaban en la cantera cercana cargando sacos de piedra y relleno, mozalbetes recién llegados de los campos huyendo de la hambruna del tiempo muerto y de los cierres y despidos causados por las huelgas en el cañaveral. Desde las puertas de las casas, asomaba algún niño su panza brotada.

... Lombrices
Al llegarme a la calle que da hasta el infinito
asaltaron mi rostro muchos ojos hambrientos.

Julia recordó la muerte verde de Comerío. Fueron tantos los niños que vio morir. También le llegó de golpe la memoria de los hermanitos suyos que murieron en el parto, de lombrices, de anemia, de unas fiebres extrañas que azotaron la barriada a un año del paso del huracán San Felipe. Tantos niños muertos que no se podían contar. ¿Por qué todos a su alrededor morían, menos ella? Había nacido delicada de salud, baja de peso. ¿Cómo era que ahora, a sus veintidós años, era una mujer de cinco pies y siete pulgadas de altura, alta como una palma real, capaz de tanto? Después del discurso del día anterior, se sentía capaz de todo. ¿Por qué ella sí y los otros no? Al lado de su Rubén, no tenía límites. Vivían para apoyarse el uno al otro. Llevaban tiempo juntos, se veían de modo intermitente en Cedro Arriba o calle Luna, siempre amándose. Julia se tocó su barriga. ¿Por qué no quedaba embarazada?

Hasta Cedro Arriba había llegado la noticia de que los experimentos del Dr. Fernós Isern y del Negociado e Higiene Maternal estaban a punto de dar con una versión de una píldora contra los embarazos. También abundaban cuentos de mujeres que iban al hospital por cualquier cosa y salían sin matriz. A doña Vicenta Merced, vecina de El Monte, le había pasado. Fue a parir y salió esterilizada. La doña era más vieja que Paula. ¿Cuántos años tendría Paula García? A Julia, su madre siempre le había parecido eterna; ni joven ni vieja, no se le conocía edad. Así era con todas las madres de la barriada, mujeres estancadas en el tiempo.

Quizás ella debería ir a la unidad o sacar cita en un hospital y chequearse. Mejor buscaba un médico de confianza. No quería salir del chequeo esterilizada. Julia sonrió. Sería tan hermoso caer encinta pronto. Rubén no le ponía presión para tener hijos. Vivían tan enfocados en sus carreras y en la militancia, que no tenían tiempo para más. Si ella no estaba en Cedro Arriba, trabajando, o en los sindicatos hablando con las obreras, él quemaba horas largas trabajando para el partido o en la emisora. Pero la aceptaba como era. Él y Juan Antonio creían en ella. Juan Antonio, tan guapo... Juan Antonio, tan conocedor de todo... Ahora estaba preso. ¡Qué inmenso dolor!

El *trolley* iba avanzando. Julia abrió su cartera. En el partido le habían regalado una ficha de tranvía. Quería asegurarse de que aún la traía consigo para poder costearse el regreso a San Juan. El *token* costaba cinco centavos. Según la última vez que habló con Consuelo, en la casa hacía falta pan, leche y un saquito de arroz. La semana anterior le habían pagado sus veintiséis dólares mensuales de salario. Los estaba ahorrando. Pronto serían las Navidades. Había que comprar algunas cosas: vestidos para sus hermanas; zapatos para Tito, el hermano menor; también ver cómo andaba Mamá Paula de su pierna, Papitín...

Quizás esta vez, Julia podría dejarle a la familia cinco dólares para una buena compra. Si les dejaba diez, daría para el mes de renta, una libra de bacalao, mantequilla, quizás hasta para carne fresca. Se bajaría en la parada más cercana a la Euskalduna. Aún no daban las nueve de la mañana. Todavía quedaría pan fresco, calientito. Quería celebrar junto a los suyos la victoria del día anterior en la plaza de Armas.

Se bajó en la estación que le tocaba, cruzó las vías del tren, compró pan, dos centavos de mantequilla, otros tres de mortadela y se encaminó hacia El Monte. Unos muchachitos del barrio recogían cañas secas que se habían caído de los vagones.

Ojalá que las cosas en la casa estuvieran tranquilas. No podía quedarse mucho tiempo. Quería volver donde Rubén. A las nueve de la mañana él empezaba su programa y saldría a las tres de la tarde. A esa hora quería esperarlo, pasar la tarde y la noche juntos, buscar a ese bebé.

—¡Familia, llegué!

Hacia ella corrieron los hermanos. Consuelo se le colgó del cuello. Iris le haló las faldas. Carmen cargó con la bebé y dejó que Julia saludara a Aracelis y a Angelina, que la recibieron como siempre, taciturnas. La verdad, aquellas dos eran las hermanas con las que menos compartía. No las culpaba por su distancia. Era difícil incluirlas en el cerco de complicidad que la unía de manera especial a Consuelo.

Mamá Paula se acercó cojeando a echarle la bendición. Un vendaje manchado de cataplasma oscura le cubría la pantorrilla.

—¿Y eso, Mamá?

—Un nacido que me explotó en la pierna. Pero Dionisia, la otra partera de allá abajo, me puso hoja de llantén para la inflamación. Ya se me está bajando. Los otros días esta pierna estaba como pata 'e cerdo.

—No es un nacido, Julia. Mamá tiene la pierna comida. Se ve bien feo.

—Es una úlcera.

—Si bajaras más a menudo de Cedro Arriba... —añadió Aracelis. Aquella hermana nació imprudente y criticona.

—No molesten a Julia, que acaba de llegar. ¿Te tomas un buchito de café? Consuelo, ¿le sirves a Julia? Por ahí hay funche. Julia, ¿quieres funche?

Angelina y Carmen torcieron la trompa.

—"¿Julia quieres café, quieres funche?". Ni que fuera el macho de la casa. Para lo que trae del campo. Para el dinero que nos deja.

Oyó las murmuraciones salir de boca de las hermanas. No iba a perder tiempo con ellas. Aquellas muchachitas montunas no habían salido ni a Consuelo ni a ella. Ni siquiera salieron a Mamá Paula. No tenían cabeza. Era como si con cada barriga, la hermana siguiente saliera con menos visión de las cosas.

Ayudó a Mamá Paula a sentarse en el taburete de latón a la entrada de la casa. Se sentó en las escaleras a su lado.

—¿Y Papitín?

—Por ahí debe andar. Si te quedas a pasar la noche, de seguro te lo encuentras rozando la madrugada.

—Rubén me está esperando en casa.

Consuelo llegó con el café.

—Te traje esto.

Doña Paula recogió el envoltorio de billetes que Julia le entregaba y se lo escondió en el refajo, junto a los pechos. Le sonrió a su hija con toda la ternura y la vergüenza del mundo.

—Ay, mija.

—Ahí hay como quince dólares.

—No queremos ser carga.

—Carga ninguna.

—Con esto resolvemos. A Consuelo le pidieron unas cosas en la escuela.

—No inventes, Mamá, que eso es para la comida de los nenes.

Era obvio que su hermana Consuelo llevaba las riendas de esa casa. Le había tocado demasiado temprano.

Consuelo se adueñó de la conversación.

—Angelina anda hecha un estropajo. Hay que comprarle al menos un trajecito. Le da vergüenza que la manden a la escuela así.

—Así mismo iba Julia, y descalza —repuso Mamá Paula—. Igual ibas tú. Además, esa muchacha no pasa el sexto grado. Yo no sé si sea mejor buscarle el trabajo que tanto pide en casa particular.

—Mamá, no es buena idea —aconsejó Julia—. En casa ajena se nos pierde la muchacha.

—Carmen no se ha perdido. Bueno, la cosa es que Angelina ya sabe leer y escribir. No todas pueden salir a ti, Julia.

Un guaraguao cruzó por encima del batey de la casa. Las mujeres pausaron un poco, contemplándolo. Julia tomó un sorbo de su café amargo, sin azúcar.

—Ahí hay suficiente para comprar unas latas de leche condensada. Esa leche tiene muchos nutrientes. Tito está muy flaco.

Pasaron unas lavanderas hacia el río.

—¿Y qué? ¿Cómo te va en el trabajo?

—Bien. Ayer di un discurso hermoso en la plaza de Armas. Todos me aplaudieron.

—¿En una convención de maestras?

—No, en una Asamblea del Frente Unido.

Esta vez, Mamá Paula bajó la voz al contestar.

—Mira, Julia, yo no sé nada de política, pero están metiendo presos a los nacionalistas. ¿Imagínate si arrestan a Rubén o te meten presa a ti? Virgen Santísima, no me lo quiero ni imaginar.

—No te preocupes, Mamá. No me va a pasar nada malo.

—Tú cuídate mucho y no te metas en más problemas. ¿Me lo prometes?

Julia suspiró. No iba a ser su casa en donde hablara de aquella experiencia maravillosa, de la multitud aplaudiéndola, de su posible designación como secretaria de la Asamblea Constituyente. No había de otra que mentir.

—Si, Mamá Paula. Te lo prometo.

—¿Y Rubén?

—Trabajando.

—No dejen pa' muy tarde lo del nietecito. Quisiera conocerlo.

—Déjame que cumpla al menos un año en el trabajo. Sabes cómo están las cosas. Rubén me mata si me voy ahora de maternidad.

Consuelo interrumpió la conversación.

—Mamá, ¿no le vas a decir a Julia?

—¿Decirme qué?

—Consuelo…

—¿Tú no conoces a algún doctor? Quizás Rubén sepa de alguno…

—Pregunto, si me hablan claro.

—Muchachita, cómo te gusta meter candela… —Paula regañó a Consuelo.

—Desde el verano, Mamá Paula se está quejando otra vez del dolor en la pierna. Ahora es la otra. Se le hinchó como un jamón y, por más que le ponemos cataplasmas, no baja. Le salió una úlcera que huele a podrido. La úlcera sigue creciendo. Yo creo que antes de que se ponga peor, hay que llevarla a un doctor.

—Yo nunca he tenido que ir a médicos, ni pa' parir. Una no sabe qué le meten en el cuerpo ahora. Mira lo que le pasó a Vicenta, que salió con tajo hasta el ombligo y sin matriz. ¿Y a Mercedes, que entró andando y salió tiesa? El pobre entra a un hospital y sale pa'l camposanto. Experimentan con una y lo menos que hacen es curar. Yo no voy pa' ningún hospital.

—¿Me dejas ver la herida?

Doña Paula rezongó, pero no pudo negársele a la hija. El dolor de la pierna no la dejó. Consuelo se agachó y desprendió el vendaje. El color de la pierna de su madre se hacía violeta, luego rojizo y después cogía un tono abotargado y verdoso. Julia no pudo distinguir a qué olía. A fruta madura, a hierba flotando en un empozamiento de agua. Había infección, seguramente.

—Consuelo tiene razón. Hay que consultar con los médicos. Yo me encargo. Le pregunto a Rubén tan pronto llegue. Además, conozco a un abogado que también es poeta, Lloréns Torres. De seguro me recomienda a algún amigo suyo que te pueda atender.

Además de asistir a las tertulias en casa de Carmen Alicia, Julia visitó también las del restaurante El Chévere, que convocaba el licenciado Luis Lloréns Torres. Juan Antonio Corretjer se lo presentó. Allí conoció a Palés, a Evaristo Ribera Chevremont, a puros poetas machos. Esas tertulias eran incómodas. Mucho cigarro, mucho ron. Desde la primera reunión, Don Luis se puso a coquetear con ella cuando Julia empezó a contarle que lo había leído en la universidad, que admiraba su dominio del ritmo poético. Otro día le rozó una nalga. Luego la fue a visitar a su cuartito en la trastienda del negocio El Abanico, allá en Cedro Arriba, con la excusa de llevarle libros y correr caballos por los cerros. Julia no le contó nada a Rubén. La verdad, agradecía las visitas. En Cedro Arriba vivía apartada de todo, extrañando a su marido, preocupándose por su madre, por la lucha. Aquellos cerros carecían hasta de casa de señoritas. Suerte que, por medio de contactos del partido, logró que el dueño de El Abanico le ofreciera un cuartito en la trastienda de su establecimiento comercial. Al menos, allí dispuso de cama, letrina, escritorio y un anafre donde cocinarse las comidas.

Las visitas de Luis Lloréns la ayudaban a sanar. El Bardo le compartió un recorte de prensa donde comentaba sus versos. En su artículo la llamaba la mejor poetisa de las Américas. Pensó que se había ganado sus respetos, pero pasada una semana, recibió una carta suya que acompañaba un poema en el que la llamó "potranca".

¿Por qué a ella? Había muchas otras mujeres a las que el ya cincuentón Luis Lloréns podía acometer. Ella apenas tenía veintidós años y comenzaba su camino como poeta. Estaba casada . Quizás le confundía el hecho de que aún en unión con Rubén, vivía sola y trabajaba. Era mujer de medios, con estudios, ni propiedad ni esclava de nadie. Él mismo le había dicho repetidas veces que tenía futuro como poeta. ¿Potranca? ¿Acaso las mujeres de nuevo cuño, como ella, tienen que soportar que las llamen "potrancas"? ¿Eso que le muestra Luis Lloréns es apoyo u otra cosa? ¿Cómo se contestan esos asedios sin inmiscuir a Rubén, sin tener que pedir la protección de un hombre ni tampoco retirarse de la palestra?

Salió de las rumiaciones de su cabeza. Observó de nuevo la pierna de Mamá Paula y se mordió los labios. Tan pronto llegara al Viejo San Juan, buscaría un teléfono público donde llamar al licenciado Lloréns Torres. Casi no escuchó a Mamá Paula buscando razones para disuadirla de llamar a los doctores.

—Los médicos son caros.

—Mamá, no te apures. Le pido el favor. Ya verás que no nos van a cobrar nada.

—Bueno, si es así..., si no te cuesta. Por lo menos, que me manden algo pa'l dolor.

YO FUI LA MÁS CALLADA

Vio el anuncio en un tablón de edictos de los pasillos de Humanidades y tuvo que detenerse a tomar nota.

Taller de poesía

Centro de Estudiantes

Miércoles 2 al 14 de abril. 4:00-6:00 p. m.

No reconoció el nombre de quien ofrecía el taller ni sabía si era profesor del recinto. No le importó mucho ese detalle. Al fin encontraba algo parecido a lo que andaba buscando. La escritora tenía diecisiete años y recién ingresaba a la UPR. Tuvo que batallar en la casa para poder entrar a la Facultad de Humanidades.

—Muchachita, ¿tú no entiendes? Mírame a mí. Mira a tu madre. Tuve que salirme del salón de clases y trabajar como un esclavo en la Autoridad de Acueductos para ganar alguito más de lo que me pagaban como maestro de Historia. Tu madre tuvo que abrir una tiendita para empatar la pelea. Un salario de maestro no da para nada. Los abogados son ricos. Con ese promedio con que te graduaste, lo que tienes que estudiar es Leyes. Solicita a la Facultad de Ciencias Sociales; a Humanidades, no. Tanto sacrificio en vano.

—Papi, yo no quiero ser abogada. No sirvo para eso.

—¿Cómo que no sirves? Inteligencia tienes.

—Quiero escribir. Me gané ese premio literario, ¿te acuerdas? Creo que por ahí van los tiros.

—¡Qué escribir ni escribir! Eso del arte es pasatiempo de ricos y nosotros no somos ricos. Maldita sean los poemitas esos. Hay que ganarse la vida. ¿Crees que puedes poner comida en una mesa escribiendo poemas?

—Es para lo que soy buena, lo que me gusta…

—Yo era bueno en el deporte. Medalla de bronce en los Panamericanos del 67. Campeón bate no sé cuántas veces. ¿Y para qué? No, mija, no. Mucho laurel y mucha promesa, pero intenta querer más. Mira a Peruchín Cepeda, ese pelotero de las grandes ligas que me dejó esperando al *scout* que se interesó en firmarme para que jugara afuera. Se lo llevó de farra y me quedé yo con mis sueños en el aire. Hay que trabajar en lo que deja.

—No voy a entrar a Leyes. Estudio Humanidades y después veo si sigo para el doctorado. Quizás pueda combinar lo de escribir con ser profesora en alguna universidad.

—Pues mira a ver quién te paga esos estudios, que son carísimos. Si no te vas como tu tía a estudiar al Norte, no va a haber forma de que te den espacio para un puesto en la universidad. Esos blancos tienen la cátedra bien controlada, reservando puestos con nombre y apellido. Tú no eres hija de nadie.

—Soy hija tuya, ¿o no? Hija de mi madre.

—Tú eres hija de dos negros retintos con unos cuantos trofeos y diplomas. Ni tu madre ni yo somos nadie. No tenemos ni el apellido ni las conexiones, ni con qué comprarlas. Trabajo en la Autoridad por el partido, y porque mi primo es abogado de la agencia. Te lo digo. Estudia Leyes. Yo no lo logré, le aposté al caballo equivocado. Tú tienes una oportunidad. Esto es poquito a poco y usando todas las artimañas. Te abren una puerta, pero te cierran otras y uno ahí, fajándose porque cree que puede. Le dicen a uno que se puede, pero no. Te vas a arrepentir de no hacerme caso.

—No me entiendes.

—No hay nada que entender.

—Papi, yo quiero ser escritora. Al menos, intentarlo.

—Te vas a morir de hambre. No cuentes con mi apoyo. No te lo puedo dar. Te voy a hacer más daño que bien. Mírate bien. ¿Cuándo en la historia has visto a una escritora negra que venga de donde vienes tú?

—Ahí está Julia…

—¿Esa borrachona que se murió en la calle después de no sé cuántos maridos? ¿Quieres terminar como ella?

La joven aspirante a escritora se quedó con la boca abierta. ¿Eso era lo que su padre pensaba de Julia, de la Poeta Nacional? ¿Cuántos pensaban como él? ¿Cómo se atrevía a meterse con su ídolo? Buscó una respuesta hiriente para rebatir sus palabras, pero no encontró ninguna. Fue a esconderse a su cuarto. No quería escuchar ni una palabra más de su parte, pelotero frustrado, maestrillo de Historia, oficinista del gobierno colonial al que servía como borrego para ganarse unos cuantos centavos. Una cosa era cierta, su padre era feroz argumentando. Debió haber sido abogado.

—No le hagas caso. Es su forma de preocuparse por ti —la consoló la Madre, que la siguió pasillo abajo.

Al menos, contaba con el apoyo de la Madre. Fue ella quien la llevó a las orientaciones de ingreso a la Facultad de Humanidades a la que solicitó con renovado ahínco. Le ayudó a llenar la beca que necesitaba para costear estudios, más en aquellos momentos en que abiertamente desafiaba al padre. Le dijeron que no cualificaba si no se declaraba financieramente independiente. Hubo que llenar papeles de manumisión, como de esclava manumisa. Tuvo su madre que llamar a la hermana abogada para que les ayudara con aquel paso que le permitiría a la hija entrar en la universidad a estudiar lo que le apasionaba.

—No te ocupes. Yo busco a algún colega que les notarice la declaración jurada. No puedo hacerlo yo porque soy familia, pero es mejor que busque dónde mudarse. Decir que no depende de los ingresos de sus padres, que necesita beca, y quedarse viviendo en la misma casa, levanta sospechas. Por de pronto, le voy a poner como dirección residencial la de mi casa en Los Maestros, ahora que no está alquilada. Ojalá la movida pase con ficha. Pero yo que tú le aconsejaría que pida residencia estudiantil en la universidad.

La hija comenzó a gestionar mudarse, pero no se decidía. Había tantas cosas que no sabía hacer. No sabía hacer compra sola. No sabía cuadrar chequera. Ni siquiera tenía cuenta de banco. Lo único que había aprendido era leer, sacar buenas notas, estudiar, escribir poemitas, soñar con más.

Le aprobaron beca y cursó el primer semestre con éxito y notas sobresalientes. Siguió para el segundo, añadiendo tres créditos más a su carga académica y afirmando concentración en Literatura y Estudios Hispánicos. Siguió sin mudarse de la casa. Verdad que el padre le montaba pelea por cualquier cosa. No bajaba la guardia. La Madre continuó trabajando de maestra, atendiendo casa, cocina. Se sumó a sus labores la de mediar en las peleas entre el padre y la hija. Al hermano cada vez le iba peor. Acababa de reprobar el noveno grado. Los maestros llamaron a la Madre para informarle que lo suspenderían por el resto del año si lo encontraban una vez más en malas juntillas, fumando pasto bajo los *bleachers* de la cancha de la escuela.

—Ese nene... —le comentaban las hermanas cuando la Madre iba a visitar la casa materna. Como de costumbre, allí se reunían las seis hermanas todas las tardes a tomar café y a discutir los problemas del clan—. No da pie con bola. Ojalá que no salga sinvergüenza como los tíos o mujeriego como el pai. Qué carga te ha tocado. Menos mal que la nena te salió bien. Se nota que está cogiendo en serio la universidad.

Marido mujeriego, hijo problemático. El padre acostumbraba a llevarse enredadas a exestudiantes, secretarias, a toda mujercita joven que lo mirara con ojos de asombro, como si él fuera maná, protector y guía. La Madre seguía haciéndose la de vista larga ante las andanzas del marido, mientras se ocupaba del hijo para que estudiara algo, cualquier cosa, y se hiciera hombre de provecho. Le hablaba a la hija para que "entendiera" y se diera cuenta de que, a su manera, su papá también quería lo mejor para ella. ¿Por qué su madre aguantaba esas humillaciones y abogaba por su padre? Ella no seguiría los consejos de alguien que no tenía la estatura moral para indicarle qué rumbo seguir. Un hombre que no respetaba a ninguna mujer. Ni a su propia esposa; ni a ella, su hija; ni tan siquiera a una escritora de la talla de Julia de Burgos.

Durante su segundo semestre en la UPR, la joven escritora buscó y rebuscó, pero no encontró ninguna clase que le enseñara lo que ella quería aprender. Historia de la Literatura Española, Historia de la Literatura Latinoamericana, Lingüística Hispánica. Ni siquiera había cursos de Literatura del Caribe. Nada acerca de las diásporas africanas y menos aún de escritura creativa. ¿Para qué había entrado a la universidad? Pero entonces se topó con aquel anuncio en un tablón de edictos: "Taller de poesía".

Quedaban dos días para que fuera miércoles. La joven escritora caminó hacia el Centro de Estudiantes en busca de la oficina donde había que inscribirse para el taller. Cruzó la plaza Antonia Martínez, pasándole por el costado al teatro de la universidad. Notó a varias de sus nuevas "amigas" sentadas en los pasillos. La London, la Morgan, la Joey Ponzuela, todos eran varones de nacimiento. Uno de ellos la saludó de lejos, llamándola con la mano.

No se distraería. Adoraba, entre clase y clase, sentarse en aquellos pasillos a compartir con sus nuevos amigos. Si su padre se entera. Si supiera que ella fumaba cigarrillos, que se había dado dos o tres cachás de marihuana, que le gustaba aquel zumbido que el pasto le provocaba en la piel y en los oídos. Si supiera que andaba con locas degeneradas —todas artistas, bailarines de ballet, actores, cantantes— que habían entrado a la universidad con becas del coro o de la banda.

Sentía una especie de protección entre ellos, una que no lograba encontrar en las clases ni en las asambleas del Consejo de Estudiantes. El primer semestre trató de inmiscuirse en todo, en la OSIP socialista, en el Círculo de Estudios Marxistas, en el Colectivo Feminista. Eran tantos los grupos a los que podía pertenecer. Ella quería pertenecer. Sin embargo, cuando al fin se decidía a atender alguna reunión de formación política, encontraba que no había nadie como ella militando en la asociación. Pocos de parcela, ni uno de su oscura tonalidad. Ninguno de sus profesores era negro, quizás sí de extracción humilde, con conciencia de clase. ¿Dónde estaban los demás intelectuales negros del país? ¿A qué universidad iban? La UPR era del estado, la más barata, la que ofrecía más ayudas para estudios. También era la más estricta. El campus de Río Piedras requería los promedios más altos de entrada a recinto universitario en la isla entera. No puede ser que todos los demás negros y negras de la isla no dieran el grado, menos ella. ¿Dónde estaban los demás?

—Negra tan bella. Ya tú verás, un día te voy a maquillar como a una *black* Barbie para que aprendas a sacarle partido a tu exotismo. Mucho *blush*, mucha pestaña postiza y mucha pluma. Eso es lo que te queda de *show*.

—Loca, debes estar bien arrebatá. Yo soy de Carolina, de las parcelas Falú. ¿Exótica de qué? No seas racista.

—No te me pongas muy política, que estas nenas militantes son todas unas pendejas. Peor si son feministas. Mira que andar por ahí con los sobacos y las patas pelúas, como si salieran de un culto. ¿Qué son, pentecostales o socialistas? Total, para lo que las quieren los machos militantes con los que andan... Para que les aplaudan los discursos, les pasquinen las calles y después entreguen el culo por la causa. ¿No que "yo fui mi propia ruta"?

Aquellos maricones eran su escuela y sus juegos de palabras, una de las mejores clases en la universidad. La aspirante a escritora les hizo señas desde lejos. Regresaría pronto, iba a hacer algo al Centro de Estudiantes. Bajó las escalinatas hacia la glorieta detrás de Registraduría y luego cruzó la calle donde se alzaba majestuoso el Centro de Estudiantes. Olía a papas fritas, a guiso de habichuelas. Abajo funcionaba el comedor de la UPR. Los olores le abrieron el apetito, pero no tenía tiempo para almorzar. Ni tiempo ni dinero. Decía el anuncio que el taller de poesía que ofrecerían era gratis, pero la guagua pública para ir de regreso a casa los cuatro miércoles que duraran las sesiones, no. Había que hacer planes de contingencia y ahorro.

Subió al segundo piso, entró a la oficina de Actividades Culturales y preguntó a la recepcionista cómo se apuntaba para el taller de escritura, cuáles eran los requisitos, qué cubría el curso.

—¿Tú ves a ese señor de guayabera gris y melena? ¿El de las canas? Él es quien lo va a dar. Llena estos papeles y entrégaselos; de paso, le haces todas las preguntas que tú quieras. Que te aclare dudas. Así matas dos pájaros de un tiro y te aseguras de que te sepa interesada.

Caminó unos pasos hasta la puerta de una oficina contigua al escritorio de la recepcionista, donde un señor de mediana edad, flaco, del color pálido que caracteriza a los jinchos del Caribe, hablaba acaloradamente con el administrador de la oficina de Asuntos Culturales. Parecía que ambos se conocían desde hacía tiempo, que se entendían. El conductor del taller llevaba la melena crespa bastante despeinada. Vestía una guayabera rala, casi inexistente de tan lavada, también un pantalón evidentemente carcomido por el uso. Calzaba chancletas de cuero. Su indumentaria no se parecía a la de sus otros profesores universitarios.

—Permiso, profesor...

—No me insultes con ese título.

A la aspirante a escritora se le alteraron los nervios. Quizás otra vez se equivocaba. Intentaba hacer las cosas correctamente, pero siempre se equivocaba.

Pisaba en arena movediza. ¿Le extendían una broma? ¿Por qué insultaba a alguien llamándolo *profesor*?

—Estoy interesada en apuntarme para el taller de poesía. ¿Hay algún requisito de clase con el cual debo cumplir?

—Esto no es una clase. Es un taller. ¿Has publicado algún poema antes?

—No, pero fui parte del club de oratoria de mi escuela. Me gané un premio literario, pero fue de ensayo. ¿Eso cuenta?

—Te advierto que hay que leer mucho. La desinformación en esta universidad sobre lo que cuenta como literatura es inmensa.

—Por eso me interesa tomar el taller.

El Poeta se dio vuelta en la silla de oficina en la que reposaba. Miró a la muchacha directo a los ojos. La fue midiendo. ¿Qué signo buscaba? ¿Era aquello una pausa dramática en la conversación? La muchacha sostuvo la mirada del Poeta. No se dejaría intimidar.

—Ya. Estás aceptada. Ángel, asegúrate de que la niña esta figure entre los matriculados.

—Ya tienes cupo lleno. El contrato dice que solo se te pagará por quince estudiantes.

—Que vengan veinte. Tú sabes cómo es la cosa. Siempre hay quien viene a que lo aplaudan y no a aprender nada nuevo. Esos se dan de baja rapidito. No aguantan la segunda sesión. Vas a ver cómo me quedo con quince a mitad de mes.

Entregó sus papeles llenos. De manos del Poeta, recibió una lista de lecturas requeridas antes de que se reunieran por vez primera. Sonrió más confiada. Si algo sabía ella era leer de prisa. Además, muchos de los poemarios de la lista eran títulos conocidos. Ella ya los había leído, al menos los del país. A Julia, a Corretjer y a Matos Paoli se los conocía al dedillo. En el colegio de monjas había tenido la suerte de tomar clases con la mejor maestra de español avanzado en el mundo. Había otros poetas de la lista que no reconocía: Nâzim Hikmet, turco; Ósip Mandelstam, ruso; Mallarmé, francés. De ese sí había leído algo. También de César Vallejo, Lorca y Salinas.

Además de trabajar en el colegio de monjas, su maestra daba clases de básico en la universidad. Acogió a la escritorcita bajo su ala, nunca entendió por qué. Sanavitis fue quien le explicó que si a una le gustaban las letras, debía estudiar Humanidades y preparar ciertas lecturas para tomar el examen avanzado de español. Gracias a ella, entró a la universidad sin tener que tomar el curso de español básico.

En su segundo semestre pudo apuntarse directamente en la concentración de Estudios Hispánicos, como si hubiera aprobado un año entero en la universidad. Entró adelantada. Podía darse el lujo de tomar aquel taller de escritura creativa sin temor a reprobar ninguna de sus seis clases matriculadas ni atrasarse.

—Nos reuniremos en el salón justo encima de este, en el tercer piso, de cuatro a ocho de la noche.

—¿Cuatro horas?

—El taller es intensivo.

—En el anuncio decía hasta las seis.

—Acabo de cambiar de opinión.

¿Cómo regresaría a su casa a aquella hora? De noche no pasan las guaguas públicas por la ruta hacia su urbanización, a la vera de los mangles. Además, Río Piedras se convertía en boca de lobo una vez caída la noche. No se podía andar sola por el recinto. Había rumores de violaciones. Echarle una tarea más a la Madre sería una falta de consideración.

La aspirante a escritora salió del centro un poco taciturna. Anduvo de vuelta hacia el teatro. Se sentaría en el pasillo, a ver si alguno de los suyos le regalaba un cigarrillo. Tenía que pensar. Cada paso que daba requería de una complicadísima serie de negociaciones y estrategia.

—Benditos los ojos, prieta. ¿Por qué las caras largas? ¿Quieres un pipazo?

La hija se permitió una cachada larga esta vez. Se aseguró de que el humo de mota le llegara profundo a los pulmones. La aspiración le resecó la garganta. Tosió.

—Chico, London. Ahora resulta con que un taller que quiero coger termina a las ocho de la noche.

—¿El de poesía? Creo que Daylin también se apuntó.

—¿Daylin Manuel escribe?

—Tú sabes que ella es de lo más romántica. Dice que esa clase la puede ayudar a escribir guiones.

—Loca, el taller es de poesía.

—Escribir es escribir. Que se le encienda a una la musa.

London le pasó de nuevo la pipa encendida. La aspirante sostuvo, pero no fumó. La tarde no estaba para agarrar malas notas.

—Daylin tiene carro. ¿Tú crees que me pueda dar pon?

—Pregúntale. Lo más seguro te lleva. Yo tú le tiro con algo para ayudarlo con la gasolina. La loca vive lejos, por allá por un campo de Caguas. Pero, por lo que he observado, hace cualquier cosa para no tener que llegar a la casa. Por eso se mete en cuanta madre. Ahora mismo solicitó para trabajar de ujier en el teatro. Yo creo que tiene *issues* con el padre, o con el abuelo, o con la mamá. Como su familia es de la religión y a Daylin se le nota a leguas el plumero...

Ya. Tenía plan. Al otro día cuadró con Daylin. Avisó a su madre. Llegaría de noche todos los miércoles de ese semestre.

—¿Y qué le decimos a tu padre?

—Yo no creo que haga falta explicarle mucho. De todas formas, él se la pasa en la calle. No creo que llegue a casa antes que yo.

Su madre no le sostuvo la mirada.

DERRÁMATE EN MÍ

Llegó a la plaza Colón como una sonámbula. La noche anterior, en Cedro Arriba se rompió el cielo de madrugada en un aguacero copioso que inundó el piso de su cuartito en El Abanico. Los caballos del potrero relincharon toda la noche a causa de los relámpagos. Julia también se desveló. Empezó a mover los libros, libretas y papeles de la escuela, sus lecturas del partido, todo lo que se pudiera mojar si seguía lloviendo. Se sentó a escuchar la lluvia, a esperar que escampara. De repente, lo encontró. Allí estaba el ritmo para su poema del río. Además, dio con otra cosa, con ese algo que transcurre por debajo de las palabras. Por fin comprendía los consejos de Juan Antonio.

—Tienes que encontrar tu voz, Julita. Hablar por los otros es necesario en estos tiempos, pero eres de los otros desde lo propio y lo personal, desde lo vivido por nadie más que por ti. ¿Cuál es tu punto de conexión?

Todos los ríos, el río. Mientras escuchaba llover, vio cómo las aguas se colaron por la malla de palos que le servía de puerta a su cuartito en El Abanico y se convirtieron en río. Río diminuto con sus afluentes. Río en miniatura como todos los ríos del mundo. Río Grande de Loíza. Quebrada Limones era uno de sus afluentes. Ese río bordeaba el pueblo de San Fernando de las Carolinas. Siguiendo la quebrada se llegaba al cauce mayor. Sus aguas evaporadas se hacían lluvia sobre la isla entera, la anegaban, fertilizándola. Una vez que se mudó a Río Piedras, fueron muchas las ocasiones en que se metió en problemas bañándose en los desagües de El Monte, cerca de aquel otro río que desviaron para fundar la ciudad. Cada vez que caía un aguacero se inundaba el campus de la universidad, sucumbían las barriadas, corrían torrentes de agua enlodada que, a la larga, desembocaban en el río Grande de Loíza. En la casita de madera donde vivía Doña Paula con sus hermanos, no contaban con agua corriente. ¿Dónde más podían bañarse sino afuera, bajo los chorros que expelían los tubos de desagüe de los techos de las casas? Ella se bañaba con jabón que Mamá Paula perfumaba con plantas medicinales del patio, restregando su piel trigueña bajo un vestido raído. El vestido de bañarse era el que ya no podía usar para la escuela de tanto que se le trasparentaba sobre sus pechitos duros, triangulares, de pezones oscuros, sobre su pubis montuno, cubierto por vellos oscuros y ensortijados. El cuerpo le maduraba. ¿La traicionaba? Pero a la escuela no podía llegar sucia ni con los pies llenos de la arenilla que le raspaba los pies en cuanto se ponía los zapatos. Mientras estudió en la escuelita rural de Limones, no tenía que preocuparse por esos detalles. Podía llegar descalza. No se estudiaba con elusivos libros encerrados en bibliotecas; libros caros, cuyas copias a duras penas llegaban hasta sus manos. Allá estaban la pizarra, los pasajes de textos que ella y sus compañeros de escuela repetían de memoria de tanto que la maestra los recitaba, una y otra vez, en voz alta. La voz de la maestra era otro río. Corría por afluentes. Ahora era ella quien anegaba. Todas aquellas aguas, hasta las del huracán San Felipe, eran el mismo río. Todas las voces, hasta las silenciadas, eran una misma voz. Ella era agua que debía dejar correr hasta inundar el mundo con el llanto de su pueblo. El río hembra donde lavaban las lavanderas. El río macho que sostenía a las embarcaciones. Pedazos de ese río la fueron a visitar la noche de la tormenta en Naranjito y la llenaron de palabras.

Era día de visitas en la cárcel La Princesa. Julia hizo fila entre las mujeres, algunas con niños, que hacían turno para entrar a visitar reclusos. Trabajó como loca para lograr el boicot femenino en las elecciones. Seguía con Rubén. Continuaba enseñando en Cedro Arriba. Cuidaba de su madre, que no mejoraba. Seguía buscando el bebé que no llegaba. Pero había terminado su poema del río.

Aquella era la segunda encarcelación de Juan Antonio, esta vez como secretario del Partido Nacionalista. La primera la había sufrido en Cuba, junto a Juan Marinello, en el castillo El Príncipe. Ahora cumplía un año de condena en La Princesa. ¡Qué ironía! Se negó a entregar a las autoridades norteamericanas las actas del Partido Nacionalista luego de la Masacre de Río Piedras. Juan Antonio había sido tan bueno con Rubén y con ella. Él y no otro de los compañeros nacionalistas sacaba de su comprometido tiempo para corregirle poemas cuando sus textos comenzaron a aparecer publicados en *La Acción*, el periódico del partido. Le recomendaba lecturas, le sugería cambios de verso.

Llegó su turno en la fila. Un oficial de bigote corto y demasiada brillantina en el pelo le pidió su carné de identidad.

—Solicito visita a Juan Antonio Corretjer.

—¿Número de preso?

Este paso le parecía a Julia una humillación innecesaria.

Caminó por el pasillo húmedo del edificio colonial vuelto cárcel de seguridad máxima, según los estándares nuevos de la isla. La Princesa daba a la bahía de San Juan. Las celdas daban a un patio interno a donde salían a solearse los presos que cumplían condena por asesinato, tráfico ilegal de alcohol o sedición contra el gobierno de los Estados Unidos. El patio cerraba contra las murallas que culminaban en las calles contiguas a la casa Alcaidía.

Esperó sentada en el salón comunal, donde le permitían cuarenta y cinco minutos con el preso. Julia observó cómo una silueta altísima avanzaba escoltada por un guardia, muchachito en sombras que apenas se levantaba del piso al lado de Juan Antonio Corretjer. El guardia le entregó unos papeles al retén de las visitas. Poco a poco se fue acercando el Poeta a donde ella esperaba. Se veía cansado. Su cara pálida a causa del encierro enarbolaba una pelusa apretada en el mentón sin afeitar. No les permitían navajas a los reclusos de La Princesa. Había que esperar visitas supervisadas de quien oficiara de barbero. No obstante, Juan Antonio avanzó meticulosamente peinado. Su cabellera negrísima hacía lucir tanto más la palidez de su rostro.

Julia se levantó queriendo abrazar a su amigo, a su padrino de matrimonio, su compañero de luchas, su lector más crítico y generoso, su mentor. ¿Cuántas cosas no era Juan en su vida? Se atrapó recordando que en La Princesa no se permitían los abrazos. Todo contacto con los reclusos estaba estrictamente prohibido.

—¿Otra vez por aquí, niña? Ya van dos veces este mes.

—Vengo a traerte de vuelta los libros que me prestaste. ¿Estás bien?

—Como un toro. Resisto.

Ah, desgraciado, si el dolor te abate
si el cansancio tus miembros entumece...

Juan Antonio citaba el poema "En la brecha", de José de Diego. Otra contradicción más. Aquel poeta había cantado a la resistencia y, a la vez, servido de abogado a las corporaciones cañeras que empobrecían al pueblo. ¿Cómo se lograba en su isla no traicionar?

Julia sonrió ante el mensaje cifrado de Juan Antonio. Reposó los tres libros sobre la mesa. Uno era precisamente de poemas de José de Diego que le mandaban desde el partido. El retén los examinó por encima, hojeando sus páginas. Verificó que no hubiera ningún material "sedicioso" escondido entre ellas. Tanto Julia como Juan Antonio sabían que no se detendría a cotejar qué decían aquellos libros. Como muchos de los policías empleados en prisión, lo más probable era que aquel retén no supiera leer, y aún si podía descifrar el alfabeto, no reconocería a los autores de los libros. Julia no tenía de qué preocuparse. En las oficinas del partido se habían ocupado bien de esconder cualquier comunicado o correspondencia entre las tapas de carpeta dura de los libros que ella le llevaba al Poeta. Hasta ahora, no habían dado con ningún folio ni con el recorte de prensa que informaba del asesinato del coronel Riggs a manos de los cadetes nacionalistas Hiram Rosado y Elías Beauchamp, primo del marido de Julia, muertos en el atentado. El retén le pasó los libros al recluso.

—¿Cómo anda Rubén? ¿Anda más repuesto de lo de su primo?

—Trabajando cada vez más en la emisora, cubriendo las huelgas y los atentados. Ese es ahora su ministerio. Cuando bajo a San Juan, compartimos, aunque me temo que cada vez menos. Me toca visitar muchos pueblos para ayudar al ala femenina del partido con el boicot al voto de las mujeres en las elecciones de este año. Ya casi termina el semestre en Naranjito. Allá en Cedro Arriba hay mucha necesidad. Tengo estudiantes de doce años analfabetos, otros con nivel de lectura de niños de primer grado. Las horas del día no me dan para corregir las deficiencias. Por lo menos, ya he convencido a la mayoría de las familias de la barriada de que no saquen a los niños de la escuela. A veces pierdo la batalla y me llevan a los más grandes a trabajar. O a las niñas. Las que menos atienden clases son las niñas.

—Me imagino.

—De repente me encontré con una de mis pupilas acá, trabajando en una casa de familia. Le pagué pasaje para que regresara conmigo a Cedro Arriba porque se quería escapar de la casa. Oyó cantos de sirena de un muchacho que la quería engatusar. Yo la aconsejé lo mejor que pude hasta hacerla recapacitar. Le conté que, en la mayoría de los casos, esos "enamorados" ofrecen villas y castillas para luego ponerlas a trabajar en bares para marinos cerca de los puertos. Quería echarse un novio encima para escapar de los asedios del hijo de la patrona, que se hacía de la vista larga permitiendo que el hijo la manoseara en contra de su voluntad. Extrañaba mucho a su familia. Para esas muchachas, el mundo en la capital se les hace muy extraño.

—Lo es. Yo daría cualquier cosa por volver a mis campos de Ciales. Aquí hace un frío húmedo todas las mañanas y un calor infernal que te cuecen los sesos por la tarde.

—¿Ya avisaron fecha de juicio?

—Hay rumores de que nos extraditan.

—Eso no puede ser. Según la ley, tienen que procesarlos en jurisdicción de Puerto Rico.

—¿Cuándo los yanquis han respetado las leyes en esta isla? Acá ellos disponen a su conveniencia. Pero tranquila. Todavía no hay noticias concretas.

— Estaré al tanto. Se me ha ocurrido entrevistar al gobernador Winship acerca del asunto.

—¿Y tú crees, Julia, que el gobernador te concederá una entrevista?

—Me ocuparé de que lo haga.

—¿Qué pretendes lograr con eso?

—Que le dé la cara al pueblo. Que conteste cuál exactamente es el cargo por el que los mantienen encerrados, sin juicio, porque sí.

—Atiende, secretaria, que esto es parte de la lucha. Te llevo tan solo seis años, pero desde los catorce, milito como comunista. Don Pedro nos alertó del plan de asesinarnos. Tú sabes que el Maestro conoce bien el sistema legal americano, lo conoce desde adentro. Por algo estudió allá en Vermont y en Harvard. Militó en el ejército americano. Sabíamos que esto iba a pasar. Tranquila. Ninguna de estas acciones nos toma por sorpresa. Estamos vivos de milagro y lo sabemos, más seguros adentro que afuera.

—Pero ¿cómo?, ¿quién los defiende si los extraditan allá afuera?

—Por lo menos sentaremos palestra y lograremos visibilizar aún más nuestra lucha.

El retén se acercaba. Había que cambiar para tema. Julia abrió su cartera. Sacó un papel doblado.

—Terminé el poema.

El retén alargó la mano para examinar el contenido del papel.

—Señorita, usted conoce las reglas. Debo pasarle esto al alcaide si quiere que el reo lo reciba.

—No se preocupe, compañero. Puedo leerlo en voz alta. Si usted quiere, puede escuchar.

Juan Antonio soltó una tenue carcajada.

—Por lo menos, ganas un lector más de tu poesía, Julia.

Todos los ríos, el río. La boca de Julia se fue abriendo. De ella comenzó a brotar el poema.

¡Quién sabe en qué aguacero de qué lejana tierra
me estaré derramando para abrir surcos nuevos;
o si acaso, cansada de morder corazones,
me estaré congelando en cristales de hielo!

La condujo la visión enredada en palabras que a la vez eran gotas de lluvia, ojos aguados. No era cierto lo que le contó a Juan Antonio. No todo andaba bien en su matrimonio. Ya Rubén se empezaba a cansar de tener una esposa de fines de semana que vivía en la trastienda de un comercio agrícola o por los campos militando; una maestra que era un escándalo en Cedro Arriba. ¿Dónde estaba el marido con quien se casó, pero que no tenía tiempo de ser esposo? Julia no caía encinta, Mamá Paula seguía mala de la pierna. Rubén ayudaba con lo que podía. Llegaba al cuarto de ambos en San Juan, la saludaba distraído. Tomaba más asignaciones en la emisora. Julia lo notaba distante. No quería preguntar demasiado. ¿Le estaba dando su espacio? ¿Había conocido a alguien especial? Todo quedaba a orillas del río.

Muy señor río mío. Río hombre. Único hombre
que ha besado en mi alma al besar en mi cuerpo.
¡Río Grande de Loíza!... Río grande. Llanto grande.
El más grande de todos nuestros llantos isleños,
si no fuera más grande el que de mí se sale
por los ojos del alma para mi esclavo pueblo.

El retén escuchaba el poema con los ojos clavados en el piso. Junto a él, Juan Antonio escuchó con los ojos cerrados. De seguro, estaría evaluando dónde cortaban los versos. Siempre le peleaba por lo mismo.

—Respira el poema, Julia. No basta con atacuñar las palabras a un patrón de rima. Las pausas son esenciales. El silencio también comunica. Lee en voz alta y respira la pausa natural del verso.

Juan Antonio la estaba escuchando. Julia levantó los ojos del papel para corroborarlo. Tenía veintidós años cumplidos. Tres de casada con Rubén Rodríguez Beauchamp y de militancia en el partido. Era cauce de tanto... ser esposa, vivir tan lejos. Ocuparse de bajar a ayudar a Consuelo y a sus demás hermanos, representar al partido, denunciar atropellos en *La Acción*, asumir su cargo como secretaria de la Constituyente, dar clases en Cedro Arriba, escribir. Todos los ríos, el río. La voz se le fue haciendo finita. Casi no convocaba aire para terminar de leer el poema. Marcó el fin de los versos. Respiró y esperó el comentario de Corretjer.

—Te salió al fin. Sí. Esa eres tú. A la vez, hablas por los demás.

—¿De verdad? Siento que se me quedaron cosas fuera.

—Dices lo justo. No lo toques más, que así es la rosa.

Esta vez Juan Antonio citaba a Juan Ramón Jiménez, el exilado poeta español que daba clases en la universidad. Recordó de repente la voz de Gabriela Mistral durante su graduación. Ese día entendió que existían países en los cuales se podía ser poeta. Ahora Juan Antonio al fin aprobaba sin críticas algo que ella había escrito.

—Ya estás lista para publicar. Este es el poema que te faltaba. Recoge tus trabajos publicados en *La Nación* y ponlos en orden. Diles a los de la imprenta que yo te mando para que impriman tu primer libro.

Al salir de La Princesa la cegó el sol. La visita fue breve, sin embargo, Julia la sintió eterna. Subió la colina hacia la calle Luna. La llevaban pasos leves y ligeros. Quizás pasaría por el cuarto de Rubén, que ya casi no era de ella, a refrescarse, cambiarse de ropa. Después bajaría a Río Piedras a verse con Consuelo.

Papitín, tirado en alguna calle, en algún zaguán, se sorprendió pensando.

¿Cómo estarían Carmen, Aracelis, Angelina, Pepín, Tito e Iris, la más pequeña? ¿Habrán comprado suficiente comida desde la última vez que les llevó dinero? ¿Habrán pagado la casa rentada? Juan Antonio se lo confirmaba. Ya estaba lista para publicar su primer poemario. *Poemas exactos a mí misma*, así lo titularía. Separaría algunos dineros de su salario y haría arreglos para ir a pagar por plazos el precio de la impresión. Ordenaría pocas copias al principio y luego más, según las fuera vendiendo. ¿Dónde colocaría el libro? Había pocas librerías en la isla; la del Ateneo;

la Educativa, en Arecibo. Quizás podría someterlo al premio del recién fundado Instituto de Cultura Puertorriqueña. Preguntaría. ¿Cómo estarían todos en El Monte? ¿Y Rubén estaría en la casa cuando ella llegara? Sacudió todos aquellos pensamientos de la cabeza. Se concentró en subir la cuesta adoquinada. Lo importante era que había logrado escribir el poema. No. Esa tarde no bajaría a El Monte. Mejor utilizaba sus centavos para hacerle un buen guiso caliente y celebrar con Rubén. Se lo había ganado. Le contaría de su visita a Juan Antonio. Dormiría al fin sobre piso seco y al lado de su marido. Estaba a salvo, al menos por aquella noche y lo que quedaba de tarde. Podía descansar.

MINÚSCULA

Llegó a Buen Consejo a la hora acordada. Nunca había entrado a aquella barriada que se extendía hacia los cerros que bordeaban el pueblo de Río Piedras. Una red de callecitas partía la loma en dos, y luego se deshacía en calles más pequeñas que formaban cuadrículas a veces o se perdían en callejones sin salida, monte arriba. Casitas disparejas de madera y zinc con adiciones en cemento exhibían sus varillas expuestas que anunciaban que la construcción aún no terminaba, que quizás se añadirían más cuartos a medida que hicieran falta para hijos, para familiares que llegarían de los campos o de los *niuyores*; cuartos que alquilar a primos o a personas que sumarán sus migraciones a la de los propietarios en cuestión.

La muchacha supo que muchas de aquellas casas eran de invasores de terreno. Se lo olió apenas empezó a guiar el carrito que le prestó la Madre para que ella llegara a su cita con el Poeta. De repente, se sintió igual que cuando visitaba a la familia de su abuela en Pueblo Chiquito, cerca de la Central Victoria. Ya la central había dejado de funcionar. De un lado quedó el pueblo; del otro, Sabana Abajo, la barriada donde nació su padre. Cuando iba a visitar a su otra abuela a Sabana Abajo, se topaba con lo mismo. Un reguero de caminos se abrían paso entre los litorales de las afueras de la central. Allí, agregados muertos de hambre que emigraron a la ciudad en busca de mejores oportunidades de trabajo levantaban casas con lo que fuera: cartones, planchas de madera descartada de vagones o de los embarcaderos, sacos, zinc. La ciudad nacía, expandiéndose de arrabal en arrabal. Buen Consejo era también eso. Para nada exhibía un plano organizado de construcción, de calles o de alcantarillados soterrados. Los postes de luz rayaban el cielo con un tejido enredado de cables. Tomas ilegales conectaban a las tomas legales de corriente eléctrica las improvisadas segundas plantas de casas levantadas por los mismos vecinos. Aguas usadas se entremezclaban con salideros y con tubos de agua potable. En la base de la loma, una cuadrícula de buzones numerados recogía las correspondencias de los habitantes del lugar.

La muchacha bajó la velocidad. Había que leer bien la numeración de las casas que algunas residencias mostraban. No se quería pasar de lugar.

—Calle Lido 79, Lido 53… Pero ¿qué es esto?

Comenzó a dudar de que pudiera encontrar la residencia del Poeta.

—Niña, he preparado una lectura de los mejores trabajos del taller. Va a celebrarse el sábado siguiente en Casa Aboy. Hay un poema de los tuyos que me interesa que leas. Pero necesita mayor edición. Tengo que llegar al Viejo San Juan a casa de Lilliana para terminar de cuadrar orden y de pulir poemas. Me gustaría que asistieras a la reunión. ¿Tú tienes carro? Pasa por mí a las dos de la tarde, te lo voy a agradecer.

Claro que no tenía carro. Suerte que su mamá acababa de comprarse un Datsun Nissan y que ella acababa de sacar licencia de conducir. Su padre no quiso enseñarle, pero su mamá la llevó a que aprendiera.

—Ya es hora, mija. Yo no puedo estar llevándote y recogiéndote de todos lados ni tú depender del pon de tus amigos. A ver si también me ayudas a buscar a tu hermano a la escuela. El Volky no da para más y tenemos que comprar carro nuevo. Además, ya me decidí. Voy a terminar la maestría. Hay un puesto de maestra enlace en el distrito escolar que me ofrecen si demuestro que soy estudiante de posgrado. Viene con aumento de salario. Empiezo el semestre que viene. Es hora de que me des una mano. Te tienes que poder mover por ti misma. Y tú sabes que aquí, sin carro, uno no llega a ningún lugar. Nos ponemos de acuerdo. A veces lo usas tú, otras yo. Me avisas y listo.

Le avisó a la Madre.

—¿A que no sabes? El Poeta escogió poemas míos para que los lea en la actividad de Casa Aboy. Le gustaron mucho. Hay que editarles detalles todavía. Me pide que le de pon al Viejo San Juan este sábado a las dos de la tarde. ¿Vas a usar el carro a esa hora?

—¿Quién es ese señor Poeta?

—Un profesor mío. ¿No te acuerdas? El que me da los talleres de poesía de los miércoles por la noche.

Profesor, poeta, daba lo mismo. No tenía tiempo para explicar. Necesitaba el carro para llegar a la reunión organizativa de la lectura en Casa Aboy.

—Tú sabes que los sábados son de limpieza y hacer compra. ¿A qué hora estarías de regreso?

—Como a las cinco.

—Okey. Cuidado dónde estacionas. No dejes el carro parqueado en línea amarilla como las otras noches, que llegaste con una multa.

—Yo la pago, no te preocupes. Me sobraron algunos chavitos de la beca. Y tengo para el estacionamiento. No va a volver a pasar.

Los talleres habían sido intensos. Como predijo el Poeta, la matrícula de veinte fue mermando hasta que, al final, quedaron tan solo ocho asistentes. Daylin Manuel se dio de baja casi al final de la sesión.

—Eso está lleno de macharranes y al Poeta ese no le gusta lo que yo escribo porque no soy político y porque soy maricón. Que si el pueblo, que si La

Patria, que si los héroes, que si la explotación. De macharranes estoy jarto yo, que todos los días me tengo que hacer pasar por uno. Y para macharrán, mi pai. Bastante suerte tengo, que toleró que me haya cambiado de la concentración de Ciencias a Humanidades y que se dejó convencer con lo del trabajito de ujier. Pero ahora empieza la temporada de conciertos y llegar tarde tan seguido se le está haciendo sospechoso. Sabe que las funciones del teatro empiezan los jueves. El carro lo paga él con un montón de sacrificios. Yo gano algo, pero no cubre todos mis gastos. Por algún lado tengo que cortar. Pero déjame decirte, mama, que para mí no es opción volver a vivir encerrado en Caguas, en ese campo donde no pasa nada más que trabajo, culto de iglesia y mítines de partido, y tengo que vivir pidiendo permiso hasta para respirar. No, nena, no. Mejor me muero. Por lo menos, después del teatro me puedo perder por ahí, ir a la barra después de las funciones, a vivir mi vida. Total, yo lo que quiero es escribir de esto que es ser pato. Te juro que lo intenté hasta que me harté, pero ese taller no es para mí. No encajo en ese *crowd*.

Los ocho que quedaron decidieron que iban a seguirse reuniendo de manera informal. José Escoda, estudiante de maestría en Trabajo Social tenía un carrito y se ofreció a darle pon algunos miércoles. Amarilis Dávila, hija de un abogado, también le tendió la mano.

—No puedes quitarte, chica, tú eres de las mejores. Ese poema de las putas que escribiste el otro día te quedó genial. Tienes que seguir viniendo.

¿Ella de las mejores? La verdad es que desde que se apuntó en el taller, no hacía otra cosa que leer y escribir. Iba a clases, cumplía con las tareas de cada curso. Eso ya sabía hacerlo. Pero el taller la obsesionaba. Se acostaba tarde, leyendo. Escribía. Poco a poco fue abandonando lo que ella supuso que era la poesía. Patrón de rimas, metáforas rebuscadas. Le fue surgiendo otra voz. Se atrevió cada vez más a hablar desde ella, de su negrura, los mangles, la escasez urbanizada, la violencia de las calles. Ese "ella" eran también los demás con los que creció. Su hermano, que cada día llegaba más oloroso a pasto, con más rabia y fronte en el semblante. Los vecinos del barrio, cada año abandonando la escuela, pariendo a destiempo, cayendo presos por tráfico de drogas. Leyó a Anna Ajmátova, a Roque Dalton, y pensó en cómo traducir la realidad que ella había visto y vivido a lo que se escribía, cómo hacer vivir a la Forma. Hacer que la Forma hablara se le fue haciendo esencial. Tenía que contar cómo vivían los otros que eran ella, los siempre a orillas de donde transcurrían los discursos.

—La verdadera función de la poesía es asumir la voz colectiva. El individuo no existe. Es una manipulación del capitalismo al servicio del consumo y el poder. Aquí se escribió mucha poesía sensiblera porque el estado colonial perseguía a todos los que hablaran en contra del colonialismo. El trascendentalismo, la poesía filosófica, todas esas vainas eran y fueron artimañas para escapar de la censura. Esta misma institución cooptó a decenas de poetas con la patraña de que la poesía verdadera, la Alta Literatura, debía desligarse de lo político, debía evitar el panfletismo y aspirar a ser transcendental. Miren los primeros veinte años del siglo XX. Ahí está la prueba. Noísmo, negrismo, trascendentalismo, diepalismo, estridentismo. Hubo tantos movimientos de vanguardia que, de repente, la poesía se convirtió en un barullo de voces sin dirección. De espaldas al pueblo pisoteado, los poetas palabreaban. Por eso fue por lo que Corretjer regresó a la décima y a los metros del campo. Revisó los mitos indígenas y elevó a los caciques olvidados y al bracero de las montañas a héroes del combate. Habló por el pueblo.

Le costaba dar este paso, el de hablar por el pueblo. ¿Quiénes componían "el pueblo"? Ella conocía a su abuela, a sus tías, a su madre maestra, todos militaban en el Partido Popular. "Partido Colonial", sostenía el Poeta. El padre de la aspirante a escritora había sido independentista en su juventud, pero ahora trabajaba para el Partido Nuevo Progresista, que buscaba la estadidad americana para Puerto Rico. Nunca habló de los ideales políticos de sus padres con su mentor Poeta.

Tal vez, si leía el Manifiesto Comunista, ese panfleto que le prestó Escoda, entendería mejor. ¿Tendría que hacerse comunista? Le daba miedo pensarlo. El colectivo se la tragaría de seguro, la patria, los demás, toda esa injusticia. Ella había ido a la universidad para convertirse en persona, para escapar de la barriada y de los tíos borrachones, del padre rabioso y decepcionado con su senda, del hermano colgado en la escuela, marihuanero. Solo contaba con el apoyo de la Madre. No la quería decepcionar. Ella había querido saber por qué era la única negra en los salones de clase. Quería saber cómo pasó eso, por qué no daban cursos que explicaran el mundo del cual ella venía. ¿O es que era verdad? ¿Acaso los prietos retintos como ella no producían ningún saber? ¿Acaso la única solución para los países y las razas "atrasadas", como decía Marx, era insertarse en la lucha de clases? ¿Que aquella era la única manera de lograr inclusión e igualdad? Le daba terror identificarse de izquierda.

—Esa facultad de Humanidades está llena de pelús comunistas, de muchachitas que se dejan toquetear por cualquiera. Putas. Te vas a perder. Tanto nadar para morir en la orilla —el Padre insistía en el peligro.

Escribía, rompía papeles. Leía, volvía a escribir. Ya ni se sentaba con sus amigos maricones a compartir en los pasillos del teatro. Andaba con Amarilis para arriba y para abajo, y con Escoda y con los otros del taller.

—Pues ustedes sean todo lo patriotas que les dé la gana, pero yo soy feminista primero y puertorriqueña después. Por eso es que me gusta ese poema tuyo, el de las putas. Es crudo y nombra las cosas como son en realidad. ¿Tú ves a Julia? Demasiado llorona. Demasiado poemita al amor. ¿Qué pasó con el deseo de la mujer, con la libertad personal? Bisexual, quizás pata y feminista, eso es lo que soy. Y mi familia, que bregue. No se puede, chica, ser esclava del sistema.

—Pero a Julia la tildaron de puta por mucho tiempo. Todavía la tildan.

—Ajá, porque convivió con el Grullón ese sin casarse. Pero le olió el rabo y lo persiguió por todas partes, olvidándose de ella. Demasiada telenovela de amor imposible.

—Eran otros tiempos. Jimenes Grullón fue su único apoyo. La ayudó con dineros para sus hermanos, la animó a publicar y a seguir estudiando.

—Claro, porque era mucho mayor que ella e hijo del exsecretario de Estado de la República Dominicana. El letrado era él. Miembro del Partido Comunista, amigo de Juan Bosch y toda la vaina. Pero cuando llegó a Cuba, le puso a Julia un anillo falso en el dedo, le pidió que no se pintara el pelo ni los labios. Y ella, que fue secretaria de la Coalición Constituyente, se quedó sin participar de las reuniones comunistas donde se cuajó la Constitución del 40. El tipo le mintió. La hizo pasar por esposa, pero cuando le llegaron los papeles del divorcio, la mandó a freír espárragos. Después la fue a buscar a Nueva York y todos los cuentos, pero ni pa' Dios se quiso casar con ella. Para jugar a los amantes militantes sí servía Julia, pero de mujer legal, no. Todo chévere mientras ella escribiera poemitas en solidaridad con el pueblo dominicano o la revolución española, pero hasta ahí, querida. Julia le sirvió de corteja de vanguardia. Mancharse la reputación con una mujer divorciada, que sabía de caballos, bebía y fumaba y pensaba por cabeza propia, jamás.

Yo quise ser como los hombres quisieron que
yo fuese:
un intento de vida;
un juego al escondite con mi ser.
Pero mi alma estaba hecha de presentes.

Mentira. Quizás eso fue lo que quiso ser Julia, pero no lo logró. Se perdió en el amor y en toda esa sensiblería.

—Así que, Amarilis, según tú, ¿ese presente de Julia no ha llegado todavía?

—Para nosotras no. Y menos, si seguimos creyéndole el discurso a estos macharranes socialistas.

Calle Lido 66. Afuera la esperaba el Poeta , indicándole que parqueara sobre la acera.

—No te preocupes, que hasta acá no llegan los guardias. Tu carrito está seguro.

—Es el de mi Madre.

El Poeta no escuchó sus nimias preocupaciones. La muchacha lo siguió por unos escalones que conducían al sótano de una residencia hecha mitad de cemento, mitad de madera.

—Arriba vive Papi.

¿Así vivían los poetas politizados, los poetas de izquierda? Le constaba que su maestro tenía un doctorado en Filosofía. Que había estudiado en la misma escuela que Julia, la University High. Muchos lo consideraron un genio. Había bajado de Buen Consejo a estudiar en la universidad a los dieciséis años. Se graduó con beca. Fue a Cuba, terminó un doctorado, pero en la huelga de 1973 renunció a su cátedra, no se sabe muy bien por qué. ¿Lo carpetearon? ¿Lo sancionaron por apoyar la lucha de los estudiantes? Nunca más volvió a tener un puesto seguro.

El sótano de la casa donde vivía el Poeta cundía de libros. Libros en el piso, apiñados contra las paredes. Libros en lo que parecía ser una sala, libros a la entrada de un baño, libros tirados junto a la cama. Los ojos se le abrieron de la impresión.

—Amarilis me dejó ver tu poema de las putas. ¿Te atreves a leerlo en la actividad? Mira, en esta estrofa falta una coma y debe cortar más abajo.

La muchacha se acercó. No sabe cómo, la mano del Poeta comenzó a sobarle las nalgas. Dio un paso hacia atrás.

—¿Qué pasa?

—Desde acá puedo ver —respondió tímidamente la aspirante a escritora.

El Poeta la tomó de la mano y la sentó contra el bulto entre sus piernas. Lo tenía duro. Le empezó a sobetear por encima de la camisa. La miró con una media sonrisa mientras ella se dejaba toquetear. Quiso besarla. La saliva del Poeta le picó en la cara. Era agria. Olía a ajo, a algo dulzón y podrido, pero con sabor y pimienta. El laberinto de libros empezó a estirarse infinito. El Maestro le metió la mano por debajo de la camiseta, por debajo del sostén. No pudo más. La aspirante a escritora se levantó de la falda del maestro.

—Yo creía que ya tú eras mujer hecha y derecha. Tal parece que este poema es tan solo putería de papel.

—Puede que lo sea. ¿Nos vamos?

—Lilliana retrasó la reunión hasta las cinco. Tenemos tiempo.

—A las cinco tengo que devolverle el carro a mi mamá.

El laberinto de libros se abrió y le mostró un camino. Contra la puerta no había libros. Podía salir por donde entró.

—Quiero revisar el corte de los versos. Al final los siento atropellados.

—No me puedo quedar.

¿De dónde había salido aquella firmeza? Comenzó a sudar. La muchacha tomó las llaves del bolsillo. No sentía que aquellas manos fueran suyas, que los pasos que la encaminaron sin tropezar entre el laberinto de libros fueran los suyos.

—Me voy. Me avisas lo que decida el grupo acerca del orden de lecturas.

Oyó palabras que resbalaron de la boca del Poeta. Boca con saliva que picaba. No le importó lo que decían. Se montó en el carro. Bajó la cuesta de Buen Consejo hacia la avenida 65 de Infantería y por allí hasta la intersección con Campo Rico. Aquella saliva picaba. No se la podía tragar. Ella no era mujer hecha y derecha. Tenía diecinueve años y había fallado. No amontaba ni a pichón de socialista ni a feminista ni a poeta. Aquel tipo usó su propio poema para entramparla. Por lo menos, escapó. Luz roja. Pie en el freno, como le enseñó la Madre. Debía virar a la izquierda. Se limpió la boca con el dorso de la manga. Le picaban los pezones, toda la piel por donde el Poeta había posado su mano. Dedos de pájaro flaco, ave con garras percudidas y pálidas. Ella tenía diecinueve años. Aquel maestro le había enseñado tanto. Vivía en un laberinto de libros. ¿Por qué se comportó como un cualquiera? ¿O tenía razón y la cualquiera era ella? Pero ella tenía las llaves del carro de la Madre y partió. Salió ilesa. ¿Estaba ilesa? ¿A salvo? Ahora no podría leer el poema en el recital de Casa Aboy.

Amarilis tenía razón. Aquellos macharranes socialistas no dejaban que llegara el presente. ¿O llegó y ella no supo aprovecharlo?

—No metas el carro en la marquesina. Todavía está mojada. ¿Cómo te fue?

—Todo bien —musitó la hija. Le entregó las llaves del carro a la Madre.

—¿Te escogieron pa' la lectura? ¿Cuántos poemas vas a leer el sábado que viene?

—No sé, Mami. Tal vez haya que posponer la actividad.

—Qué pena. Pero me avisas cuando cuadren, a ver si puedo ir. Es tremenda oportunidad. No puedes desaprovecharla. Quién sabe qué puertas se te abran por ahí.

La muchacha entró a la casa por la cocina. Abrió la pluma del lavamanos. Se lavó las manos, los brazos. Se enjuagó la boca. Abrió la nevera, tomó agua. De repente sintió el impulso incontenible de meterse a bañar.

TERCERA PARTE

CUATRO PASTILLAS BLANCAS

ALBA DE MI SILENCIO

¿Hace cuánto no recibía una caricia de hombre? Julia acababa de cumplir veinticuatro años. A los veintidós se mudó del cuarto en la calle Luna que compartía con su marido. Pasó una temporada pequeña en El Monte, durmiendo entre sus hermanos después de que habló con Rubén y decidieron romper el matrimonio.

La conversación ocurrió durante un domingo. Ese día no había mucho que hacer. Rubén no era creyente. Julia ya no sabía si lo era. *La religión es el suspiro de la criatura oprimida, el corazón de un mundo descorazonado, el alma de una condición desalmada. Es el opio de los pueblos. Renunciar a la religión en tanto dicha ilusoria de un pueblo es exigir para este una dicha verdadera.* Rubén le recitaba a Marx, como quien recita un poema, citándolo cuando le pidió que se casara con ella y poniéndole una sola condición, que no se casaran por la Iglesia. Sus actos debían ser consecuentes con sus creencias y su compromiso con el proletariado. Contrajeron matrimonio de forma libre e igualitaria, firmando ambos el contrato que los unía. Sin embargo, a los tres años de haberse casado, la relación se estaba yendo a pique, y había que enfrentar la realidad.

Quizás era a causa de la violencia que se desató después de la Masacre de Río Piedras, el asesinato del coronel Riggs y la muerte del primo de su marido, de la derrota política que había sufrido el partido en las anteriores elecciones. Julia no logró su cometido. Las obreras votaron en la elección de ese año, asegurando la victoria de la Coalición Republicana Socialista. Don Pedro y Juan Antonio seguían en la cárcel, esperando juicio. Ahora sí que no había forma de sacarlos de ahí.

O quizás era otra cosa. Desde que Julia fue nombrada secretaria general del Frente Femenino, no había parado de trabajar. Pasaban meses sin que pudiera quedarse con su marido en la calle Luna. Rubén tampoco paraba. Mítines, tertulias, visitas a sindicatos, reuniones del partido... ¿Y todo para qué? Sus enormes sacrificios como pareja habían sido en vano.

—Rubén, ¿qué nos pasa? Ya casi no hablamos más que de política. Es como si no fuera tu mujer.

—No te sientas así, Julia. Eres un ser excepcional. No quiero distraerte de lo que es importante, de tu trabajo, de tus obligaciones como secretaria de la Constituyente.

—Creo que nos hemos convertido más en compañeros de militancia que en marido y mujer. Además, está el asunto de que no caigo encinta. Tal vez deba ir a donde un médico. Tal vez debamos intimar más a menudo. ¿No quieres formar familia conmigo?

—Hay tiempo de sobra para eso, Julia. Aún somos jóvenes. Yo, la verdad, no tengo ninguna prisa de convertirme en padre.

—Pues a mí me gustaría ser madre. A mi edad, ya Mamá Paula nos había tenido a Consuelo y a mí.

—¿Y así quieres vivir, como tu madre, rodeada de hijos, esclava de la crianza y del hogar? Creía que eras una mujer de avanzada, librepensadora, independiente.

—Tú nunca te convertirías en mi amo.

—Exactamente.

—Entonces, ¿qué nos pasa?

Julia calló, esperando la respuesta de Rubén, pero Rubén no hablaba. Un silencio espeso arropó a la pareja. Se podía cortar con un cuchillo. A Julia le llegó un presentimiento.

—Conociste a alguien, ¿verdad?

—Soy hombre. Paso la mayoría del tiempo solo aquí en San Juan. Quizás he tenido alguna aventurilla. Nada serio. La soledad confunde y me hace revertir a mis hábitos de soltero.

—No puedo hacerme de la vista larga ante tus infidelidades, Rubén.

—Yo tampoco puedo seguir haciéndome el ciego.

—¿A qué te refieres?

—Estás bebiendo, Julia. Desde que frecuentas al senador te noto el cambio. Llegas con el olor de las tertulias.

—Comparto con poetas. Busco oportunidades.

—Todo el mundo sabe que Lloréns es un gran bohemio.

—Nunca te he faltado. Me sé controlar. Tengo criterio propio. Además, con todo lo que tengo que hacer, ¿crees que dispongo de tiempo para echarme más problemas encima? Soy tu esposa y me comporto como tal.

—Las esposas no beben. No se van de farra con bohemios. No andan siempre en la calle.

—Trabajando, Rubén, me la paso en la calle trabajando. ¿Eso no era lo que tú querías, que diera discursos, que me hiciera secretaria de la Constituyente? ¿Ahora quieres que me quede en la casa cuidando los hijos que no tenemos, dejándote la carga de traer sustento al hogar? ¿Acaso puedes mantenerme? Y pa' colmo, ahora te echaste una querida.

Rubén la miró rabioso. Ella le sostuvo la mirada, contestando rabia con rabia.

—Al menos, he sido honesto contigo. Preguntaste y te contesté. ¿O hubieses preferido que te mintiera?

—¿Quién es?

—Una militante obrera. Es de mi pueblo. No la conoces. Mujer sencilla. No tiene las aspiraciones que tienes tú.

—Si me lo pides, dejaría mi puesto en la Constituyente. Ya no hace falta que me mate tanto. Perdimos. Pero tienes que prometerme que jamás volverás a frecuentar a esa mujer. Que buscarás ese bebé conmigo. Yo me comprometería a criarlo, a cuidarte.

—No me puedo comprometer a ese plan ahora mismo.

—¿Y qué vamos a hacer?

—Lo que tú quieras, Julia. Aceptaré lo que decidas.

Fue a visitar a su familia en El Monte. En el *trolley*, bebió. Consuelo la miró mohína cuando se acercó a saludarla.

—Tienes los ojos rojos.

—Tuve una pelea con Rubén.

—Te voy a colar un café.

Entraron juntas a la casita. Mamá Paula estaba en la sala, desgranando gandules para el sopón del almuerzo. Le preguntó por Rubén, pero Julia evadió el tema.

—Tenle paciencia a ese muchacho, mija. Es trabajador, no bebe. Además, te respeta. Todas las parejas jóvenes pasan por contratiempos —le aconsejó la madre.

Me respeta tanto que ni me toca, pero a otras sí, le hubiera gustado responderle, pero decidió callar.

El lunes de madrugada, Julia partió hacia Cedro Arriba a reanudar sus tareas en la escuelita rural. Pero no se sentía con ánimos de enseñar, de buscarle la vuelta a sus muchachos, leer en voz alta, llamarles la atención, no se distraigan, repitan de nuevo. Ese día no. No se molestaría ni en pasar por la escuelita. Llegó a su cuarto en El Abanico pasado el mediodía. Su casero la saludó de lejos al verla llegar y le hizo señas para que lo esperara. Entró a la granja agrícola y salió con algo en la mano.

—Maestra, aquí llegó una carta para usted —le entregó el sobre—. Por poco se cruza con el cartero. Horita mismo salió de aquí.

Era un sobre oficial timbrado del Departamento de Instrucción. La maestra entró a su cuarto, abrió la correspondencia. La carta le notificaba que ese sería su último semestre destacada en Cedro Arriba. Que su contrato había terminado. Que, a partir de diciembre, debía abandonar la escuela.

A mediados del mes, recibió su último cheque. Aquellas navidades iban a estar duras. No llevaría la noticia a la familia, ni siquiera se lo comentaría a Consuelo. Necesitaba una transición. Fue a contarle a Rubén de su despido. Rubén la dejó dormir en su habitación. Él se fue a casa de unos parientes en lo que ella conseguía otro trabajo, algún lugar dónde vivir.

No regresaría a El Monte, de eso estaba segura. Alquiló un cuartito en Viejo San Juan que le ayudó a pagar el partido. Por lo menos, aún recibía algún dinero por escribir los libretos y conducir los programas para La Escuela del Aire en la radio del Estado. Pero sospechaba que allí también tenía el tiempo contado. Efectivamente. En enero cancelaron su programa por sus vínculos con el Partido Nacionalista.

Qué haría, qué comería. Tendría que encontrar cualquier trabajo, pero no tenía más que sus poemas, su escritura. No le quedaba de otra. Escribir era su única salida.

Julia se alisó la falda con las manos y alzó el mentón preparándose para subir las escalinatas del Ateneo Puertorriqueño. Llevaba un tiempo trabajando como periodista en *La Nación*, más vendiendo *Poemas exactos a mí misma* de puerta en puerta. Casi terminaba su segundo poemario *Poema en veinte surcos*. Mal que bien, se ganaba la vida escribiendo. Esa mañana, los del periódico le avisaron que el médico y profesor Juan Isidro Jimenes Grullón visitaba la isla para impartir tres conferencias, y ella debía cubrirlas. Esa tarde daría una charla en el Ateneo, organizada por la Asociación de Mujeres Graduandas. Quizás su antigua amiga Carmen Cuchí, o su conocida Nilita Vientós Gastón le presentaran al conferenciante para que ella pudiera hacerle una entrevista. Sabía que ellas todavía eran miembros de la Asociación, pero hacía tiempo que habían perdido contacto. Nunca terminó de hacer la gestión para solicitar admisión. ¿Con qué tiempo? Cuando se fue a Comerío la arropó aquel desgano. Desde Cedro Arriba se le hacía difícil darle seguimiento a su solicitud. Además, la Asociación buscaba resaltar la cultura del país, sus músicos clásicos, intelectuales formados en Francia, Alemania o España; ideólogos ilustres que pusieran a Puerto Rico a la par de otras culturas. Creían en afirmar una identidad nacional desde arriba. Por eso habían invitado a Jimenes Grullón a dar un curso en el Ateneo. Tenía el perfil correcto. Estudió medicina en Francia, había estudiado filosofía, era historiador, fundador de la Universidad Popular y Libre del Cibao, profesor de la Universidad Autónoma de Santo Domingo. Había sufrido cárcel y exilio cuando lo descubrieron participando en la conspiración del año 34 contra el dictador Leónidas Trujillo. Ella atendería al curso de Ciencias Políticas que Jimenes impartiría en el Ateneo. La actividad era abierta al público. Aprovecharía la ocasión para regalarle un ejemplar de su poemario que llevaba bien resguardado en su bolso.

Ya adentro, Julia encontró asiento en el salón del segundo piso del Ateneo. La actividad apenas había comenzado. Juan Bosch, político exiliado en Puerto Rico, explicaba cómo se había dado la invitación y explicó brevemente la importancia de la presencia de su compatriota en la isla. Luego, Nilita presentó al ilustre visitante leyendo su biografía, resaltando sus estudios en leyes, filosofía, ciencias y su alto abolengo político.

—El profesor Jimenes es hijo de Juan Isidro Jimenes Pereyra, el antiguo presidente de la república hermana.

—Permítame una aclaración, estimadísima —la interrumpió el invitado—. Mi padre fue José Manuel Jimenes Pereyra. Ocupó varias secretarías de Estado, pero nunca llegó a la presidencia, a Dios gracias. Era un hombre de mentalidad burguesa, pero nunca se dejó vencer por la corrupción que le ganaría ese escaño en mi país.

Medio pasmada, Nilita pidió disculpas por la equivocación y pidió un aplauso para el conferenciante. El profesor se levantó de su silla. Era elegante, guapo y altísimo. Caminó hasta el podio y comenzó a dictar su curso. Julia suprimió sus ganas de reír mientras lo escuchaba. De entrada, le cayó bien este Juan Isidro. No escatimó en lanzarles la indirecta a las Mujeres de la Asociación de Graduandas, identificando que aquella puesta en escena estaba moldeada por la mentalidad burguesa.

Hora y media más tarde, el médico terminó su presentación y tomaba preguntas del público. Observó a Carmen Cuchí hacerle una pregunta acerca de por qué el funcionamiento de las instituciones democráticas había llevado al surgimiento del totalitarismo. ¿Cómo era posible que hiciera semejante pregunta? ¿El gobierno democrático de los Estados Unidos no acababa de meter presos a don Pedro, Juan Antonio y a Soto Vélez? ¿No imponían un gobierno militar en la isla? ¿En dónde tenían la cabeza estas mujeres?

—Paciencia, Julia. No te desesperes.

Permaneció en su silla, con el ejemplar en la mano, esperando. Concluyó la sesión de preguntas. Nilita dio las gracias al público. Cerró la actividad. Carmen Cuchí y otras miembros de la Asociación cercaron al visitante. Todas aquellas mujeres universitarias, incluyendo a la insigne Nilita Vientós Gastón, revolotearon cual mariposas hacia el fuego que despedían los ojos de Juan Isidro. Pero ella se supo compañera de tan solo oírlo. El coro de interlocutoras lo felicitaba por su discurso, lo invitaba a darse una copa, a cenar algo por ahí, a conversar. Julia se recostó en su silla a observarlas.

—Tiene que conocer el Viejo San Juan, caminar por el campus, doctor. Sería un placer acompañarle —escuchó que Carmen Cuchí lo convidaba.

—Dispuestísimo para hacer el recorrido. Voy a estar algunos días más en la isla. Quedamos en breve cuándo podemos hacer la visita.

Ninguna de aquellas mujeres sabía lo que ella de la lucha obrera, montarse en carros públicos, ir de pueblo en pueblo reclutando brazos para la causa. Mejor esperar a que se disolviera la fanaticada. Notó que el médico miraba hacia donde ella permanecía sentada, midiendo la oportunidad para acercarse. Tal vez era mejor irse. Quizás lo podría abordar afuera en el pasillo. Se levantó.

—¿Me disculpan un segundo?— se disculpó el conferenciante.

Acto seguido, Juan Isidro caminó hacia Julia abotonándose la chaqueta, con paso dispuesto.

—Disfruté muchísimo de su discurso, doctor Jimenes.

—Por favor, llámeme Juan Isidro.

—Julia Constanza de Burgos, encantada.

Iba a decir Julia Burgos de Rodríguez, pero aquel ya no era su nombre en propiedad.

—Hermoso nombre. Le hace justicia a quien lo lleva.

Sonrió ante el piropo.

—Si me permite, me gustaría entrevistarlo en alguna otra ocasión, además de obsequiarle un ejemplar de mi poemario.

—¿Es usted poeta?

—Desde que tengo conciencia. También soy la secretaria saliente de la Asamblea Constituyente del Partido Nacionalista y periodista.

—Compañera de lucha también. Es un placer conocerla.

Se tendió un puente de miradas entre Julia y Juan Isidro. Desde atrás, el grupo de la Asociación de Mujeres Graduandas observaba a la pareja.

—No quiero robarle más tiempo —se disculpó.

—Prometo leer su poemario entero esta misma noche. Quedemos en una fecha para que me haga su entrevista.

—Será un honor.

—¿Mañana a las seis de la tarde aquí en San Juan? La Asociación encontró cabida para mí en el hotel Roma.

—Sé dónde queda.

—Nos vemos allí, entonces.

Julia se despidió del doctor. Caminó ligera por las calles de Puerta de Tierra. Iba sonriendo. El universo era sabio.

Dieron las seis de la tarde. Abrió la puerta de la recepción del hotel, preguntó por el Dr. Jimenes y se sentó en el vestíbulo a esperarlo. Estaba nerviosa, no sabía por qué.

Cuando vio bajar a Juan Isidro, contuvo el extraño impulso de abrazarlo. ¿Cómo iba a abrazar a un hombre al que apenas conocía? Le extendió la mano. Juan Isidro se la tomó, halándola muy sutilmente hacia él. Luego, le besó levemente la mejilla, bastante cerca de los labios.

Julia no se hizo la inocente ni la sorprendida. "Potranca", recordó el piropo de Lloréns Torres. Miró directo a los ojos a Juan Isidro con una tenue sonrisa torneándole los labios. Ella también sabía coquetear. Se iba a dar permiso para hacerlo. No cabía duda de que aquel era el primer hombre que le llamaba la atención desde su rompimiento con Rubén. Total, el conferenciante partiría pronto. Andaba de paso por la isla. Ella ya era mujer libre, que no se le olvidara. Podía intimar con aquel hombre sin rendirle cuentas a nadie.

—Creo que conozco un restaurancito donde podemos sentarnos a conversar. Queda aquí cerca, en la misma calle San Francisco.

—No se hable más. Muestre el camino.

Salieron del hotel. El dominicano caminó a paso lento, chocando entre ratos con Julia, cuyos hombros y caderas gravitaban hacia el roce, mientras comentaba su poemario. Aquel hombre era mucho más alto y robusto que su antiguo marido. Rubén siempre fue delgado y pálido. Tenía el cuerpo fibroso, pero estrecho. Julia se abría para el marido y Rubén la montaba apasionadamente, pero siempre con prisa. Nunca hubo tiempo para más. Ella y Rubén hacían el amor corriendo, cumpliendo con el deseo entremedio de mítines, reuniones, idas y partidas. No era que no disfrutara, pero siempre se le quedó la duda de si aquellos encuentros veloces equivalían a hacer el amor.

La presencia de Rubén sobre su carne, dentro de su cuerpo, fue leve y rauda. ¿Por qué permaneció entre ellos esa sensación de distancia, pese a los amores declarados, las caricias y el compromiso que compartieron por casi tres años?

—Debo admitirle mi sorpresa cuando terminé de leer su poema "A Julia de Burgos". Recoge como ningún otro texto el dilema interno de la mujer moderna. ¡Qué valentía!

Juan Isidro comenzó a recitar lo que recordaba del poema:

—*Tú en ti misma no mandas; a ti todos te mandan; en ti manda el esposo, tus padres, tus parientes, el cura, la modista, el banquete, el champán, el cielo y el infierno, y el qué dirán social.*

Juliá completó:

—*En mí no, que en mí manda mi solo corazón, mi solo pensamiento; quien manda en mi soy yo.*

—¿Es eso cierto?

—Es mi credo de vida. Cuando lo escribí, sentí como si fuera otra Julia la que hablara. Quiero vivir cada día intentando convertirme en ella.

—Usted es mágica, Julia.

—Usted también, Juan Isidro. Lo siento en resonancia, como si se pudiera conversar con su alma.

—Feliz el hombre que comparta con usted su gesta.

—No aparece todavía.

—Quizás ande acercándose...

Ambos rieron. Hablaron la noche entera. Era fácil conversar con aquel hombre. Julia le contó de su divorcio. Juan Isidro, sorprendido, confesó que andaba por el mismo camino, divorciándose de su primera esposa él también.

—La cosa se está tardando más de lo que pensé. Es difícil divorciarse cuando no te permiten regresar a tu país. Todo debe hacerse por intermediarios que tergiversan las cosas. Alguien debe estarla aconsejando mal.

—Rubén y yo quedamos como amigos. Mi exsuegra, doña Otilia, insiste en que aún soy parte de la familia. Me ayuda con mis hermanitos. Visita a mi madre. La llevo prendada del corazón.

—Así debe ser. Es triste cuando se rompe una unión a la que se apostó con el alma. Sin embargo, queda vida.

—Mientras hay vida, hay esperanza, dicen.

La cara de Juan Isidro fue acercándose, ella lo permitió. Esperó el beso. Los labios de Juan Isidro se posaron sobre los suyos. Julia sintió su lengua acariciando la suya, a Juan Isidro dándole pequeños mordiscos. El beso se alargó. Parecía eterno.

Cuando salieron del restaurante, su acompañante le echó el brazo sobre los hombros y caminaron hasta la plaza de Armas. Observaron a gente pululando por las calles coloniales, otras parejas saliendo de restaurantes, vecinos asomados a los balcones. Conversaron largamente. Hubo más besos. Ya era tarde cuando estuvieron de vuelta en el hotel. No había ningún moro en el vestíbulo del recibidor. Juan Isidro miró a Julia cómplice, luego a las escaleras que subían hacia su cuarto.

—¿Qué ordena tu corazón?

Subieron las escaleras, riéndose como si fueran dos chiquillos. Una vez dentro, Julia abrazó a Juan, le quitó la chaqueta, la corbata. Cayeron las ropas, los cuerpos sobre la cama. La poeta se percató de que las piernas no le daban para rodearlo ni los brazos para abarcarlo entero. El peso rotundo de Juan Isidro le caía sobre el cuerpo como una cascada torrencial.

—Río hombre —musitó.

Juan no la oyó. Tenía los ojos cerrados, concentrado en buscar cómo entrar a su cuerpo. Sentirlo fue hacerse toda espacio, suspirar profundo para que cupiera entero. No había otra cosa en qué ocuparse sino en buscar espacio. Los hermanos, los campos abandonados a su suerte, su militancia, el divorcio, todo quedó atrás. Solo cabía la caricia, aquella corriente ondulante que Juan Isidro instauraba dentro de su cuerpo y que hacía sentir a Julia como si llegara a su verdadero hogar.

HERMANO DERRETIDO DE MI SENDA

La escritora se mecía a bordo del tren que la llevaría del JFK hasta Manhattan. Pensaba constantemente en el hermano.

La habían llamado del Centro Julia de Burgos en la calle 106 de Harlem. Querían que diera una conferencia sobre literatura puertorriqueña. Le pagaban. Tomó un vuelo "tomatero" hacia Nueva York, directo desde la isla, de esos que parten a las cuatro de la mañana. Llegó al John F. Kennedy pasadas las siete, compró un *subway pass* hacia Manhattan en la línea azul. El tren A la dejaría a una cuadra de la casa de Moi. Allí pararía antes de emplear lo que quedaba de mañana en intentar localizar a su hermano.

No hacía frío en el vagón del *subway*. Por la ventanilla contempló ese extraño y a la vez reconocible paisaje de edificios grises, puentes elevados y pancartas gigantes que anunciaban cualquier cosa. Delante quedaba *downtown*, sus torres de acero y vidrio, aquellos obeliscos impresionantes, monumentos a la industrialización y la modernidad. Hasta aquellos altos andamiajes treparon familiares de todos los pobres del mundo —irlandeses, cubanos, chinos, italianos, judíos, croatas, libaneses, dominicanos, jamaiquinos, mexicanos y también boricuas—. Tantos emigraron hacia el Norte en los primeros cincuenta años de la dominación estadounidense del mundo que muchos países se partieron en dos: los que vivían y enviaban remesas "de allá afuera" y los que se quedaban esperando un golpe de suerte, atrapados en sus países nativos. La modernidad hace eso, divide al mundo entre inmigrantes y "neoprimitivos". Ella era una neoprimitiva con privilegio. Podía viajar de aquí para allá gracias a su pasaporte de colonizada. Su hermano también gozaba del privilegio, pero lo usó para perderse en uno de los cordones de pobreza de la ciudad de hierro. Pobre Junito, salvaje en la isla, salvaje en la ciudad.

En ciento cinco años de dominación americana, tres millones de boricuas continuaron viviendo en medio del Caribe y otros tres millones se desparramaron por Spanish Harlem, Lower East Side, el Bronx, Chicago, Hartford, Orlando, Tampa, Michigan, Maryland y Houston. Morel, su antiguo novio de universidad, era otro de los que se fue a vivir allá afuera. Luego de graduarse y de dejarse, y de ambos continuar sus caminos, Morel tuvo la decencia y la amabilidad de siempre al acompañarla en las buenas y en las malas, aunque ya no como pareja. Hacía una década que la escritora y su amigo descubrieron que ambos eran demasiado iguales para convivir. A los dos les gustaba el mismo tipo de hombres.

Morel la esperó en su apartamento de la calle 19, entre la 7ª y la 8ª avenida. Le abrió la puerta que daba a la calle, la ayudó a subir la maleta por las escaleras, le explicó cómo abrir el apartamento, el sofá cama, dónde poner su cartuchera de cosas para bañarse. Le ofreció algo de comer y un café.

—Quiero aprovechar el tiempo, Morel. Llévame hasta la boca del tren para el Bronx.

—Nena, tú estás loca. ¿En serio no quieres descansar un rato? Tirarte a los sures a buscar a tu hermano con tan solo la dirección en un remitente de carta es tremenda empresa.

—Es todo lo que tengo.

—¿Ya hablaste con Olmos? ¿A qué hora es la presentación?

—Mañana a las cinco de la tarde. Le pidieron en el Centro que me presentara y que compartiera con el público los manuscritos de Julia que tiene en su colección.

—Qué obsesión la tuya con Julia.

—Sabes que es mi "héroa". Explica tanto de lo que es ser mujer boricua y escritora. Me pidieron que hablara de literatura de la migración nuestra. Así que tomo a Julia como punto de partida para explicar cómo la literatura nuestra se partió en dos: la de los escritores de allá y la de los escritores de acá, los mentados *nuyoricans*. Tú sabes lo que yo pienso: que esas categorías no deben mantenerse. Pa' mí que la literatura isleña y la de los boricuas de Nueva York es una sola.

—Lo mismo digo yo...

—Eso fue un invento de los críticos que se quedaron en Puerto Rico armando élites intelectuales. Si escribías en español puro y duro, valías porque eras un verdadero representante de la literatura nacional de la más legítima raigambre hispánica. Si escribías en inglés o hacías referencias a la raza, te habías adulterado. Te expulsaban por agringado, por vendepatria y por copiarte de los negros americanos en su afán por denunciar a la supremacía blanca, no vaya a ser que cuestionemos la de ellos. Los pobres siempre hemos escrito en el lenguaje que sea y denunciando lo mismo, que no vengan a joder. Por eso quiero citar a Julia. Mira esto.

La Escritora sacó un sobre con fotocopias de su bulto. Se las enseñó a su amigo.

—Estas son unas cartas inéditas de Julia que me mandó Olmos por correo a Puerto Rico.

—La letra de ustedes dos se parece.

—No me asustes.

—¿En serio te vas a tirar hasta la 186? Mama, esto no es Puerto Rico. El Bronx es inmenso. La gente puede estar viviendo toda una vida encima del otro y no se reconoce por la calle. Aquello es un laberinto de edificios. No se llega al apartamento del hermano perdido preguntando.

—Chico, Mami se está muriendo. Yo como que la veo encajada entre un lado y el otro porque no siente a mi hermano.

—Me da una pena tremenda. Tu madre tan parrandera, tan alegre. Con lo que le gustaban las fiestas, salir a bailar. Pero está ida hace años. No siente ni padece.

—Serán inventos míos, pero yo veo otra cosa. La parte funcional de su cerebro se le quebró hace tiempo, esa te la concedo. Pero hay otra parte suya que se conecta por debajo de la mirada perdida, de los mugidos, de los temblores en las manos. No sé cómo explicártelo, pero esa conexión sigue ahí, te lo juro. La siento cada vez que la visito para asegurarme de que la cuidan bien.

—Si tú lo dices.

—Quizás, si ella lo ve, pueda desapegarse de este lado. Irse ya a descansar.

—¿Seguro no tienes más pistas de dónde puede andar tu hermano?

—Desde que le dieron de alta del centro donde fue a tratarse, no sé nada de él. Lo he buscado hasta debajo de las piedras y nada hasta ahora.

—¿Con qué fue que se pegó?

—Él siempre fue bien huraño. Somos y no somos hermanos. Mientras crecimos, él vivía en su mundo y yo en el mío. Mami era la pega que nos unía.

—¿Heroína, *crack*?

—Ni idea. Yo de drogas sé lo que tú sabes de mujeres.

—Cerda.

—Pero marihuana no era.

—Pa' caer donde él cayó, lo más seguro era *crack*.

—Yo ni cuenta me daba.

—¿Y tu mamá?

—Eso no te lo puedo asegurar.

Morel la acompañó hasta la estación. Ella bajó hacia el centro de la tierra, tomó el tren y viajó hacia ese otro Nueva York. El tenue jamaqueo del tren la adormilaba porque el trayecto era largo, como si viajara a otro país y no a una sección de la ciudad. Hora y cuarto desde *downtown* hasta el Bronx. La isla entera de Puerto Rico se cruza de norte a sur en hora y cuarto.

Llegó a su parada y buscó una salida, cualquiera, que diera hacia la calle, hacia la luz. Serían ya pasadas las once de la mañana. Tenía tiempo. Su compromiso en el Centro Julia de Burgos era al día siguiente. Allí la comunidad latina armó un proyecto de arte comunitario que operaba galerías, salones para talleres de arte, baile y teatro, cuido y tutorías para niños, oficinas y una estación radial. Tomaron una escuela abandonada y la convirtieron en un centro para las artes en la calle 106, a dos cuadras de donde cayó muerta la Poeta.

Impresionante lo que mueve aún esa mujer. Mientras Julia estuvo viva, durmió en sótanos, deambuló estas calles, sin lugar donde vivir. Ahora su nombre bautiza un bloque entero. Eso lo habló consigo misma, sola en el tren.

Quizás su hermano era ahora otro deambulante de la calle, como lo fue Julia. Quizás ya no vivía en la dirección del sobre que guardaba en la cartera. Quizás comía de los botes de basura en la calle. Quizás esa misma estación era lo único que a veces le servía de techo. La escritora caminó por el pasillo hasta la salida de portones de acceso a la calle. Notó un cuerpo tirado, sucio, entre mantas grises que alguna vez tuvieron un color definido. En un emborujo de telas, algo que parecían dos piernas yacían envueltas en bolsas de plástico. Era otro de los miles de deambulantes que dormía resguardado en la salida del tren. Sin embargo, esta vez la escritora fijó la vista buscando facciones conocidas entre las telas, los cartones, el pelo emplastado, la barba crecida, la piel negra cuarteada. No, no era su hermano. ¿Tendría que escudriñar todos los rostros oscuros de todas las estaciones de tren del sur del Bronx para encontrarlo?

Subió las escaleras. La escritora caminó desorientada rumbo al este, ¿o sería el oeste?, leyendo los rótulos de las calles que subían en numeración. Estaba del lado de la avenida Lexington, por donde corría paralela la línea verde del tren. A su costado se sucedían bodegas, puestos de comida, tiendas de rebajas, puertas que no supo a dónde daban. Sobre ellas se levantaban apartamentos, uno tras otro. East 179th, Marmion Avenue. Buscaba la calle Maples.

Entró a comprar cigarrillos a una tienda a ver si alguien reconocía la dirección del remitente. Salió de nuevo a la acera con un encendedor y una cajetilla nueva e indicaciones de que doblara a la derecha al final de la acera y caminara cuatro cuadras más. Mientras más la escritora se adentraba por calles residenciales, menos lograba ubicarse. Había ido a Nueva York muchas veces, pero la ciudad que conocía no era esta. *El sur del Bronx es a Nueva York lo que el escenario de un teatro a sus tras bastidores cuando se acaba el show*, pensó. Hombres negros de caras rabiosas caminaban por la calle. Era pleno marzo, así que no nevaba ni hacía el frío incómodo que provoca dolor en los pies, en los dedos de las manos, en los ojos contra el viento cortante. La escritora llevaba un simple abrigo, pantalones, zapatos cerrados. Caminaba con la carta de su hermano en la mano desnuda, sin guantes. Leía los números en los umbrales de los *walkups* y, ocasionalmente, las caras que se le cruzaban por el camino. Su hermano, alguien que se le pareciera al hermano, alguien que le pareciera reconocible. Pero las caras se mantenían cerradas. Era eso o ella leía mal los semblantes.

En la isla, sabía leer caras. Es destreza que se aprende desde chica y que se utiliza constantemente para ubicarse en tiempo y espacio. "¿Tú no eres hija de la Misis?", le preguntaban frecuentemente por la calle. "¿Tu papá fue el pelotero?" o "¿sobrina de la abogada?". Ella, a su vez, hacía lo propio, leyendo trazos familiares o entonaciones, pertenencias regionales a la costa o a la montaña. Se podían leer los tonos de piel, los caminares y los acentos para dar con procedencias, vecindades, conexiones cercanas o distantes. En la isla, todo estaba conectado. Acá, en el sur del Bronx, esas destrezas no servían para nada.

Dieron las dos de la tarde. Pasaron carros con la música a todo volumen, gente con audífonos puestos, miradas que no se cruzaban. No se escuchaba ni un grito, pero una sensación de peligro rondaba en el aire. La escritora no ubicó ni una sola cara blanca. Todos eran negros, negros claros, negros amarillos, negros azules, quizás algún negro latino, no estaba segura. No oyó español, no vio semblantes relajados de los que se estilan en la isla, aun en los arrabales cerca de los cuales creció. Se supone que aquella era su gente. Muchos eran tan negros como ella, pero aquella era otra negritud.

Los hombres andaban vestidos con mahones súper anchos, camisas oscuras con capucha, chanclas con medias, zapatillas deportivas o botas de obrero. Las mujeres vestían atuendos apretados. Reconoció el *hoochie mama style* de uñas larguísimas pintadas de colores estridentes, pelucas, pelos alisados recortados en desniveles y crestas que evidenciaban una gran cantidad de *spray* de pelo, todo intimidantemente sobreproducido. En el aire se sentía un ambiente incomprensible y volátil, como listo para prender de un maniguetazo. Arañazos de caras, promesas de filos de cuchilla flotaban en el aire de las calles. Era la violencia. Acá tenía un rostro más uniforme, más contundentemente negro. En la isla, se vestía de todas las tonalidades de piel, habitaba en los cordones de pobreza, existía, pero no se sentía tan voraz. La escritora desesperó.

—Permiso, ¿usted sabe dónde queda esta dirección? —se atrevió al fin a preguntar a uno de los hombres que pasaba por la calle.

El tipo señaló a lo lejos, mascculló unas direcciones en un inglés con inflexiones que la escritora reconoció en el acto. Era el inglés negro que estira vocales en un cantado que ella aprendió a imitar cuando estudió su doctorado en el Norte. Sin ese inglés, no había forma de pasar por más reconocible, de evitar que se le quedaran mirando, midiendo su forma de vestir, su piel profundamente oscura. De evitar que le preguntaran:

—*Where you from?*

—*Puerto Rican.*

—*Nah, you black. You don't look Puerto Rican.*

En medio de la acera, el señor la tasó de arriba a abajo en un segundo.

—*Child, that place you're looking for is a little hot, if you know what I mean. I wouldn't recommend you go there. You don't look like you are from around here.*

La escritora dejó salir un suspiro mientras contempló la espalda del señor negro alejándose por la acera. No estaba ni cerca de encontrar a su hermano. Quizás su hermano no quería que lo encontraran. Total, fue ella quien lo sacó de la casa de la madre y lo envió adonde la tía abogada en Nueva Jersey y de ahí a un centro de rehabilitación para usuarios de drogas. Una vez que aprobó el programa, su hermano dejó razón de que regresaría a casa de su tía, pero nunca llegó. La ciudad se lo tragó. Ahora su Madre se moría y la escritora sentía que debía buscar al hermano para cuidar de él, como le enseñó a hacerlo la Madre, para decirle que ella se estaba muriendo, para pedirle ayuda para que la madre se terminara de morir. Pero una cosa era segura, aquella tarde no había tiempo para más.

Decidió que lo mejor era bajar hasta el Spanish Harlem. Quizás podría darse una vuelta para ubicar el Centro Julia de Burgos, presentarse, hablar con alguien que le diera información de cómo buscar a hermanos perdidos en la ciudad. Ni idea tenía de que diez años más tarde la contratarían para escribir la biografía de la poeta, de la mujer mito, la borracha, la Novia del Nacionalismo, la grifa negra, la inmigrante del campo, la primera mujer en ganarse premios literarios que solo ganaban hombres en la isla, la romántica empedernida, la deambulante, la mujer de vida personal inmanejable y la prócer que era Julia. Encontró otra estación de tren. Bajó las escaleras, aceptando su derrota y auscultando el mapa de la entrada de la estación para ubicar la línea del metro que la llevaría cerca de la calle 106.

Una vez dentro del tren, empezó a hojear sus notas para la conferencia que daría al día siguiente. Quería despejarse del tumulto que cargaba en la cabeza. José Olmos Olmos, profesor de Lehman College oriundo de Puerto Rico, tenía como costumbre enviarle curiosidades literarias. Ya que la iba a presentar en el Centro, quería rendirle un pequeño homenaje a su solidaridad para con ella como artista y como intelectual, solidaridad que muchas veces no encontraba en la isla entre su homóloga población de profesores y escritores. Hojeó las fotocopias que hacía unos meses le enviara. Eran dos cartas inéditas de Julia a varios remitentes, a su hermana Consuelo, al Álbum Literario Puertorriqueño de la Guía Profesional Hispana en Nueva York, y además tres borradores de poemas. El tren avanzó hacia la calle en East Harlem donde murió Julia. La escritora quiso, de repente, repasar la carta en la que Julia le contaba a Consuelo su primera impresión de Nueva York, cuando emigró en enero del 1939: la maravilla de los rascacielos, los *diners*, la multitud de gente autómata frente a semáforos que dirigían el cruce de intersecciones. Buscándola, se detuvo a leer otra:

Yo estoy sumamente atareada, trabajando de 9:00 a. m. hasta casi 10:00 p. m. en el Centro de Nueva York. Es un trabajo terrible que apenas da tiempo para respirar. Imagínate que me ha tocado en pleno distrito de Harlem, en el centro de los negros norteamericanos, dicho sea de paso. Estos negros no saben hablar inglés, hablan un slang *muy malo, entre dientes, y no saben ni cómo se llaman, ni dónde nacieron. Es duro trabajar en este sitio. Pero, en fin, no encontré otra cosa que hacer. En mi distrito, como de mil personas, no he encontrado ni un solo latino, ni un solo blanco norteamericano. La mayor parte de esos negros son de Islas Vírgenes y Bermuda, Martinica.* Cocolos, *les llaman. Viven en sus ritos salvajes haciendo "brujerías" y quemando inciensos, prendiendo velas. Todo esto lo he visto con mis propios ojos pues he tenido que meterme en las casas, sentarme con ellos y oír y ver su manera de vida. Es interesante, pero molesto y peligroso. Son ellos muy rencorosos con el hombre blanco que los ha humillado y proceden malcriados y brutales.*

La escritora cesó de leer, adolorida. Sintió vergüenza propia y ajena. Aquella carta había sido escrita, por el mismo puño y letra, en el mismo año en que la poeta publicó "Ay, ay, ay de la grifa negra", su poema alabando la negritud, en la revista *El Puerto Rico Ilustrado*. Era desafortunada y contradictoria la forma en que se expresó en aquella carta. Desafortunada y contradictoria también era su huida de los sures del Bronx.

Definitivamente, aquel no era el pasaje que iba a citar de Julia en su conferencia. También era definitivo que volvería al Bronx a buscar a su hermano para, de paso, irle perdiendo el miedo a sus calles y a su comunidad. Ya conocía la historia de los afroamericanos. Había estudiado su literatura durante su doctorado. Adoraba a Toni Morrison, James Baldwin, Alice Walker. Podía reconocer las obras de Jacob Lawrence, de Augusta Savage y las de otros pintores modernistas del Harlem de los años 20. La poesía de Amiri Baraka la conmovía hasta el tuétano. Pero no era lo mismo leer que ver cómo se vivía la negritud en el Norte. Recordando aquellas lecciones que había leído, comenzó a atar cabos, a entender la elusiva conexión. Los Estados Unidos de América aprendieron a colonizar el Caribe colonizando primero a las poblaciones indígenas originarias y a sus poblaciones negras. El modelo se replicaba en cada nación latinoamericana y del Caribe; cada estado-nación colonizando a sus poblaciones marginadas desde adentro. Terror y violencia, expropiación, migración forzosa hacia las ciudades o hacia países más prósperos a causa de la pobreza, ofrecimiento de viviendas públicas o de bajo costo hasta crear guetos que funcionaban como cárceles al aire libre. No debía dejarse impresionar por las aparentes diferencias. La modernidad no era sino otra de las muchas caras de una sostenida colonización. Aquellos negros del Sur del Bronx podian parecer diferentes pero eran, al fin y al cabo, sus hermanos.

VOZ SUSPENDIDA DE MARIPOSAS MUERTAS

Consuelo le mandó recado al periódico. En la mañana, había salido a vender poemarios, pero en la tarde le tocaba trabajar en la redacción del periódico. Escribía un ensayo inspirado en sus conversaciones con Juan Isidro, que era una lumbrera y había estudiado y vivido tanto. Le llevaba doce años, pero ella lo sentía como un alma gemela.

—Los detalles de mi vida no son importantes, Julia. No pierdas tu tiempo escribiendo sobre mí. Lo que importa es discutir cómo las luchas de los pobres son la misma lucha, aquí, en París, en Santo Domingo o en Venezuela.

Repasaba las notas que había tomado durante las largas conversaciones que entablaba con Juan Isidro. El dominicano le pidió que la acompañara a sus demás charlas. Llegaban juntos al edificio Kellogg, al sindicato del Partido Comunista. Dondequiera, juntos. Su escritorio sostiene las notas de su entrevista a Juan Isidro, si maquinilla, más papeles y un vasito de ron blanco. Parecía un vaso de inofensiva agua. Julia tomó un sorbito, corrigió un verbo, tachó dos oraciones. Bebió más.

La interrumpieron unas voces que entraban al despacho. La procuraban. Era su hermana Aracelis. ¿Cómo había llegado su hermanita al Viejo San Juan, si su familia jamás salía de Río Piedras?

—Tienes que venir a la casa. Mamá está bien mala.

Un chofer de camión de carga que simpatizaba con el partido les hizo el favor de llevarlas de vuelta. Menos mal. El trayecto en el *trolley* les hubiese tomado demasiado tiempo. Llegaron a la barriada. Adentro de la casita estaban todos los hermanos menores arremolinados en la sala. Adentro de su único cuarto, Consuelo y doña Teresa, la partera, atendían a su madre. Estaba pálida e hinchada.

—Mamá no quiere que le pongamos la morfina. Se retuerce de dolor, pero no quiere. Lleva dos días en cama, sin levantarse —le informó Consuelo.

Julia se arrodilló al lado de la cama de su madre. Le tomó la mano.

—Bendición, Mamá. Aquí estoy. ¿Cómo te sientes? ¿Quieres que busque al médico?

—No más médicos… —murmuró doña Paula—. Que salga Teresa. Quédense Consuelo y tú. Tengo que decirles algo.

Teresa salió avisando que no se iba lejos. Se llevaría a Pepín a donde don Pablo, el carpintero, para que fuera cepillando las tablas.

—¿Cómo que tablas?

—Pa'l cajón —le aclaró Teresa, seria, y salió del cuarto.

Julia miró a Consuelo.

—Ay, Julita. Yo creo que de esta, Mamá se nos va.

Respiró profundo, todavía sosteniendo la mano de su madre. Doña Paula se la apretó levemente.

—Acérquense.

Tragó para aclararse la garganta y cerró los ojos.

—Crecí en los campos de Canovanillas. Mi abuela Antonia se mudó a aquellas lomas desde el río. Ella fue la que me terminó de criar. En esos campos me dijo que a eso era a lo que venía a esta tierra. Me dijo: *María Paulina, ese es tu nombre verdadero.* Suena bonito. Quiero que lo pongan en mi tumba.

—Te vas a mejorar, ¿verdad, Julia? Ya llamamos al médico. Viene en camino.

—Les dije que no más médicos. No me interrumpas, mija. Escucha. Abuela Antonia me lo explicó clarito. Esto hay que hacerlo para que mi espíritu no se les pierda, dando vueltas de un lado al otro de la vida, y que pueda volver a donde lo están esperando. Ya vino a visitarme para recordármelo. *Diles el secreto. No te vayas sin decírselo. Que sepan que son las guardianas de tu presencia y de la presencia de todas nosotras. Si nos llaman por nuestro nombre, vendremos a cuidarlas.*

—Sigue, Mamá. Te escuchamos —Julia le estrechó la mano.

—Abuela Antonia nació en Loíza, cuando mandaban los españoles. Su madre, Catalina Marcano nació hija de esclava, pero liberta. De allá eran, todas hijas naturales y todas madres solteras. Catalina Marcano, Antonia Marcano, Montserrat Marcano. Cada Marcano nacía más clara que la otra, pero sin tierra y sin defensa. Los capataces, los amos, cualquiera las traqueteaba sin que ellas pudieran hacer más que cargar con la barriga, sin chistar y sin reclamar. A mí me tocaba parir de hombre que reconociera a su prole. Por eso tuve calma, esperé y me casé con su padre cuando lo conocí por los campos de allá arriba. Por eso le he aguantado todos estos años de malos ratos. Él les cumplió, les dio apellido legal y papeles pa' que ustedes tuvieran los documentos. En esta vida de ahora en que mandan los americanos, los papeles valen más que las personas. Yo le hice caso a Mamá Antonia, porque ella era una mujer sabia; santiguaba a la gente, sabía curar con plantas, comunicarse con los muertos. Mucha gente venía a consultarse con ella allá en el campo. Subían de todas partes. Así conocí a tu papá. Me enseñó a lavar la ropa con lejía de ceniza, a leer la luna pa' saber cuándo sembrar y cuándo recoger; las corrientes del río, sus aguas turbias o claras pa' saber si iba a llover o no, si se acercaba temporal. *Los pájaros, las piedras, el barro rojo, la tierra prieta. Todo tiene alma y conciencia. La vida sostiene a la vida y a eso vinimos, a dejar la vida mejor que como la encontramos. Cuida'o con lo que te digan los curas, no les hagas mucho caso. Una no sabe a lo que vino, pero los espíritus te lo dicen, te lo dice el sueño. Déjate llevar por la vida. Viniste a lo que viniste, ya lo sabes. Tú cásate por la iglesia y aprende a rezar rosarios a la Virgen blanca. Vete de vez en cuando a sus misas. Allí me prendes velas para mi luz y progreso, yo sabré encontrarlas, te buscaré y hablaremos. El Padre Celestial de los blancos no tiene cuerpo. No siente ni padece, pero dicen que nos engendró a todos como quieren engendrarnos a todos los amos blancos. Por eso tienes ese color, pero vienes de otro lugar. Nos quieren hacer olvidar los nombres de nuestros padres verdaderos. Muchas nunca los hemos visto ni sabemos cómo se llaman. Pero sabemos quiénes fueron nuestras madres. Su tatarabuela se llamaba Juana Luisa; tu bisabuela, Catalina; yo, tu abuela, Antonia; Montserrate, tu madre; y tú te llamas María Paulina Marcano. Todas Marcano.*

Un quejido le interrumpió la confesión. Mamá Paula se agarró el pecho, respiró profundo seis veces. Julia y Consuelo las contaron. Jamás la mayor se había sentido tan cerca de su madre, aguantándole la mano helada, intentando pasarle su calor, conociendo su nombre verdadero. ¿Y el García? ¿De dónde habrá salido el García? Fue como si su madre oyera la pregunta que no le hizo, para no angustiarla más.

—A los treinta y cinco años, ya cuando Mamá Montse terminó de parir a todos mis hermanos, de todos los colores, del más prieto al más claro, se juntó con un hombre que le llevaba treinta años y se mudó con él a Sabana Llana, acá en Río Piedras. Ese señor García fue el que nos dio el apellido. Mamá lo hizo para que yo me pudiera casar con tu papá sin que los papeles dijeran "hija natural". Si vas a la parroquia en Loíza, encuentras los papeles. Los dejé ahí, seguros. Me pusieron "blanca" en esos papeles. Pero yo tengo madre y abuela, y sé de dónde vengo y quién soy. No sabré leer, pero sé lo que dicen los papeles y lo que una tiene que hacer pa' que no los usen en tu contra. Pa' que no les quiten las tierras como se las quitaron al pai de Francisco, ni les digan que ustedes valen menos porque nacieron de mujer sin marido legal, de pardas, mulatas, grifas claras, de negras deslavás por tanto manoseo. Aprendan a usar bien los papeles. Por eso Francisco y yo nos empeñamos en que ustedes, las mayores, se educaran.

Se hizo una pausa larga. Las hermanas se miraron pensando que la madre había terminado aquello que les contaba. Doña Paula dormitaba. Se le había calmado la respiración. Se quejó bajito dos o tres veces, pero seguía con los ojos cerrados. No le soltaba la mano a Julia. De repente, como entre sueños, volvió a hablar.

—Naciste y al rato llegaron los americanos. Es más de lo mismo. Unos hablan una lengua y otros, otra. Pero todos vienen a llevarse lo más que puedan de aquí, a dejarte sin tierra, sin escrituras, sin papeles, para que termines trabajando pa' ellos, pariéndoles hijos que trabajen pa' ellos. Y así. Díselo a las hijas que le parirás a ese muchacho, que recuerden quiénes fuimos y de dónde vienen. Dile tu nombre secreto para que lo usen cuando necesiten asistencia. Hay que vivir. Lo otro es el secreto. Pensé que iba a tener más tiempo para contarles. Pero ya les dije lo importante. Ya se los dije, Mamá Toña. Llévame, llévame, llévame, cumplí.

Los labios siguieron recitando en letanía, pero ya no se le escuchaban las palabras. Consuelo no pudo más. Salió sollozando hacia el zaguán. Julia se quedó sujetando la mano de su madre. Mamá Paula todavía respiraba, cada vez más lento.

—Vete tranquila, Mamá. Yo me encargo de Consuelo y de los hermanos. Tú descansa. Me aseguraré de ello. A ver cómo convenzo a Aracelis de que regrese a la escuela. Yo me encargo, Mamá. No te preocupes.

No iba a llorar. Vio que a los pies de la cama había soltado su cartera. Se soltó de la mano de la madre. Alzó la cartera y la abrió. De adentro sacó la caneca de ron. Desenroscó su tapa y tomó un sorbo bastante largo de la botella. Volvió a agarrar la mano de la madre.

Al rato, Consuelo se asomó por las cortinitas del cuarto. Tenía los ojos rojos, rodeados de ojeras. Se veía cansada. Aun así, Julia sabía que su hermana tenía empuje. La vida le iba saliendo mejor que a ella. Hacía un año había logrado graduarse de la universidad, de maestra también. Recién había conseguido trabajo en Río Piedras. Permanecía soltera, llevando el pan a la casa y ocupándose de Mamá Paula y de los hermanos.

—¿Ya se acabó el delirio?

Julia la miró con firmeza.

—Aquello no fue un delirio. Esa señora Antonia estaba aquí. La sentí por la mano de Mamá Paula.

—Por favor, Julia. No digas sandeces. Sal a coger aire. Yo me quedo con mamá.

—No —se dio otro trago de la botella.

—Por favor, sal. No estás en condiciones.

Julia desafió a su hermana con la mirada. Se dio un tercer trago.

—¿Vas a seguir bebiendo así? Desde que te dejaste de Rubén, no has parado.

—Claro que paro. Me sé controlar. Y tú, Consuelo, que me dejas sola sosteniendo la mano de nuestra madre agonizante, ¿sabes controlarte tú?

Julia salió a zancadas del cuarto. Consuelo la persiguió hasta el zaguán.

—No sé cómo no te han despedido del periódico.

—Allí todo el mundo bebe.

—Pero son hombres. No es lo mismo.

—¿No me digas?

—A los hombres les hace menos daño la bebida.

—Y a nosotras todo nos daña. Beber o no beber, parir o no parir. Trabajar o no trabajar.

—Tienes que encontrar fuerza de voluntad y dejar de beber, Julia. No podemos darnos el lujo de que pierdas ese trabajo. Ahora que mamá está tan mala, vamos a necesitar dinero. Yo sola casi no puedo con la carga.

—No te preocupes. Ya me estoy comportando como el hombre de la familia.

Julia lanzó la botella vacía de ron a los pastizales circundantes. Las hermanas oyeron cuando la botella se rompió contra unas rocas. Otros sonidos les interrumpieron la discusión. De adentro de la casita salían lamentos y sollozos. Entraron. Vieron a todos los hermanos arremolinados alrededor de la cama de Mamá Paula.

—Se nos fue —gritó Angelina.

Julia se abrió paso entre los hermanos. Abrazó a su madre. Rompió a llorar.

SOLA DE MÍ MISMA

Respiraba llanito, no con el fluido vaivén que marca el movimiento entre pulmones y abdomen con cada inhalación y exhalación. Se marcaban pausas. Era como si no fuera a dar la próxima bocanada, pero dos segundos más tarde, tres, volvía a aspirar. La Madre yacía en su cama de posiciones en la clínica Las Américas. La tuvo que mudar del hogar. Las llagas de decúbito nunca sanaron. Su continua intromisión en la labor de las enfermeras que, según ella, no la cuidaban lo suficiente, las predispuso en su contra. O quizás no. Quizás las enfermeras sabían lo que ella tanto anhelaba que ocurriera, pero se negaba a admitir. La madre moriría pronto.

Partió poco después del mediodía. La clínica Las Américas se levantaba en medio de la avenida 65 de Infantería, nombrada así por el batallón de boricuas del campo militar de Las Casas. Lucharon contra los nazis y para la gloria del ejército norteamericano en la Segunda Guerra. Fueron entrenados en Panamá. Pasaron a ser frente de contención para la avanzada nazi en Córcega y en los Alpes Marítimos. Cinco después de la rendición de Alemania los enviaron a pelear otra guerra. En Corea, quedaron arrinconados en el puerto de Pusán contra una monumental avanzada de los chinos. El batallón compuesto exclusivamente por boricuas (menos su alto mando, claro está) logró detenerlos para que las Naciones Unidas y la infantería marina de Estados Unidos retomaran cabeceras de playa y lograran empujar a los comunistas hasta el paralelo 38. Ahora, tanto en Las Casas como los campos circundantes a la clínica donde una vez atendieron veteranos de esas guerras, sembraban viviendas públicas y morideros para ancianos.

A las siete de la noche de ese mismo sábado, la escritora accedió a participar de una lectura poética en una librería nueva que abría en el centro comercial de San Patricio. Midió su tiempo. Le sobraban horas para visitar lo que le quedaba de Madre, acompañarla en su eterno mirar hacia una esquina en la pared y después cumplir con sus responsabilidades de escritora. Se montó en su carro, condujo hacia la 65 de Infantería, llegó en quince minutos al estacionamiento de la clínica. No quiso subir al segundo piso del hospicio de inmediato. Buscó fuerzas y voluntad para enfrentarse a los pasillos donde deambulaban amputados, ancianos seniles, retrasados mentales y demás desahuciados; pasillos largos, perfumados con desinfectante para maquillar aquel otro hedor a enfermedad. Se quedó en el estacionamiento fumándose otro cigarrillo.

Al fin subió. Les dio las buenas tardes a las enfermeras. ¿Por qué todas eran mujeres? Pasó al cuarto #134. Se acercó a saludar a la Madre con su habitual beso en la frente y a pedirle la bendición. Sabía que no respondería ni al tacto ni al sonido. Si notaba el beso, la voz, la Madre abriría los ojos y, por breves segundos, fijaría una mirada en ella. Notó entonces su respiración entrecortada. ¿Sería una nueva infección en los pulmones? ¿Qué le pasaba a la Madre? Caminó de vuelta al mostrador de enfermeras a preguntar.

—Su madre está dando el cambio —le respondieron.

—¿Cómo que el cambio?

—Amaneció así esta mañana. Puede que siga igual el resto del día o hasta mañana, no lo sabemos. Hay pacientitos que duran días. Le recomiendo que vaya comunicándose con sus familiares.

¿A quién llamar? La escritora no logró obtener noticias de su hermano. Por más que lo buscó en su viaje a Nueva York, no lo encontró. ¿A quién llamar? Su relación con su padre se había convertido en una pelea constante, silencios, muecas de desaprobación porque la hija no fue lo que él quiso que ella fuese, una abogada famosa, una manifestación del "éxito" que él no logró alcanzar. Aquel maestro de Historia y pelotero mujeriego recientemente se había entregado al servicio del Señor y convertido en predicador pentecostal. Ahora le había dado con que su hija lo avergonzaba porque permanecía lejos de la Iglesia, dándole la espalda a la palabra de Dios. ¿A quién llamar? Su familia se desperdigó por el mundo: una prima destacada en la guerra del Golfo y después en Alemania, luego de los ataques del once de septiembre. Su otra prima se enfocaba en cuidar a su padre, ahora senil después de años de alcoholismo. Las tías apenas iban a visitar a su hermana, apenas ofrecían respuestas a la carga de su espanto. *Tienes que atender mejor a Mariana, nena. Llévale esta colcha de mi parte, estas flores. Yo no puedo ir a verla así, se me parte el alma. No la dejes morir. Tienes que cambiarla de hogar, cambiarla de clínica. Llévale esta sopa.* ¿Las llamaría a ellas?

La escritora regresó al cuarto de la Madre. Se sentó a su lado. Tomó entre las suyas su mano brotada de venas hinchadas, la que no permanecía conectada al suero. *Mami, no sé a quién llamar. Estamos solas en esto. ¿Te estás muriendo? ¿Cuánto va a tardar esto? No encontré a Junito, pero lo vuelvo a buscar. No te preocupes, yo me hago cargo. Estamos bien* —mintió—. *Yo puedo sola. No te preocupes por mí.*

No aguantó mucho sentada al lado de la cama, sosteniéndole la mano a su Madre. Volvió a bajar las escaleras. Ahora era a ella a quien le costaba respirar. Afuera, debajo de un flamboyán florecido, encendió otro cigarrillo. Miró su reloj. Eran las dos y cuarenta y cinco de la tarde. Se sentaría otro rato a acompañar a la Madre. No llamaría a nadie. Aguantaría la espera todo lo que pudiera hasta media hora antes de irse a la librería a su presentación. Luego regresaría a la clínica, tal vez con la cabeza más clara. Entonces sabría a quién llamar.

Caminó por los patios de la clínica, subió de nuevo al cuarto. No había novedad. Las enfermeras le trajeron café. Dejó que se enfriara. La Madre siguió respirando llanito. Bajó a fumar de nuevo. Subió, no pudo más. El frío, la peste a orín, a medicinas, a cloro, la mano fría de su madre en su mano también fría. Se la llevaría si la seguía sosteniendo. Llevaba ocho años sosteniendo aquella muerte. Aquella lenta agonía terminaría por romperla si no salía de allí. ¿Sería el terror de enfrentarse sola a la muerte de la Madre? ¿Por qué no acababa de llamar a alguien, a cualquiera, y avisar? Pedir ayuda. Se le había olvidado pedir ayuda. ¿A quién, puñeta, a quién? Salió a grandes zancadas hacia el elevador, apretó el botón, casi corrió hacia el carro. Lo encendió rabiosa. Emprendió camino hacia la librería en San Patricio. Llegó temprano, a las seis y media de la tarde. Le vibraba el cuerpo entero, respiró ahogada en nicotina, con hambre que no quiso aplacar. Su Madre no acababa de morirse. Lo más seguro, no se moriría. Mientras no apareciera el querendón del hermano, ella no se iría. Aquello tomaría días, quizás una semana entera. Perdió la memoria, luego el habla, luego los recuerdos viejos, los nuevos, el control de los esfínteres, caminar, tragar, tenerse en pie. De seguro aparecería otra facultad qué perder en aquella lenta involución de su madre hacia su muerte. Quedaba espacio para un poema, una presentación más. La llamaron desde el podio.

Si solitaria la ven cantando es su voz culpable
no ha sabido hacerla decir lo necesario y salve
patria y salve
amor amante perdón y si traiciono un tiro
no ha sabido decir tan sólo
ni castigarse el hambre con café y versículos
ni retocarse el mito con un cuento muy poroso.
Es la carga del olor propio que abandona la pisada.
es que está hasta la vulva sola.
Allí se metió para no acordarse
para no hacerse hogar y tener algo qué esgrimir
en la partida.

No recuerda haber dicho palabras introductoras ni saludar a los presentes. Leyó tres poemas del *Cuaderno de las traiciones*, manuscrito inédito en que estaba trabajando. Las palabras eran las únicas que la acompañaban. Había que apostar a la poesía. Había que poder escurrir su voz entremedio de la muerte. Quedaba tiempo, todo el tiempo del mundo. Terminaría su presentación, comería algo, se le ocurriría a quién llamar, haría cualquier cosa hasta el día siguiente y después hasta el otro y el otro. Aguantaría hasta que a su Madre le viniese bien liberarla de aquella espera. Terminó, dio las gracias. Escuchó los aplausos. Llamaron a otro poeta a leer.

Dieron las ocho de la noche cuando escapó de la librería. Partió rumbo a la clínica, pero la ruta se le torció y acabó en su casa. Subió las escaleras hasta el tercer piso donde quedaba su apartamentito de aquellos tiempos. Vivía sola en medio de Santurce, en un cuarto de sirvienta convertido en unidad de vivienda, una habitación con un baño en la azotea de un edificio Spanish Revival de los años cuarenta. Su salario daba apenas para pagar el alquiler y para costear los caros cuidos de la Madre. Encontró estacionamiento en la antes gloriosa avenida Ponce de León. La pobre sobrellevaba mal su decadencia. La ciudad de los puertos y del comercio que una vez fue Santurce, hacía décadas se había transformado en un centro vacío. Bares de prostitución y *comeivetes* tomaron los edificios de sus antiguos teatros, almacenes y restaurantes de lujo. La escritora se mudó allí para ahorrar dineros. Su plan era eventualmente comprarse una casa, casarse quizás, parir prole. Pero sobrevino la enfermedad de la Madre y todo se trastocó.

Abrió la puerta de su apartamento, entró por la cocina y buscó una botella de alcohol, la que fuera. Encontró una de ron Palo Viejo blanco. ¿Cómo había llegado aquella botella allí? Quizás era el remanente de alguna fiesta, se la habrá regalado alguien. Se sirvió un trago en las rocas, le echó limón. Caminó hasta su sofá de pajilla a tomarse aquello, fumar y esperar la llamada. Iba a ser ella a quien llamaran. El sabor del aguardiente en su boca le ocasionó náuseas. ¿Comió algo durante el día? Dieron las once de la noche. No sabe cuándo se adormiló en el sillón y arrastró los pies hasta su cama. La levantó el timbre del teléfono cuando la mañana comenzó a clarear.

—Señora, la llamamos para informarle que su madre ha fallecido.

NO ES ÉL EL QUE ME LLEVA

—No llores, hermanita. Tú sabes que debo irme. Acá en la isla no encuentro cómo ayudarlos. Ahora hay bocas que mantener. Juan Isidro me dice que allá afuera de seguro encuentro trabajos mejor retribuidos. En poco tiempo, se hará oficial su divorcio. Entonces nos casaremos y podremos ayudarlos con escuelas, comidas. Todo lo resolveré. Tengo que intentarlo.

Juan Isidro debía partir de la isla. No pudo alargar más su tiempo en Puerto Rico, aunque hizo buenos contactos con profesores e intelectuales comprometidos con la causa. Por medio de ellos, recibió invitaciones para ofrecer otras conferencias en Nueva York. Habían pasado apenas unos meses, pero Julia sentía que llevaba vidas a su lado. La acompañó durante la muerte y entierro de su madre, compartió con sus hermanos, se encariñó de Consuelo. Le dejó dineros para la renta, para que comprara alimentos para la familia, pero ya su tiempo en la isla llegaba a su fin.

—Salgo en enero, mi vida. No puedo retrasar más mi viaje. Sabes que, si pudiera, me quedaba aquí contigo. Pero soy médico itinerante de la causa. Te estaré esperando en Nueva York. Siempre tendrás la llave de mi corazón dondequiera que me encuentre. Si pudiera, te haría mi esposa y partiríamos juntos.

—¿Hablas en serio, Juan? ¿Te casarías conmigo?

—Hoy mismo, si pudiera. Tan pronto llegue a la ciudad, me comunico para que sepas dónde encontrarme si me necesitas o por si quieres venir a visitarme, a quedarte conmigo, a probar suerte junto a mí en Nueva York.

Julia decidió seguirlo. Lo conversó con Consuelo. Juan Isidro le dejó una parte del costo de su pasaje. Ella pondría la otra. Vendería sus pocas pertenencias e iría a reunirse con él.

Juan Isidro fue a buscarla al puerto. La llevó a almorzar. Luego subieron a su cuarto en plena Colonia Hispana, Spanish Harlem. El cuarto donde Juan Isidro estaba viviendo era diminuto.

—Julia, Julita, estoy a punto de encontrar un lugar más grande, donde podamos vivir los dos. Aquí apenas cabe un inquilino.

—¿No viviremos juntos?

—Es en lo que aparece un piso con más espacio. Te puedo ayudar a encontrar dormitorio cerca de aquí. Total, no pienso separarme de ti en esta ciudad. Aquí viviremos a nuestras anchas. Las malas lenguas de los intelectuales de tu país no podrán alcanzarnos ni irles con cuentos a mis padres.

—¿Tus padres saben de mi existencia? ¿De nuestra relación?

—Ya se enteraron. Les preocupa que seas una mujer divorciada, tu militancia, que te reconozcan como poeta.

—¿Eso les preocupa?

—Leyeron el artículo de Lloréns Torres. Lo recibieron desde Puerto Rico por correo.

—¿Quién se los habrá enviado? Lo más seguro, Nilita, la licenciada Renacuajo, aquella que penaba de amor por ti.

—No lo creo. Pero ya verás cómo cambian de opinión tan pronto te conozcan. Estoy haciendo trámites para que puedan salir de mi país. En algún lugar de las Américas nos reencontraremos. Los conocerás, te lo prometo. Van a quedar encantados contigo. Poco a poco, los convenceremos de que eres la mujer de mi vida. Yo ya vivo convencido.

—¿Y mientras tanto?

—Encontraremos algo. —Juan Isidro le acarició las mejillas. Se las besó con ternura.

Julia recordó un detalle.

—Acá en Nueva York vive el hermano de Rubén, mi exmarido.

—¿Tienes contacto con él?

—Le escribo a doña Otilia.

—Pregúntale si te recibe. Mientras tanto, yo me muevo a buscarte un cuarto en lo que consigo un lugar más amplio para los dos.

Julia se fue a dormir a casa de Juan Zacarías, el hermano de Rubén, en la 138, pero Juan Isidro la iba a visitar todos los días. Pudieron darse el lujo de bajar en tren a Manhattan a pasear por la ciudad. Pero después, cuando el dinero fue menguando, se quedaron en la colonia. La vida era más barata allá arriba. Además, Julia debía acompañar a Juan Isidro en sus charlas. Intentaba así conocer a otras personas prominentes de la comunidad, ir acomodándose como poeta. Era difícil. Los barrenderos, costureras, cocineras, empleadas de dispensario, trabajadores de limpieza en hoteles u hospitales que vivían en la Colonia Hispana eran sus hermanos, pero venían de todas partes. La mayoría eran boricuas, pero también procedían de Colombia, República Dominicana, España, Panamá. Apenas sabían leer o escribir. En Spanish Harlem no encontró librerías ni dónde se celebraran tertulias. Tampoco encontró ateneos donde conocer a otros poetas. Operaba sí, un teatro, el teatro Puerto Rico, pero era para olvidarse del mundo con sus espectáculos banales de *vaudeville*, como el de una tal Diosa Costello que bailaba mambo con copas de agua balanceadas encima de sus nalgas. Pronto se dio cuenta de que su grado de maestra normal no le serviría para mucho. No encontraba trabajo de maestra para ella —igualito que en la isla—, esta vez porque en las escuelas no daban clases de español, porque su inglés no era correcto, tenía acento, porque había que convalidar su grado no fuera a ser que su preparación no coincidiera con los requisitos del sistema americano. ¿Para qué, entonces, los americanos le impusieron su ciudadanía? ¿Por qué la hicieron tomar clases de inglés durante su escuela superior y aprenderse todos los clásicos norteamericanos si ahora usaban su procedencia en su contra? Julia sacó cita con el NY Department of Education para exigir sus derechos y buscar información de cómo convalidar sus títulos. Allí le informaron que, para dar clases en el estado de Nueva York, tendría que graduarse de una universidad acreditada por ellos. También hizo gestiones para ingresar a la Universidad de Columbia. Estudiar allí le costaría un ojo de la cara. Carísimo. Muy a pesar suyo, al mes de llegar a Nueva York Julia terminó aceptando un trabajo como dependiente a tiempo parcial en una tienda y otro en una fábrica de coser ropa. Serían empleos temporeros. Tan pronto reuniera lo suficiente se matricularía en las clases nocturnas para entrar a la universidad.

Una tarde se encontró con Juan Isidro en un café del vecindario. Allí tuvieron la conversación que marcaría el resto de su estancia en Nueva York.

—Debo partir, alma mía. Me requiere la lucha. Juan Bosch me llamó y, ¿qué hago yo en el seno del imperio, en esta ciudad vacía?

—Qué bueno que nos vamos ya. ¿Cuándo partimos?

—El problema es que no hay suficiente para el pasaje de ambos, Julia. El partido solo puede pagarme la mitad del mío. Voy a hacer arreglos para coordinar algunas conferencias y completar la compra de mi viaje con los dineros que me paguen. Juan Bosch me está esperando en La Habana. Tan pronto llegue, busco y te aviso dónde vamos a vivir. Mis padres ya tienen todo dispuesto para salir de Santo Domingo a Venezuela y tienen planes de reunirse conmigo en La Habana. No quiero que se predispongan en contra tuya. Debemos mantener las apariencias.

—¿Cómo que las apariencias? No me vengas a decir que allá en Cuba vamos a vivir como acá, escondiéndonos, yo en una casa y tú en otra.

—No son mis intenciones, pero debo hacer gestiones para que ellos puedan mudarse también para La Habana. Quizás, al principio, tenga que vivir con ellos.

—Juan Isidro, ¿y yo? No tengo los medios que tú tienes. Además, debo ayudar a mis hermanos.

—Te voy avisando cómo se va resolviendo la cosa, y claro que te ayudo a enviarle dineros a Consuelo. Hasta ahora, lo hemos logrado hacer. Bosch ya se fue de Puerto Rico. Está exiliado en Cuba ahora y él conoce La Habana mejor que yo. De seguro nos ayudará a encontrar dónde mudarnos. Bosch nunca me ha fallado, ni yo a él. De igual manera, debo ayudarlo a coordinar las reuniones para redactar una nueva Constitución. Estaremos reuniéndonos en la isla sesenta y siete grupos comunistas. Es un momento histórico.

—Mi puesto como secretaria de la Constituyente me formó en la redacción de documentos políticos. Puedo ayudar. ¿Se lo dijiste a Juan?

—Los del Partido Ortodoxo Cubano nos ayudarán en todo. Tan pronto llegue, les aviso de tu disponibilidad.

Julia asintió. Haría lo que tocaba hacer. Ella era una mujer liberada, militante, letrada y de experiencia comprobada en asuntos políticos. Vivía libre de las convenciones sociales que mantenían a Juan Isidro atrapado en papeleos para lograr su divorcio y preso de la opinión de sus padres. Tan fácil que fue para ella divorciarse de Rubén. Sin embargo, la noticia de su partida provocó que le regresaran la ansiedad y el dolor. Se sumaron las noches en vela donde contaba centavos para ahorrar en comida, para costear sus gastos en aquella ciudad tan cara, y el tachar días en el calendario buscando no pasarse de fecha para no pagar otra semana en el cuarto rentado y conseguir ahorrar lo de su viaje a La Habana. Luego gastaba lo ahorrado en alquiler, tendría que volver a empezar. Durante las noches que pasó encerrada en su cuarto, con la ciudad bullendo al otro lado de la ventana, comenzó a beber de nuevo, sola. Julia no era nadie en Nueva York. Otra *spik* más. Su diploma de maestra no le conseguía trabajos. Intentó dos veces ofrecer recitales de poesía, pero perdió dinero en vez de ganarlo. Acompañó a Juan Isidro a Washington a dar una conferencia a mitad de su camino hacia La Habana. Allí conoció al doctor Lanauze, quien le prometió ayudarla a coordinar un *tour* de lecturas de poesía entre las universidades negras del sur. Pero ¿y entonces? Si la veían conectada a los negros, hasta los mismos hispanos de la comunidad la rechazarían aún más. Le negarían el saludo por corteja, por grifa negra, por traidora a la causa hispana.

Juan Isidro partió. Julia regresó a Nueva York. Intentaba trabajar, enfocarse en organizar su partida, pero se levantaba con el pecho apretado y una presión encima. Era como un ardor entre la garganta y el esternón que le robaba toda la energía y la dejaba sumida en un desgano melancólico parecido al que una vez sintió cuando trabajaba en Comerío. Una noche, no soportó más. Bajó de su cuarto, caminó hasta la bodega de la esquina y compró una botellita de ron Mérito blanco que escondió en una gaveta en su dormitorio. El ron quemaba como el amor, quemaba como el abandono, quemaba como la pobreza y la poesía. Ayudaba a soportar el hambre, eso sí, y la soledad. Eso lo aprendió durante las noches sin dormir preparando lecciones en Cedro Arriba, extrañando a su antiguo marido. No recuerda bien cuándo comenzó a beber sola en el campo. Quizás lo hizo en un principio para contrarrestar el malestar de las curvas y adormilarse en los carros públicos de la ruta entre Río Piedras y Naranjito, o en los que la llevaban por toda la isla a visitar obreras para convencerlas de que apoyaran al partido. Nunca bebió frente a Rubén ni en el apartamento de la calle Luna. Pero sí bebía algunos vinos durante las tertulias literarias en casa de Carmen Alicia, o un roncito en el Chévere que le invitaba el licenciado. Empezó a beber más cuando Rubén le dijo que había conocido a alguien, que no quería interponerse en su camino, pero pudo controlarse cuando salió a vender *Poema en Veinte Surcos* para pagar por la salud de Mamá Paula. Había que costear la morfina que le empezaron a inyectar cuando el cáncer se le regó por todo el cuerpo. No daba buena impresión vender poemarios de casa en casa con tufo a alcohol en el aliento.

Corrió el alcohol, pero ella lo sobrellevaba. No bebía todos los días ni a todas horas. Era cuando el pecho se le apretaba con aquel extraño ardor. Hubo temporadas en que se descontroló. Pero entonces conoció a Juan Isidro y, mágicamente, aquel ardor se le calmó.

Llegó a la estación Pennsylvania. Era pleno mes de junio, sin embargo, un frescor con barrunto a lluvia colgaba en la brisa. La estación de ladrillos curvados y ventanas de cristal le daba la vuelta a la cuadra. Bajo el alero lateral, al lado de la vitrina que anunciaba los destinos de la línea, se alineaban, uno contra otro, decenas de gigantescos autobuses de metal, todos marcados en su costado con un galgo blanco y el nombre de la compañía.

Las guaguas se veían espaciosas. Julia esperó a que el semáforo cambiara a rojo para poder cruzar la calle 34. Había que buscar la boletería, averiguar el número del terminal asignado y encontrar el autobús que le tocaría abordar. Ya tenía en mano el itinerario de salidas hacia Miami. Viajaría por autobús vía Cayo Hueso a través de la famosa avenida transoceánica. Había logrado ahorrar lo suficiente para irse en la Greyhound hasta Miami y de ahí tomar un barco hasta La Habana. El trayecto entero duraría treinta y seis horas. Su autobús haría paradas en Nueva Jersey, Delaware, Virginia, Carolina del Norte, Carolina del Sur, Georgia y, finalmente, Florida. No le alcanzó el dinero para parar a dormir en algún punto del trayecto. Ya tendría tiempo para descansar en el barco.

No habían pasado más que cinco semanas desde que Juan Isidro se marchó hacia La Habana. Julia recordaba su corona de rizos negros alzándose sobre ella cuando lo contemplaba, cuando caminaban juntos por la ciudad, cuando se besaban en su cuarto. Usualmente, ella sobrepasaba a los hombres que la habían cortejado. Siempre fue más alta que el bardo Lloréns Torres. Le daba gracia cuando el viejo tenía que auparse sobre las puntas de sus pies para susurrarle cosas al oído intentando enamorarla. Recuerda cuán graciosa le pareció aquella foto que insistió en que se tomaran una vez que fue a visitarla a Cedro Arriba. Él todo vestido de dril blanco y corbata; Julia de amazona, joven, esbelta, espigada. Esa vez se hizo acompañar de dos amigas suyas. A Luis Lloréns le encantaba usar su estatus de licenciado-senador, hombre de mundo y poeta, para sus conquistas amorosas. Pero no, ella no cedería. Tanto estudio, tanta privación, tanto nadar en las turbias aguas de la escenilla literaria de la isla para morir en aquellas orillas arrugadas.

Se hizo la de vista larga, dejó cartas sin contestar, toleró los avances del bardo. Espantó sobeteos, le rio las gracias, pero se mantuvo firme y no dejó que la cosa montara a más. Tampoco puede negar lo mucho que la ayudó con Mamá Paula cuando ella le preguntó por doctores que la auscultaran. Lloréns Torres pagó por la primera visita del doctor y después por la de otro. Cáncer, lo que a Mamá Paula le carcomía la pierna era cáncer. Fue Lloréns quien la ayudó a dar con el doctor que diagnosticó el mal. Tal vez la ayudó porque Julia se ganó su amistad y su respeto al no caer en sus trampas, porque sabía correr caballos mejor que él y aguantaba el aguardiente que le servía en sus tertulias del restaurante Chévere como si fuera un hombre. Nunca le falló a Rubén, aun cuando se notaba a leguas que aquel matrimonio no iba a durar. ¿Qué hombre iba a aguantar como esposa a una mujer como aquella, con tanto empuje y tan suelta? Y ella, muchacha ingenua, no se daba cuenta de que por más folletos socialistas que su esposo leyera allá en San Juan, le iba a asaltar la duda, se iba a cansar de esperarla, de dormir solo. Julia nunca quiso escuchar los argumentos que el licenciado le insinuaba entre visitas, cartas y poemas dedicados. Pero, al fin y a la postre, tuvo que aceptar que tenía razón.

Al fin, el semáforo cambió a rojo y Julia cruzó la calle. Entró a la terminal de ladrillos. Hizo la fila pertinente, conversó en su mejor inglés, compró su boleto y caminó hacia los aleros en donde se alineaban los autobuses. El suyo partiría de la terminal veintiocho. Esperó veinte minutos hasta que anunciaron por altoparlante su salida. Viajaría sola, así que debía estar pendiente de todo. No podía dejar que la ansiedad y el ardor la atacaran ahora. Metió la mano en la cartera, sacó la caneca y se tomó un buchito de aguardiente, uno pequeñito, solo para calmarse.

Abordó la Greyhound número veintiocho que iría desde la ciudad de Nueva York hasta Miami a las cuatro y veinticinco de la tarde. Mejor partir por la tarde. Así la cogería la noche en carretera. Dormiría arrullada por el runrún de los motores. Un conductor blanco la miró con el ceño fruncido, le pidió su boleto, se lo horadó con una maquinita de metal y le mascullo, sin mirarla apenas, que su asiento designado se encontraba hacia el final del pasillo.

—¿Al final? —quiso constatar Julia.

El conductor le mascullo en inglés. Algo así como "mire bien el número de su boleto ponchado" y, aún más bajo, casi entre murmullos, creyó escuchar que el gringo curvaba la boca para decirle en un escupitajo de sílabas:

—*Spik*.

Los motores comenzaron a rugir alto. La guagua se zarandeó mientras salía de la estación. Por la ventana se sucedieron edificios tras vitrinas, cruces de calle, embotellamientos de tránsito, gente cruzando las calles. Julia recordó sus primeros pasos del brazo de Juan Isidro la vez que se pararon en medio de la calzada, mirando hacia el Rockefeller Center hasta marearse, para luego cruzar la calle rumbo al Radio City Music Hall. Desde lejos distinguieron las letras en neón rojo y los anuncios en cartelera. Juan Isidro le prometió llevarla a una matiné de las Rockettes. Nunca pudieron ir. Sería a su vuelta de La Habana, si regresaban.

La Greyhound bajó hasta Alphabet City rumbo al puente encima del río Hudson. Luego se comenzó a percibir un poco de verdor. Eran los campos, planos como los llanos del sur de la isla, de los cuales brotaban árboles extraños, robles, sauces, alcornoques de hojas oscuras y puntiagudas, como trinchetes de diablo. Echó de menos a los capás prietos, a los tabonucos con su esencia, a sus ceibas, sus flamboyanes. Flamboyanes. Junio era el mes en que los campos de la isla explotaban en flamboyanes. ¿Habría flamboyanes en Cuba, llama viva contra colinas torneadas por mil tonos de verde?

Julia recostó su cabeza contra la ventana de la Greyhound por donde se colaba el verde de los campos del norte. Miró su relojito de muñeca. Faltaban veintiséis horas y cuarenta minutos para llegar a Miami. ¿Cuándo podrá abordar el barco que la llevará a La Habana a encontrarse de nuevo en brazos del amado? Juan Isidro le quitaría aquel ardor en el pecho que la llevaba a beber de la botellita que escondía en la cartera.

La noche cayó sobre los campos de Delaware. Julia tomó otro sorbito de su botella. La Greyhound paró en la estación justo cuando empezaba a cabecear. Una muchacha negra y flaca entró a la Greyhound vendiendo maní y bolsas de papas fritas. Julia decidió comprar una. Nueva York era otra calle sin salida. Ella no podía regresar a Puerto Rico hasta que cumpliera la promesa hecha a Consuelo, a sus hermanos. Debía encontrar la forma de ganar más dinero. Su marido —no, Juan Isidro no era su marido, era su amor libre e igualitario— le había prometido casarse con ella. Sería la esposa de un doctor. Quizás podría estudiar en La Habana, hacerse de un título más potente que el de maestra normal. Ella debía reunirse con él para hacerlo avanzar en su plan. Se comió la mitad de sus papas. Guardó las demás en su cartera. Partieron. Se recostó a la pared fría de metal de la Greyhound. Se quedó dormida.

Despertó de un cabeceo y por la incomodidad. Todavía adormilada intentó subir sus piernas al asiento lateral donde estaba sentada. No cabían estiradas, pero las acomodó como pudo. Las tenía hinchadas. Miró sus manos. Le pareció verlas temblar. ¿Cuándo empezó aquel temblor? Notó un sudor frío, los ojos no pudiendo fijarse en nada. Las caras de los otros pasajeros parecían amebas de mar. En la fila de al lado, alguien parecido a Papitín dormía. Julia desvió la vista, se topó con la suya reflejada en la ventana de la Greyhound. Tenía ojeras, los ojos vidriosos, iguales a los de Papitín cuando se emborrachaba. Su cara se había angostado y reflejaba las once libras menos de las ciento cuarenta que pesaba cuando llegó con Juan Isidro a Nueva York. El reflejo de su cara en el cristal tenía el mismo color que la pierna llagosa de Mamá Paula. Otra vez cayó en el sueño.

Se le aparecieron por orden en el entresueño. Consuelo la sacudió del hombro, no la dejaba serenarse y caer dormida de nuevo, tranquilizar sus manos. *No te vayas, hermana. Vuelve, que no puedo más.* Aracelis se reía de ella con odio. *Grifa parejera. ¿Crees que vas a amontar a algo?* Angelina y Aracelis caminaron por el pasillo de la Greyhound. Le negaron el saludo. Se metieron al baño. *Has muerto para nosotras. Otra vez detrás de un macho que te complete. ¿Para eso te fuiste?* Tito mordía una pajilla, mirando ventana afuera. Iris era, de nuevo, una bebé. La sostenía otra Mamá Paula en aquel nefasto viaje hacia el sur. Habían pasado ya doce horas. Volvió a despertarse.

La Greyhound hizo otra parada. Tuvo que esperar interminablemente a que echaran gasolina, se bajaran pasajeros, otros entraran a abordar. Julia bajó a estirar sus piernas y caminar un poco. No se alejó mucho del autobús. Vio que adentro de la estación algunos pasajeros hacían fila frente a un pequeño mostrador de café. Desde las cuatro de la tarde del día anterior no se había echado nada caliente al estómago. Entró a ver si le daba tiempo de comprarse un café, pero permaneció pendiente al ruido de los motores de la Greyhound. No quería quedarse varada quién sabe en qué pueblo del sur, sin dinero ni contactos que pudieran rescatarla, sin Juan. En el sur odian a los negros, a los hispanos. En el sur de este país sin amigos linchan personas por cualquier motivo. Violan, matan, desaparecen gente. Sin Juan Isidro, Julia era un temblor constante. No se le quitaba el ardor del pecho. Todo le salía mal. Tuvo que abandonar el cuarto que le rentaba a su excuñado Juan Zacarías. No encontró con qué pagarlo. Por referencias, dio con otro cuarto más barato en casa de unos mexicanos. Aquello era un chiquero. Los sesenta dólares que ganó trabajando para el censo se le hacían agua entre las manos. Todavía tenía para los pasajes en bus y barco, pero tenía que recortar gastos al máximo. No logró enviarles nada a sus hermanos ese mes. Dejó de comer dos días antes de su partida para no tocar lo del precio del pasaje y poder escapar al fin de Nueva York. Compró la botellita de ron para espantar el hambre. Dedicó largas horas a descifrar el itinerario de la Greyhound sin salir de su cuarto, cuestión de no gastar ni un solo centavo más. Nada de energía que le abriera el apetito. Se le fueron los días en blanco, concentrada en el folleto de la Greyhound y en darse traguitos de ron.

Clareó el cielo sobre North Carolina. Llevaba dieciocho horas de trayecto. Sus manos no paraban de temblar. *Nos abandonas como Juan lo hará contigo. Estamos todos muertos; tú también, Julia. No cumpliste con Mamá. No hay dinero, no hay comida. ¿Cuándo fue la última vez que nos enviaste algo?* Ella era la culpable de que su familia pasara hambre. No pudo salvar a Mamá Paula. Dieron las diez de la mañana. Notó cómo cambiaba el paisaje por la ventanilla de la Greyhound. Los prados verdes fueron convirtiéndose poco a poco en humedales; los robles, en unos árboles de ramas largas cargadas de musgo. El aire se cargó de humedad poniéndose denso. Julia decidió comerse otra porción de las papas ya frías que le compró a la muchacha negra la noche anterior. Al fondo de su cartera vio la botellita del Mérito medio vacía. ¿Cómo era posible? Ella tan solo le había dado algunos sorbos. Quizás se le vació dentro de la cartera. Acercó la nariz. No olía a alcohol. Se comió las papas con el penúltimo sorbo de ron que quedaba en la botella.

Los humedales dieron paso a extraños lotes donde parecía que vivía gente. Casuchas más pobres que las de sus campos se erigían a cierta distancia. Las casas, los niños, las mujeres, la avenida, la Greyhound, todo era gris en ese país, todo repetición de lo mismo, como producido por una máquina. Solo la vegetación era múltiple y cambiaba. Unos árboles de un retorcimiento inaudito, como si estuviesen enfermos de artritis, acapararon los paseos laterales del expreso. Luego, unas palmas altísimas, con penachos que brotaban en forma de copete, comenzaron a aparecer en la distancia.

Ni sabe cuánto tiempo pasó. El corazón comenzó a palpitarle de la nada. Sudó copioso, la cabeza se le pobló de voces y el corazón se le quiso salir del pecho. Oyó gritos. Alguien le gritaba desde su cabeza, *tunotunotuno*. No la dejarían subir al barco, nunca se encontraría con Juan Isidro. Se perdería en aquellos humedales de la Florida, en aquellos campos donde nada le era propio, no sabría leer las señales, nunca llegaría a ningún puerto. Era demasiado el tiempo en aquella Greyhound y se hacía eterno, plano. *Cálmate, Julia; cálmate, Julia; cálmate ya.* Se levantó. Llegó tambaleante hasta la portezuela del baño rodante. La abrió casi de milagro. Subió la tapa del inodoro. Comenzó a vomitar. Se requedó en el baño. No sabe cuándo escuchó al conductor anunciar por el micrófono de la Greyhound que se estaban acercando a Miami.

El autobús finalmente se detuvo. La gente comenzó a levantarse de sus asientos, a bajar bultos de los estantes del techo, ajustarse los cordones de los zapatos, caminar muy lentamente hacia la salida. Tenía que bajarse de la Greyhound. Ya no aguantaba más. Julia recogió su valija con sus pocas pertenencias. Respiró lo más profundo que pudo. Aguardó en fila para bajarse y la sintió infinita. Miró de reojo al conductor, embebido en revisar papeles. Puso los pies en el piso, en el asfalto caliente de Miami, y se sintió mejor. El olor a salitre también la alivió.

El viaje no acababa en Miami. Tendría que abordar otro autobús hasta la estación del SS Ferry-La Habana en Cayo Hueso, luego cruzar la avenida. Julia caminó hasta dentro de la estación de Greyhound. Le temblaban las manos. El corazón le palpitaba feroz. El rostro se le llenó de lágrimas, alguien jadeaba. Era ella, sabía que era ella, pero no podía ser porque tenía que comprar un último boleto, vencer el tramo que le faltaba. Logró serenarse. Llegó a la ventanilla donde vendían los pasajes del autobús en el que cruzaría la transoceánica. Pidió en inglés con voz sobria, sí, sobria, debía tener la voz sobria:

—Un pasaje de ida a Cayo Hueso, por favor.

La muchacha le pidió que esperara un momento. Se acomodó en su silla. La miró con una cara inexpresiva, borrosa. Su cara ondulaba, perdía forma.

—Un pasaje de ida a Cayo Hueso, estación del SS Ferry hacia la Habana, por favor.

—Señorita, ¿está usted bien?

—Sí, un pasaje de ida hasta La Habana, se lo pido de favor. En el próximo autobús que salga.

—¿Tiene reservaciones?

No pudo responder. Estalló en un llanto descontrolado.

—Tengo que irme. No tengo reservación. No encontré forma de hacerla. Llevo todo el día de ayer, toda la noche, veintiséis horas en un autobús. Ahora tengo que montarme en otro y llegar al ferry. Tiene que venderme el pasaje.

—Señorita, cálmese. La llevaré a donde los oficiales para que determinen si está en condiciones de hacer ese viaje.

—Estoy bien. No soy señorita. Estoy casada. Voy a reunirme con mi esposo en Cuba, territorio libre de Indoamérica. Un pasaje hacia Cayo Hueso y el SS Ferry hasta La Habana, si es tan amable. Debo comprar el pasaje. Me esperan. Es muy importante que llegue porque tengo que redactar una constitución. Debo montarme en ese barco. Llegar.

SOBRE UN DOLOR ESTÉRIL

Quién sabe cómo se originó aquella pesadilla que fue su hermano. Su hermano sufría de frenillo, se le hacía difícil leer, aprenderse las tablas de multiplicar. Prefería perderse entre los mangles que hablar con la gente. Allí armaba trampas para atrapar pajaritos, lagartijos e iguanas. Únicamente cuando corría solo por el monte se sentía feliz. No tenía que hablar con nadie con su lengua trabada ni ir a una escuela donde no lograba enfocarse en las clases. Dibujaba hermoso. La escritora recuerda las largas horas que pasó la Madre al fondo del pasillo, haciendo asignaciones con él, y la frustración en la cara de ambos. Durante esas horas no podía ocuparse de ella. No hacía falta. Ella no se metía en problemas. Era buena en la escuela. Ganaba becas, premios, se le hacía fácil leer y escribir, sabía cómo tratar a la gente, cómo aprenderse de memoria y recitar con dulce voz las décimas de Luis Lloréns Torres, los versos de Julia de Burgos, de Palés. A ella siempre le pareció un juego eso de integrarse a la sociedad. Era cuestión de no hacerle caso a los que la miraban con desprecio, de ignorar cuando medían de arriba a abajo su piel oscura, queriendo convencerla de que era una intrusa. Les daba en la cara con sus buenas notas, con su dicción superior y habilidad para el lenguaje, con sus certificados de Alto Honor, y seguía andando.

Sin embargo, su hermano huraño siempre andaba molesto, retraído, metiéndose en problemas en la escuela. Su hermano adolescente empezó a llegar a la casa oloroso a marihuana, luego arrebatao con quién sabe qué más. Nunca lo vio consumiendo ni puyándose, ni con la boca pegada a una pipa. Si consumía, lo hacia fuera de la casa. La calle era el predio de su hermano. Merodeaba por los caminos vecinales que colindaban con los residenciales públicos que bordeaban la urbanización donde se criaron. Si la escritora se escondía de la tensión hogareña entre libros, su hermano se escondía en la calle y regresaba cada vez más tarde al hogar.

Ahora iba a pagarle la tumba que compartiría con la madre muerta. Solo la sobrevivió dos años. Durante media mañana la llamaron del cuartel de la policía del sector La Cerámica, cerca de los almacenes industriales que bordeaban Sabana Abajo, barrio adonde el hermano se había ido a vivir con el padre una vez que regresó de sus andanzas por Nueva York y apareció de la nada. Un oficial le puso al padre al auricular.

—Hija, te tengo que decir algo.

La escritora aguantó la respiración. Eran poquísimas las veces que hablaba con su padre en aquellos tiempos.

—Tu hermano está muerto. Lo encontraron en el pastizal de Torres de Sabana, detrás de la cancha, sin heridas ni rastros de sangre. Parece que fue de una sobredosis.

A la escritora se le congeló la sangre en el cuerpo y, a la vez, comenzó a sudar.

—Dios sabe lo que hace, hija. Solo Dios sabe por qué se lo llevó ahora. Yo pensé que, desde la última vez que salió de Hogares Crea, ya estaba limpio. Hasta me acompañaba a la iglesia, mostrando interés por la Palabra. Pero recayó.

—Hiciste lo que pudiste.

—¿Dónde velaron a tu madre?

—En la funeraria San Agustín, la del pueblo. Todavía queda espacio en el panteón.

—Ya identifiqué el cuerpo. Podemos disponer de tu hermano a partir de las tres de la tarde.

—Voy para allá. Te recojo y pasamos por la funeraria para hacer los arreglos.

Agarró a su hijo de nueve meses y lo montó en el asiento de bebé. ¿Dónde lo dejaría? ¿En casa de qué tía? ¿Quién le haría el favor?

—Otro funeral —pensó—. Estoy harta de funerales.

Condujo congelada y sudando, con las manos frías sobre el guía de la guagua familiar que ahora compartían ella y su hijo.

Su madre había muerto hacía tres años. Aquellos tiempos fueron muy confusos, un borrón de angustia, una angostura en el alma. Ella los vivió día a día con una desazón instalada en el pecho. Además de la UPR, donde le otorgaron permanencia en el departamento de Estudios Hispánicos, siguió trabajando como una posesa en donde apareciera. Se montaba y se bajaba de aviones, escribía para tres periódicos y se acostaba con hombres, el que apareciera. Una caricia perdida en cualquier cama la ayudaba a encarar la noche. Fumaba para poder respirar. Se casó con uno de esos novios. Quedó encinta. A los siete meses de que naciera su hijo, el matrimonio estalló en mil pedazos. ¿Por qué abandonó a su madre la noche de su muerte para irse a leer poesía? Dio clases, charlas, tomó proyectos en consignación, editó, escribió artículos de opinión para periódicos de derecha, de izquierda, en inglés, en español, no importaba. La llamaron de universidades de Estados Unidos para que hablara de literatura puertorriqueña o para que les hablara de su obra, de su gran "obra", un libro de cuentos, cuatro poemarios, una novela. Le pagaban bien por las charlas, pero aquellos dineros ya los debía. Todavía debía cuentas de las hospitalizaciones de la madre. A esos gastos se sumaron los costos de caja, servicios fúnebres y entierro.

El hermano que se había perdido por las calles de Nueva York apareció en la cárcel. La escritora logró traerlo de vuelta a Puerto Rico cuando salió en libertad bajo palabra. Fue a recogerlo al aeropuerto para llevarlo a su nuevo hogar. No podía recibirlo en su casa porque, aunque le doliera admitirlo, le daba terror exponer a su hijo a la compañía de su hermano. ¿Qué tal si hasta allí lo perseguían sus delitos y se aparecieran amigotes de la calle o traficantes de drogas a buscarlo? Le tocaba al padre bregar con su hijo problemático. Ya ella había hecho su parte cuidando sola a la madre durante su larga agonía.

—¿Y Mami, cuándo me llevas a verla? —le preguntó su hermano mientras la escritora tomaba la salida del aeropuerto en dirección a Sabana Abajo. La escritora evadió la pregunta.

—Papi nos está esperando con almuerzo. Le prometí que te llevaría primero a su casa. Está loco por verte.

—¿Sigue metido en la iglesia? Me imagino que ahora se las guilla de pastor.

—Tú sabes cómo es Papi, siempre buscando que la gente haga lo que él dicta.

Miró cómo el semblante de su hermano se suavizaba con una sonrisa. Por un instante, le pareció que aquel hombre oscuro y silencioso que casi no podía reconocer se transformaba en el mismo niño con el que había crecido en su casa familiar. Sin embargo, el instante duró poco. La sonrisa desapareció del rostro y su hermano se convirtió de nuevo en un hombre ajeno, contenido en una presencia que a ella se le hacía peligrosa y distante.

La escritora condujo por la avenida hasta la entrada de Sabana Abajo, luego por los callejones estrechos que la llevarían hasta la casa de su padre. A lado y lado del callejón se alzaban casas pequeñas con techos de zinc, cuartos de madera y extensiones de cemento. Por los patios corrían gallinas y gallos, pastaba algún caballo. Una muchacha negra tendía ropa en el cordel trasero de su casa. Dos muchachos negros les pasaron por el lado montados en una motora. Una señora negra se terminaba de hacer rolos sentada en su balcón. Todos los rostros con que se topaban eran negros, tan oscuros como los de ella y su hermano. Costaba creer que aquel barrio negro, pobre y abandonado por la modernidad quedara a tan solo diez minutos del expreso que conducía al aeropuerto.

Doblaron a la izquierda y se adentraron por un camino vecinal hasta la casa del padre. Él los esperaba sentado en la marquesina de su casa de cemento. El padre se levantó y caminó hasta el carro para indicarles dónde estacionarse. Ella y su hermano se bajaron del carro.

—Bendición, Papi.

El padre abrazó al hermano un largo rato, conmovido. Le echó el brazo por los hombros y lo condujo hasta la sala de la casa. A ella no le dirigió la palabra.

—Debes estar muerto del hambre. ¿Te sirvo comida? ¿Quieres algo de beber?

—Una cerveza bien fría...

—Mijo, yo soy un hombre de Dios. En esta casa no se bebe. Vas a tener que irte acostumbrando si te quedas a vivir conmigo.

—Creía que podía volver a vivir con Mami.

Se hizo un incómodo silencio. Lo rompió la escritora.

—Mami murió.

Al hermano se le desencajó el rostro, se le aguaron los ojos, se agarró la cabeza entre las manos.

—¿De qué? ¿Cuándo? No puede ser. No me despedí, no pude verla. ¿Mami está muerta? ¿Dónde la enterraron?

Comenzó a sollozar.

—Yo te llevo más tarde, cuando te calmes. Primero come algo —le contestó el padre acariciándole la espalda, otra vez abrazándolo.

Todo marchó bien por unos meses. El hermano acompañaba al padre a la iglesia. La fue a visitar a su casa y conoció a sus sobrinos. De repente, comenzó a desaparecer por las noches de la casa del padre.

—Tuve que llevar a Junior al hospital con un ataque de asma. Yo creo que está usando de nuevo. ¿Tienes su tarjeta del plan médico?

La tenía. Había aprendido muy bien su rol de hermana mayor pudiente y miembro funcional de la familia. Una vez la Madre murió y encontró a su hermano, lo inscribió en el plan de cubierta médica al cual tenía derecho como empleada de la universidad. Lo hizo por previsión, por si acaso lograba traerlo a la isla de vuelta se enfermaba. Le saldría más barato que llevarlo a una sala de emergencias o a un centro de salud pública y asumir la cuenta de sus tratamientos.

Las escapadas de la casa del padre se hicieron más frecuentes. Tuvo que usar el plan muchas veces para pagar sueros, camas de hospital, lavados de estómago, desintoxicación. Su padre y ella decidieron meterlo de nuevo en un centro de desintoxicación. De allí también se escapó. Ahora lo encontraban muerto en un pastizal cercano al residencial público de Sabana Abajo.

La escritora condujo por la avenida Baldorioty, en dirección al cuartel de policía. La visitó un recuerdo de su madre peinándola frente al espejo, echándole aceite de coco en el pelo para que no se le resecaran las greñas.

—Tienes que cuidar más a tu hermano.

Contaba con catorce años. Le llevaba tres años al hermano.

—Parece que pasó algo con uno de los muchachos de la calle Groenlandia.

—¿Una pelea? ¿Le dieron a Junito?

Su madre guardó silencio. Fue dividiéndole la cabeza en cuadrantes para que el aceite penetrara bien. Le masajeó el cuero cabelludo, las hebras. Luego fue peinándola con el cepillo grande hasta que la melena le quedó lustrosa. Empezó a entretejerle un elegante moño. Esa mañana, la hija debía llegar "bien arreglada" al colegio de monjas. Acaba de ganarse un premio literario con un ensayo acerca de un árbol de goma, el enorme baobab indio que marcaba la entrada de su urbanización. Allí se escondía a leer, a escribir, a mirar la luz colarse por entremedio de sus hojas lustrosas. Escribió y sometió el ensayo al certamen y luego recibió la noticia de que se había ganado el primer premio del concurso. Un prestigioso escritor iría a la escuela a entregarle el pergamino. La escritora recuerda a la Madre preparándola para la ceremonia de entrega. Ocurriría frente a toda la escuela. Sin embargo, la preocupación a causa del hermano no las dejaba alegrarse de su triunfo.

—Dicen que el hijo de doña Angie, el que salió de la correccional, se llevó a tu hermano por los caminitos, solos ellos dos.

A la adolescente, pichón de escritora, se le erizó la piel. Empezó a sentir un zumbido de angustia por todas partes, recorriéndole las puntas de los dedos, los brazos, la espalda, hasta provocarle escalofríos. Siempre era así con el hermano. Se metía en peleas, se escondía por los caminitos del mangle, enturbiado, con la cara montá.

—Ese nene le lleva tres años a Junito. Es casi de mi edad.

—No lo dejes solo ni un segundo cuando salga a la calle. Si se te pierde, corre a buscarme. Cuida a tu hermano. Anda en malas juntillas.

Ahora, Junito estaba muerto.

—Pero ¿por qué, chico? ¿Cuál era el afán de destruirte? —se preguntó la escritora en voz alta y empezó a llorar.

Le dieron ganas de fumar, pero no podía porque todavía lactaba a su niño. Se secó las lágrimas frías y rabiosas que le brotaban de los ojos con el dorso de la mano mientras intentaba concentrarse en conducir y respirar, aguantando el aire en cada bocanada para después soltarlo lentamente por la boca. Aprendió esa técnica en sus clases de parto. Solo así se fue calmando. Tomó la salida por debajo del puente elevado que queda detrás del aeropuerto y lleva al cuartel. Otra vez le fallaba a la Madre. Otra vez se quedaba corta en sus promesas. Otra vez escapaba antes de tiempo o llegaba tarde, se llenaba de cosas que hacer para no confrontar aquello para lo cual no encontraba solución.

Al final de una callecita sin un solo árbol de sombra, rodeado de almacenes de cemento y oficinas industriales, se alzaba el cuartel de la policía. No encontró con quién dejar al nene. La escritora se estacionó cerca de la entrada al cuartel.

Bajó las ventanas de la guagua para asegurarse de que al menos la brisa correría dentro del carro. Había que cuidar bien al nene, era el último varón de su línea. Quizás esta vez, ella pudiera lograr lo que no pudo la Madre, que la calle no se comiera a los hombres de su estirpe. Todos sus tíos eran adictos o borrachos. Todos sus primos estaban muertos o en la cárcel. Con la muerte del hermano quizás acabaría aquella época de destrucción. Debía estar pendiente. No se permitiría ni un descuido más, tomaría todas las previsiones a su alcance. Se bajó del carro, sacó un biberón de agua y se lo puso en las manos al hijo.

—Tómate esto, papito. Mamá vuelve ya.

Aceleró el paso. Debía buscar al padre, llenar los papeles pertinentes, organizar el velorio de su hermano antes de que al nene le diera hambre. Nada de lágrimas. No había tiempo para llorar.

Entró al cuartel de la policía y se le tiró en los brazos al padre. Lloraron juntos. Quizás aquel era el primer abrazo que le daba a su padre de adulta.

—Afuera tengo al nene. No encontré con quién dejarlo. Pero te llevo a la funeraria, vamos juntos.

La escritora volvió a la guagua. Partieron rumbo a San Fernando de las Carolinas. Justo en la entrada del Casco Viejo quedaba la funeraria donde velarían a su hermano. El padre no paró de doblar y desdoblar los papeles de la declaración forense que llevaba en las manos. Habría que llegar pronto, entregarle los papeles a los de la funeraria para que empezaran trámites para la recogida y preparación del cuerpo de su hermano de treinta y seis años de edad, muerto de sobredosis, y escoger un ataúd que cupiera en presupuesto, uno barato. *Como su vida*, pensó la escritora.

De cuando en vez, su padre y ella se miraron con tristeza. Su padre le secó lágrimas con el dorso de la mano. Le sonrió a su nieto.

—Se quedó dormido.

No se dijeron más en todo el camino.

UN TEMBLOR INDECISO DE TRÓPICO NOS PENETRA LA ALCOBA

El cuerpo trigueño de Juan Isidro dormitaba plácidamente sobre la cama. No sabe cómo logró convencer a los oficiales de la Greyhound de que le dejaran proseguir su viaje. La tuvieron detenida dos horas. Llamaron a una enfermera para que la examinara. En la misma oficina, le dieron unos calmantes. Un empleado de la línea, que era hispano, se apiadó de ella. Se le acercó. Le habló en español.

—Usted lo que tiene es hambre, señorita. ¿Hace cuánto que no come?

Julia no contestó. Sintió vergüenza.

El empleado hizo señas de que volvería pronto regresó con una fiambrera de arroz y habichuelas con pollo guisado.

—Ande, coma. Ya verá cómo se va a sentir mejor en un santiamén.

Julia comió. La comida estaba riquísima. Tenía la misma sazón con que cocinaba Mamá Paula. Le dio las gracias al empleado. Le tomó las manos. Por poco se las besa.

—Estaba buena, ¿verdad? Mi esposa cocina como los ángeles. Somos de Utuado, pero nos fuimos pal Bronx hace cinco años. Empecé de mensajero con esta compañía, pero allá en la isla era mecánico de carros. Me dieron la oportunidad y me trasladaron hasta acá. Hace poco me traje a mi mujer. Acá no se pone frío y el mar me recuerda la isla.

A Julia le regresó el alma al cuerpo, pero seguía angustiada porque debía montarse en algún autobús antes de que cayera la noche. No conocía a nadie en Miami ni tenía los medios para rentar un cuarto donde dormir. Confió en el empleado y le contó su dilema.

—No se apure, Miss. Yo hablo con Charlie, que es amigo mío. No todos los gringos odian a los *spiks*. Él es bueno. Se casó con una cubana. Le pregunto si hoy le toca la ruta a Cayo Hueso. Espéreme aquí.

Se dio el milagro y la dejaron abordar. El trayecto tomaría tres horas más hasta Cayo Hueso, pero Julia estaba serena. No creía lo que veía desde la ventanilla del último autobús. Era el mar, a su derecha y a su izquierda. El mar. La Greyhound se deslizaba sobre vías de acero en medio del agua. Cada vía reposaba sobre un cayo, luego se extendía hasta llegar a otro y a otro. Cerró los ojos y supo que llegaría. Recordó cuando vio a Juan Isidro por primera vez, la primera noche que pasó junto a él, en su cama. Cómo la agarró por el talle y le plantó un beso. Miró el mar. Al otro lado quedaba Juan Isidro y ella llegaría al fin. Dejaría Nueva York atrás.

La despertó el sol de Cuba junto al cuerpo de Juan Isidro. Juan la esperó en el puerto. La llevó a un apartamento en la calle Aguadulce 111. Allí, se le metió adentro como aquella primera vez. Julia sintió que comenzaban de nuevo, lejos de la pesadilla que fue Nueva York. Se quedó dormida, no sabe por cuánto tiempo. Al despertar, vio a Juan Isidro sentado al lado de su cama. Juan se agachó, le besó los párpados. Julia le regaló una sonrisa soñolienta y alegre.

—Dormiste por día y medio. Pensé que habías caído en estado de coma. ¿Te sientes bien?

—Ahora sí, me siento divina.

—¿Tienes hambre?

—Muchísima.

—Bajemos a comernos algo por ahí.

Caminaron por La Habana, enfilando hacia la calle Obispo con Mercaderes. Se dieron el lujo de almorzar en el restaurante del hotel Ambos Mundos, el restaurante más fino al que Julia había entrado en su vida. Luego de comer con toda la calma del mundo, salieron a dar un paseo por el malecón y después tomaron un tranvía para recorrer lo más que pudieran.

—Es inmensa esta ciudad.

—Se parece a París, pero es más colorida. Algún día la visitaremos.

—¿De veras? ¿Me llevarás a París?

—Primero descubramos La Habana. Mañana la seguimos viendo. Esta semana la tenemos libre, pero durante el fin de semana tengo que sacar un tiempito para revisar unas notas. Me contrataron para dar dos conferencias la semana entrante. Me encantaría que las cerraras con un poema.

—Sería fabuloso.

—¿Regresamos?

Bajaron en la calzada del Monte. Ocho pequeños parques circundaban una anchísima intersección. Julia los contó cuando llegaron. Estructuras achaflanadas de almacenes y altos edificios rodeaban el lugar. Las aceras eran anchísimas, llenas de portales y transeúntes. Por las calles transitaban carretones tirados por caballos, pero también autos brillosos de mil colores. La Habana era una ciudad cosmopolita, como Nueva York, pero más llena de una vida que Julia podía reconocer. Gente de todos los colores caminaba por la Habana: piragüeros, vendedoras ambulantes, ciclistas de mandado, mensajeros. Era un San Juan inmenso, un centro de comercio, vivienda, trabajo, todo mezclado. Si ella hubiese sabido que La Habana ofrecía tanto y que Juan Isidro terminaría destacado allí, se hubiese ahorrado la pesadilla de vivir seis meses en Nueva York. La Habana era, definitivamente, la capital del Caribe.

—¿Tienes papel y sobre postal en la casa? Quiero contarle todo a Consuelo. Cuando lleguemos le escribiré una larga carta. Hace tiempo que no me comunico con ella. Fue horrible quedarme en Nueva York sola, sin ti.

—Ya estás conmigo. No te suelto. Solo una cosa, Julita.

—Dime, amor.

—Dale instrucciones a Consuelo de que, cuando te escriba me dirija las cartas a mí. Que no ponga tu nombre en el sobre, sino el mío solamente, para asegurarnos de que llegue. Aún no le he avisado a la casera de que te estarás quedando conmigo.

—¿Pero no llevas mes y medio esperándome?

—He estado muy ocupado haciendo arreglos para acomodarnos. Creo que viviremos en Cuba por largo tiempo. Aquí uno se siente a gusto, tan útil, además, para avanzar causas políticas. En tu isla y la mía gobiernan los caudillos, intereses ajenos administrados por una burguesía descendiente de la clase hacendada. Pero aquí hay progreso, una burguesía nacional educada en universidades, obreros fuertemente organizados, con conciencia internacional. Me han llamado para que ayude a organizar las intervenciones de los sectores políticos más prominentes de Cuba en la Asamblea Constituyente. Eso va a ser interesante. En este país hay nueve partidos políticos. Creo que hemos encontrado nuestro sitio en el mundo, Julia.

—¿Hay asociaciones políticas de mujeres en La Habana? Las quiero visitar, ponerme a su disposición. Tal vez puedan aprovechar mi experiencia como secretaria de partido y periodista.

—Hay muchísimas, el Partido Nacional Feminista, el Lyceum, el Club Femenino, la Unión Laborista, hasta una Federación Nacional de Asociaciones Femeninas.

—Al fin, mujeres solidarias que entenderán mi manera de ser y de pensar.

—Les pregunto a los de la Constituyente para que te presenten a algunas compañeras. Pero ahora toca que descanses, Julia. Lo que me contaste de tu viaje me parte el alma. Cuarenta y ocho horas sin dormir, deambular por Miami hasta encontrar el autobús que te llevó a Cayo Hueso. Eres una valiente.

—Sé luchar y valerme por mí misma. Te prometí que llegaría hasta Cuba y lo he logrado. Pero sí, tienes razón, Juan. Debo descansar.

Julia se requedó en la cama del dormitorio de Juan Isidro en la calle Aguadulce por casi dos días. En los días siguientes, Juan Isidro la acompañó a la calle Bernaza a visitar librerías. Le compró *Versos sencillos* y una colección de ensayos de José Martí, y se hizo de unos ejemplares que debía consultar para sus conferencias. Luego almorzaron por ahí. Pasaron el día entero juntos. En la tarde regresaron al apartamento. Juan se sentó al escritorio de la habitación a terminar de redactar su conferencia. Julia se sentó en un butacón a leer a Martí. De repente, se levantó a buscar papel y lápiz. Le entró la urgencia de escribir. Al rato, Juan Isidro se levantó a descansar un poco de su tarea. Caminó hasta donde Julia.

—La primera de mis conferencias será en el Lyceum. Allí de seguro conocerás a compañeras que apoyan el trabajo de la Constituyente. ¿Ya escogiste el poema con el que cerrarás mi conferencia, Julia?

—Creo que voy a recitar un soneto que acabo de escribir.

—A ver, ¿me lo lees?

—Claro. Hace tiempo que no recito, pero ahí va.

Yo vengo de la tierna mitad de tu destino
Del sendero amputado al rumbo de tu estrella;
El último destello del resplandor andino,
que se extravió en la sombra, perdido de tu huella.

Yo vengo de una isla que tembló por tu trino,
que izó tu alma más fuerte, tu llamada más bella;
a la que diste sangre, como diste camino
(que, al caer por tu Cuba, ya caíste por ella).

Y por ella, la América debe un soplo a tu lumbre;
Su tiniebla hace un nudo de dolor en tu cumbre,
Recio Dios antillano, pulso eterno, Martí.

Porque tengamos cerca de la muerte, un consuelo,
Puerto Rico, mi patria, te reclama en su suelo,
Y por mi voz herida, se conduce hasta ti.

Juan Isidro se le quedó mirando, asombrado.

—¿Acabas de escribir ese soneto ahora?

—Me tomó un ratito cuadrar el patrón de rima, pero sí. La musicalidad de Martí se me metió por dentro. Le respondí con más musicalidad.

—Espectacular, Julia. Eres sencillamente espectacular.

Llegaron a las cinco de la tarde a una casona colonial de la calle Calzada, en el Vedado, donde se encontraba el Lyceum. Los esperaba la directora Berta Arocena de Martínez, poeta y periodista feminista fundadora de la organización, quien les dio la bienvenida y los acompañó al salón de recepciones. Un enorme candelabro de cristal pendía de los techos altos del centro cultural. Julia no cesaba de contemplarlo mientras la anfitriona les contaba la historia del lugar.

—Como es sabido, el Lyceum se fundó para el desarrollo intelectual y cultural de la mujer cubana. Aquí hacemos presentaciones de libro, exposiciones artísticas y conciertos. También invitamos a importantes figuras del periodismo, las artes y la política para que dicten cursos y conferencias. Estamos encantadas de tenerlo con nosotras, Dr. Jimenes. Nos honra con su presencia.

—El honor es mío. No sé si estoy a la altura de los ilustres conferenciantes que han pisado este lugar.

—Eso mismo dijo Lino Novás Calvo cuando dio sus conferencias aquí. Lo mismo Juana de Ibarbourou y Gabriela Mistral. Nosotras estamos agradecidísimas de que nos aceptara la invitación. También de que nos acompañe la compañera…

—Julia de Burgos, poeta puertorriqueña.

Notó que Juan Isidro la presentaba como si ella no fuera nada de él, igual que en Nueva York. Sacudió aquel pensamiento de su cabeza. Estrechó la mano de la señora Arocena firmemente, con su mejor sonrisa. Juan le presentaba a una poeta feminista y fundadora del espacio cultural más prominente de La Habana. Debía estar atenta y no desaprovechar la ocasión. Adentro, en el cóctel de recibimiento, la pareja tuvo la oportunidad de compartir con otras personalidades del arte y la política cubanas. La mayoría de las presentes eran mujeres. Julia conoció a María Castellanos y a María Teresa Moré, mujeres que lucharon por el voto de la mujer en Cuba, compañeras de la Unión de Nacional de Mujeres y del Club Femenino. A las seis en punto daría comienzo la conferencia. Juan discutiría la importancia de la Constituyente en Cuba. Ataría su discusión al desarrollo histórico del socialismo demócrata en el país. Como le prometió a su amante, Julia cerró la conferencia con el poema que le escribió a José Martí.

Al finalizar su poema, todos se levantaron a aplaudirla. Renée Méndez Capote, otra de las fundadoras del Lyceum, se acercó a felicitarla. También se acercó Juan Bosch. Lo acompañaban un señor de espejuelos y frente amplia, con cara de filósofo, y otro de mediana edad, quizás un poco mayor que Juan Isidro. Este último tenía el pelo y las cejas muy negros y poblados y era de piel bien clara y ojos melancólicos. Llevaba un bigote triangular, que terminaba justamente donde empezaban sus labios. Le recordaba a alguien muy querido. Juan Bosch se lo presentó.

—Querida Julia, este es Juan Marinello.

—¡No lo puedo creer! —Julia estrechó la mano de Marinello, el antiguo compañero de cárcel de su padrino de bodas—. Juan Antonio me habló tanto de usted.

—¿Dónde está nuestro querido Corretjer ahora?

—Todavía cumple condena en Atlanta, por desgracia.

—Me dicen que sigue activo desde la cárcel.

—Publicó dos poemarios. Lamentablemente, no tengo copias de ellos, pero le juro que se los conseguiré. Le escribo mañana mismo a mi hermana Consuelo para que me los consiga en Puerto Rico.

—Le agradecería muchísimo que me consiguiera ejemplares, compañera. Le presento a mi amigo Jorge Mañach. Nos ha encantado su poema. Quizás le podamos ayudar a encontrar dónde publicarlo.

—Me encantaría. Solo que lo acabo de escribir. Me gustaría dejarlo reposar un poco y revisar algunos detalles.

—Déjelo reposar. Nos lo envía cuando lo sienta listo.

Jorge Mañach le pasó una tarjeta con sus señas. Era su tarjeta de editor de la *Revista de Avance*.

A las dos semanas de pisar La Habana, Julia partió con Juan rumbo a Santa Clara, a seis horas de la capital. Marchó contenta, mirándolo todo para después contarle a Consuelo en cartas.

Julia andaregueó por la plaza del pueblo. Fue a la iglesia del Carmen, a los hermosísimos patios del convento de Santa Clara, todos llenos de rosales. En aquel pueblo ganadero, fundado cerca del centro de la isla para escapar de los frecuentes ataques piratas, se quedó la pareja hasta que Juan Isidro terminó de impartir otro curso.

De ahí marcharon a Santiago, la segunda ciudad más importante de toda la nación cubana. Aquella ciudad portuaria había servido de capital de la Capitanía General del Virreinato de Nueva España bajo el imperio español. Allí Julia visitó el castillo de San Pedro de Roca, una inmensidad de construcción militar si la comparaba con el castillo de San Felipe del Morro en San Juan.

—Aquí, en un edificio público de Santiago, mi Julia, se alzó por primera vez la bandera cubana un día de Año Nuevo, en protesta por la ocupación estadounidense. Los cubanos son gente brava.

—Nosotros también lo hemos sido, Juan Isidro. Pero las condiciones de Puerto Rico no se comparan con las de aquí. El desarrollo económico y mercantil de la clase burguesa de este país es incomparable con el de Puerto Rico. La educación tampoco se compara. En Puerto Rico no tuvimos universidad hasta que llegaron los americanos. Así de pisoteados nos tenían los españoles.

—Pude notarlo los meses que viví por allá, cuando te conocí. La clase intelectual de la isla es pequeñísima.

—Diminuta y presuntuosa. Es una izquierda perfumada, Juan, que no se compromete con el pueblo. Mientras tanto, la gente sigue viviendo en la precariedad, muriéndose de lombrices, tuberculosis, de cualquier cosa, con un índice altísimo de analfabetismo. Organizar trabajadores y partidos en esas condiciones era ir de puerta en puerta, explicándolo todo. Por poco me seco en vida intentándolo. Repartir boletines era botar papel por los campos. Allá casi nadie sabe leer. Los teníamos que movilizar por medio de conversaciones en grupos pequeños, usando la emoción como frente, recurriendo a la furia y la indignación que nacía de su propia experiencia. Pero así es bien difícil organizar políticamente a un pueblo. Las emociones vienen y van. A veces encienden llamaradas, pero de ahí a la acción concertada no se llega.

—¿Así de trabajoso fue?

—Peor.

—Lo que me cuentas se me parece a las condiciones en la República Dominicana. En las ciudades se puede lograr algo, pero en los campos, es bien difícil. Lo intentamos fundando la Universidad Libre del Cibao, pero aquello cayó en picada. Yo quiero volver a mi tierra, pero al compararla con Cuba, se me quita la ilusión.

Después de Santiago, a Juan lo llamaron de Trinidad. Aquello era pueblo pequeño, adormilado entre los cerros del oeste de la isla. Casas de cal y tejas, plaza con minarete para que tocara la banda musical, pero sin ateneo o centro cultural. Ningún lugar en donde Julia pudiera ofrecer lecturas o participar de conferencias.

—Julia, aquí nos debemos quedar por un tiempo. Me toca recoger las aportaciones de los partidos de Trinidad y llevarlas a la Constituyente.

—¿Aquí, Juan?

—Ya te lo advertí. Soy médico itinerante de la causa. Voy a donde me necesiten mis compañeros.

Juan alquiló una casita para ambos. Pasaba el tiempo de reunión en reunión. Julia recorría las callecitas de Trinidad. Escribía. No había bares ni colmados, no había actividades, no había nada. Tomó café dos veces con las esposas de los compañeros de la Constituyente.

Una noche, mientras cenaban, Juan le vino con una extraña proposición.

—Querida mía, este es un pueblo pequeño, provinciano. Nueva York te hizo mal. Aquí podrás reponerte.

Le mostró una cajita. Adentro había un sencillo aro de matrimonio.

A Julia le dio brincos el corazón.

—¿Ya se resolvió lo de tu divorcio?

—Todavía no. Pero quién sabe. Si te lo pones, quizás la suerte agilice los trámites. Tú sabes que no sueño con otra cosa que con hacerte mi esposa.

—No sé si deba usarlo aún.

—Úsalo. Te protegerá de las maledicencias en el pueblo. Ya sufriste de sobra en Nueva York. Otra cosa, Julia. Acá las compañeras no se tiñen el pelo ni usan esmaltes estridentes en las uñas. Tú eres una poeta consumada, reconocida, una compañera de lucha. Esos lujos burgueses pueden enviar mensajes confusos. Lo hago por nuestro bien. Protejo nuestro amor.

Julia guardó silencio. Se puso el falso aro de matrimonio. Juan Isidro se levantó de la mesa e intentó besarla, pero ella apartó los labios. Juan la besó en la mejilla.

—Bueno, lo dejo de usar tan pronto nos mudemos a La Habana. Quiero que nos vayamos pronto de aquí, Juan.

—Tan pronto como sea posible.

—Tan pronto nos mudemos, entro a la universidad a estudiar.

Juan Isidro estuvo de acuerdo, así que Julia dejó de teñirse el pelo, las uñas, se puso el aro falso en el dedo. Era tan solo por un tiempo. Tenía que ayudar a Juan —que tanto la apoyaba— con su compañía y su poesía a sanar su propio espíritu. Juan le explicó que no traería compañeros del partido a la casa para no exponerla al alcohol. Además —se lo prometió—, contaba con su aval para ampliar sus estudios, quizás estudiar Leyes o Filosofía cuando regresaran a La Habana. Comenzó a prepararse para esa senda.

A mediados de junio, Juan Isidro tuvo que viajar de emergencia a La Habana. La Coalición Social Democrática barrió con las elecciones, derrotando a Grau San Martín y a su Partido Auténtico por una mayoría absoluta. Juan le comentó la noticia mientras empacaba para su viaje.

—Esto no es victoria pura, Julia. Por más que se lo advertimos a los compañeros, insistieron en aliarse con Batista. No confío en esa movida. Habrá que vigilar bien a Fulgencio. Va a haber disturbios en la ciudad, te lo aseguro.

—Temo por ti. ¿Cuándo regresas?

—Me quedaré hasta fin de mes. Te llamaré todas las tardes. Espera por mí.

Julia suspiró profundo. Lo acompañó a la salida de la casita, donde un chofer lo esperaba. Sería larga la espera encerrada en aquel pueblo. Se le estaba haciendo difícil querer a Juan. No entendía completamente por qué no se la llevaba a La Habana.

Durante aquellas semanas sola en el pueblo, Julia comenzó a sentir de nuevo el ardor y la ansiedad. Se concentró en escribir y editar a ver si atajaba aquellos sentimientos. Pero un día no pudo más. Encontró una botella al fondo de una gaveta en la alacena de la cocina. Un traguito primero, otro al atardecer, otro porque no lograba conciliar el sueño. El mar quedaba lejos de Trinidad. Añoraba aquellos horizontes ondulantes, las amplias colinas de agua que la dejaban respirar. El mar inmenso que cruzó en aquel autobús hasta Cayo Hueso. ¿Dónde estaba ahora para enseñarle el rumbo que la sacaría de Trinidad? El mar quedaba al fondo de las botellas.

Escribió poemas al mar, carta tras carta a Consuelo. Esperó las llamadas de Juan. *Me tengo que quedar otra semana*. Mejor era dormir, no salir de la casa, dejar pasar los días y las horas, las tardes y las mañanas. Le pediría a Juan Isidro que se mudaran a La Habana. Tenía que hacerlo. Si no, se la iba a tragar el mar de Trinidad.

Una tarde Juan Isidro regresó al pueblo. Llegó con una carta para ella. La abrió y leyó. A Julia le otorgaban el Primer Premio del Instituto de Literatura Puertorriqueña. Era la primera mujer en recibirlo. Consuelo se lo notificaba por carta, adjuntando el cheque de quinientos dólares como dotación.

—Qué iba a saber yo que consideraron *Canción de la verdad sencilla* para ese premio. Señor, qué alivio. Al fin podré irme a La Habana, estudiar en la universidad. Al fin podré enviarles dinero a mis hermanos, buscarles una mejor casa donde vivir, cumplir con mi palabra de ayudarlos.

—Has bebido, ¿verdad? Hasta acá huelo el alcohol. Si sigues así podrás irte a La Habana, pero sin mí.

DESPEDIR ROSAS AL MAR

¿Cómo salir a la libre comunidad? La escritora se lo debatía. Esa tarde anunciaron fiesta en la calle Loíza. Quería salir sola a perderse entre la gente, pero algo la hacía vacilar. Hacía semanas que empezó a notar que en cualquier esquina, en la farmacia, la fila del supermercado, en los pasillos de algún centro comercial, alguien la saludaba como si la conociera.

—Usted es la escritora. La vi los otros días por la televisión.

O quizás...

—Escuché una entrevista suya por la radio.

También...

—Mi nena cogió clases con usted en la universidad. ¿Podemos sacarnos un *selfie*?

¿Serían las veces que fue a la televisión a darle promoción a las presentaciones de su libro sobre Julia? ¿Sería el trabajo de tantos años acumulándose y rindiendo fruto?, ¿Todos los años de artículos publicados en la prensa, de libros, de clases sin darse cuenta, corriendo detrás del dinero para cuidar a la Madre y después escondiéndose de aquel dolor que no amainaba después de su muerte? ¿Cuándo empezó a cambiar el panorama? No puede precisar. Los nenes ya no eran bebés. La menor recién cumplía ocho años. El primogénito, casi once. Los podía dejar solos en la casa de a rato, mientras iba a hacer ejercicios, a comprar leche a la farmacia o a caminar. Cada día que pasaba le dolía menos el pecho. Fumaba menos. Había empezado a tomar clases de yoga. Sentía el cuerpo tenso, duro de nuevo. Una extraña paz la hacía regodearse en la ducha, aplicarse cremas después de secarse la piel. Hasta se había comprado ropa interior nueva.

Quería salir sola, por ahí, sin sus hijos. Iría a las fiestas de la calle Loíza a ver si podía perderse entre la multitud, ser otra cosa que la madre, la escritora. Llamó a una estudiante que cuidaba niños. Acordaron que llegaría cerca de las tres de la tarde. Luego llamó a Alejo, su amigo traductor y poeta. Le dejó mensaje en su celular.

—Acompáñame a las fiestas de la calle. Tengo ganas de salir por ahí. Llama pa' cuadrar.

Luego, marcó el teléfono de Edgar, su amigo abogado. A ese le encantaba la rumba. No se negaría.

Edgar acababa de abrir bufete de notaría. Le iba bien, mejor que cuando le dio por ser percusionista. Ahora era padre divorciado, con dos hijos y pensiones que mantener. Regresó a la universidad a terminar su grado en Ciencias Sociales. Allí en la UPR se lo cruzaba por los pasillos con los ojos rojos de rumba y ron. Llegaba amanecido a tomar clases, aunque siempre bello. Una que otra vez, se matriculó a tomar clases con ella. Era mayor que el resto de sus estudiantes. Tenía calle y maña. Se hicieron amigos.

Edgar nació con la elegancia antillana por lo alto. Siempre vestía de colores que contrastaban con su piel más negra que la de ella, casi azul. Llevaba la cabeza totalmente rapada y una pantallita brillándole en el lóbulo de la oreja izquierda. Tenía tumbe de maleante y verbo de peleador. Su padre era dueño de una cafetería que también servía almuerzos. Su madre fue novia de su tío Radamés, otro rumbero caliente. Su tío Biro había muerto del corazón hacía ya unos cuantos años, después de que se bebió todo el ron del mundo. Le marcó al celular.

—Hermano.

—Querida…

—¿Tienes los nenes este fin de semana?

—Están con la madre, ¿los tuyos?

—Aquí, pero viene Kathiely a cuidármelos. A ella le hacen falta los chavos, y a mí un descanso. Hay fiestas en la calle.

—¿Dónde nos encontramos?

—Frente de La Junta, como a las cuatro de la tarde. ¿Te parece?

—Ahí nos vemos.

Antes, cuando soltera, salía con amigos y amigas, aunque no muy frecuentemente. Huyó de la calle siempre. Se refugió en los libros, en estudios, en parejas. Nunca fue de ir a bares. Sabía de sobra lo que costaba hacerle mucho caso a la bebida. No puede negar que siempre fue una enamorá, aunque también tímida y retraída. Más de la mitad de sus amores fueron imaginarios. Tremenda combinación. Después de casarse una, dos veces, se creyó salva. Pero ahora que era mujer madura, le había perdido el miedo a la calle... Era hora de hacer las paces con ella. Quizás la vida le estaba pidiendo que volviera a compartir con gente, a tener amigos, conversar. Nada de ligues románticos. No estaba para eso. Pero si se le cruzaba algún bombón por el camino, ¿por qué no explorar oportunidades? Llevaba año y medio divorciada del último marido. Ya era tiempo de volver a sentirse persona. ¿Cómo bregaría ahora que es madre y que la reconocen por la calle con esas ganas de bailar, de caminar tranquila sin hora de regreso, sin rendirle cuentas a ningún hombre? Ya se enteraría. Por lo pronto se daría un baño, se perfumaría, se pondría un trajecito coqueto. Nada de batolas largas encubridoras ni trajes a media pierna de corte profesional. Estuvo demasiado tiempo criando, enterrando muertos, cumpliendo con un extraño libreto, penando pérdidas. Iría a bailar a la calle, como cualquier hija de vecina en el Caribe. Donde mejor se baila en su isla es en medio de una calle cerrada por tarima, entre un pueblo que goza y celebra la vida un domingo. El lunes volvería a batallar.

Se vistió, se arregló. Les dio comida a sus hijos. Esperó a Kathiely, que llegó con un rollo de papel de estraza y una caja de pinturas de acrílico.

—Voy a poner a pintar a los nenes. No te apures, yo limpio el reguero.

Le gustaba aquella muchacha dulce, mulata clara de Guayama que conoció en su salón de clases. Estudió en una escuela pública vocacional. La entrenaron para delineante, pero le dio hambre de más. Fue admitida en el campus de Río Piedras para estudiar Arquitectura. Cada vez admitían a más estudiantes como Kathiely, jíbaros pálidos de Orocovis estudiando Ciencias Políticas, negras de Loíza especializándose en Microbiología. Su país seguía siendo igual de pobre mientras la ansiada modernidad llegaba a retazos, incompleta. Sin embargo, la demografía profesional cambiaba de rostro y semblante. Cada vez más cocolos se colaban por los portones universitarios, transformaban la manera misma de enseñar, conformaban otro plan para el país. Ya no bastaba con alcanzar el éxito ni con salir de la pobreza y la ignorancia. Ahora se lograba una especie de reivindicación. La escritora se sabía parte de ese plan que se configuraba desde abajo, de modo silvestre, sin líderes ni intelectuales que lo apalabraran.

Kathiely se cambió de concentración de Arquitectura a Bellas Artes mientras la tuvo de estudiante. Nadie le puso trabas. Ningún padre trató de disuadirla. Ahora, daba clases de dibujo y cuidaba niños para reunir unos dineritos con qué mudarse a Michigan. La habían admitido con beca en una maestría de Administración para las Artes.

—La beca me la dieron como estudiante de la minoría latina. Para mí que soy boricua, pero créame, profesora, que no voy a preguntar la diferencia entre una cosa y otra. El asunto es que me pagan la universidad. Yo agarro mis bártulos y me voy, me hago de un título y después vuelvo a ver si me dan trabajo en museos de acá y los pongo a funcionar como Dios manda.

—Buen plan. Eso fue lo que yo hice. Te va a ir bien. Bueno, Kathiely, me voy. Regreso como a las siete de la noche.

—No se preocupe de la hora. No hay apuro. Separé la noche entera. Salga a gozar un rato. Yo acuesto a los nenes.

Caminó la calle Loíza de principio a fin. Escogió el bar La Junta como punto de encuentro con sus amigos porque era la barra que más lejos quedaba de su casa, casi al final de la Loíza, aorta comercial que dividía el vecindario por el medio. En su paseo, se encontró con media humanidad. Sentada en una sillita de playa en plena acera, Awilda Sterling, la coreógrafa y performera, se daba la cerveza con Magali Carrasquillo, actriz. Las saludó a ambas. No sabía que vivían tan cerca de ella.

—Chacha, hace años que me mudé p'acá —le aclaró Magali—. Te veía por ahí, paseando a los nenes.

—Agitá, me imagino.

—Yo sé lo que es eso. Una se olvida hasta de cómo se llama cuando anda criando nenes chiquitos. Y si te toca un marido problemático...

—Lo dices y no lo sabes.

—No se hable más.

—Nos vemos luego. Voy pa' La Junta. Quedé en encontrarme con unos amigos.

—Allá arriba se pone bueno como a las cinco. Van a estar tocando plena. Qué goces... Te lo mereces... —se despidió Awilda.

Awilda, tan dulce. Conoció a la danzarina negra, heredera de Sylvia del Villard, desde que era estudiante universitaria. La vio varias veces en recitales en los cuales participó como poeta incipiente. Una vez, intentó tomar clases de baile con ella. Enseguida se le viró un tobillo. En una de esas sesiones, Awilda le comentó en son de broma:

—Tú, como bailarina, eres muy buena escritora.

Siempre le estuvo agradecida por el mensaje.

Se encontró con fotógrafos y músicos, con el psicólogo e historiador Lester Nurse, con antiguos estudiantes que andaban por ahí con sus familias. En medio de la multitud fue avanzando. Ya casi llegaba. Edgar y Alejo la esperaban, cerveza en mano, frente a la Junta.

—Como sé que andas en plan de reconstrucción, el primer trago va por mí —la saludó Edgar después de darle un abrazo de bienvenida—. ¿Qué te tomas?

—Qué sé yo. A mí se me olvidó beber otra cosa que no fuera vino en presentaciones de libros.

—Pruébate esto. Vodka con toronja.

—Refrescante.

—Te traigo uno. ¿Y usted, compay?

—Una *Medalla*, que hace calor. Vente, prieta, vamos a bailar en lo que el licenciado llega con las bebidas.

Alejo en realidad era rockero y *punk* y bailaba una salsa "experimental" medio trinca, sin mucha vuelta ni floreo, porque se confundía y olvidaba marcar el paso. Pero la escritora se hizo de la vista larga y lo siguió como pudo. Lo de la trinquera al bailar tenía su explicación. Alejo era hijo de una maestra pentecostal mulata y de un guardia de seguridad "blanco" oriundo de los campos de Hatillo. Él salió grifo, como Julia. Su estricta madre lo fue enfilando desde chiquito para que entrara a la High de la universidad. Estudiaba con él todas las tardes. No lo dejaba salir a jugar, no le dejó pasar una. Lo crio en la iglesia, llevándolo a clases y matriculándolo en equipos de natación desde temprano, preparándolo para conseguir beca de entrada a la universidad. Soñaba con que su hijo estudiara Medicina. Cuando el muchachito se le descarriaba, lo alineaba de nuevo a correazos, no fuera que se lo comiera la calle. Alejo y ella bailaron mientras tocaba una bandita de salsa desconocida, pero con buen ritmo. Regresaron y se sentaron a conversar.

—Tan pronto oí tu mensaje, halé pa'cá. Desde la semana pasada ando metido en una traducción que me dejó bizco. Necesitaba calle.

—Igualmente.

—¿Andas escribiendo algo?

—Ni invoques a las musas. No se puede estar escribiendo ni pensando en qué escribir todo el tiempo. Hay que buscar balance.

—Y carne nueva.

—¿Estás en esas? Me avisas cuando quieras que te deje espacio. Tú sabes que yo estoy aquí para apoyarte. Siempre he sido una amiga leal.

—Hija de puta. Cuando llegué, ya el Edgar andaba tirándole maíz a una muchacha ahí. Creo que ese es el primero que se nos desaparece.

—Que para bien sea.

Al ratito llegó Edgar con los tragos, disculpándose por la espera.

—Eso allá adentro está imposible.

—No te hagas, papi, que cuando llegué ya tú estabas entonao y haciéndole ojitos a la mesera.

Se rieron del chiste de Alejo. Se acercó un prieto hermoso y la sacó a bailar. La hizo reír, gozarse la coreografía que fueron improvisando en medio de la brea. La gente la saludaba como si fueran familia, bailando ellos también, comiéndose sus frituras, dándose el trago. La reconocían, eso era indiscutible. ¿Cuándo se hizo personalidad reconocible? Encerrada en su casa y en su pena, no se percató de que afuera seguía viviendo gente que recorría sendas paralelas a la de ella. Esa gente también leía, escribía libros, daba y asistía a conferencias, a asociaciones y congresos en centros de convenciones y en universidades pálidas y circunspectas, encontrándose con otros jíbaros, pardos, mulatos y negros letrados en sus salones. Quizás eran los menos entre los convidados, pero allí estaban. Es decir, que era mentira que ella andaba sola por aquellos predios. Nunca lo estuvo. Ni que escribía, como Julia, desde la sensibilidad y para gente que no sabía leer ni tenía acceso a los libros, gente que vivía perdida por los campos, demasiado pobre para dedicar tiempo a otra cosa que sobrevivir. Aquellos campos devorados por lo verde y los barrios a orillas de los mangles se habían transformado. Contradictoria la modernidad. Puerto Rico entero se llenaba de gente más oscura que clara, con títulos, pero con calle, que salía a rumbear. Conversó con algunos de los reunidos frente a la Junta. Unos eran contratistas, otros propagandistas médicos, abogados como Edgar, maestras, profesores como Alejo, ingenieros, contables. Casi todos tenían estudios. Sin embargo, la calle los igualaba. El lunes volverían a sus oficinas, a sus despachos o a sus aulas universitarias y palestras intelectuales. En la rumba no había títulos que valieran. Contaban, en cambio, las pertenencias, de quién eras hija o nieta, en qué pueblo te habías criado, quiénes fueron tus maestros, cuál era tu vecindad. Pero el lunes quedaba lejos, suspendido entre vuelta y giro en aquel domingo de baile en la calle. ¿Por qué no entender que el barrio viaja con una? ¿Que no hay título ni impostura que borre la historia que se lleva en la piel y en las ansias? ¿Se puede entrar y salir de todos los recintos a donde una pertenece, con los que una sueña, en los cuales nació? Todos los pedazos de esa ruta completan el camino que a una le toca vivir y tienden puente con otras rutas, múltiples siempre, buscándose unas a otras para complementarse.

Cayó la noche. La escritora cotejó la hora en el celular.

—Voy caminando para casa. Ya estuvo bueno. Me duelen los pies.

—Bailaste como trompo —le contestó Alejo.

Al lado, Edgar hablaba con una muchacha de muslos color leche. El licenciado la miraba de arriba abajo con un descaro evidente.

—Ni me voy a molestar en despedirme de aquel —apuntó con los labios.

Alejo rompió a reír.

ENTRE MI VOZ Y EL TIEMPO

Querida Consuelo:

Aquí te envío cinco dólares para los gastos de la casa y un dólar con cincuenta más para las transcripciones de créditos de la universidad. Recuerda recordarle a registraduría que las hagan a nombre de Julia Burgos García. También necesitaré los papeles de divorcio. Luego te cuento de mis planes. ¿Ya encontraron casa? Como prometí, solo espero que me digas para enviar los veinticinco dólares. No sigan intentando ponerse al día con los atrasos de renta. No vale la pena. Esos dineros van a ser necesarios para que se puedan mudar. ¿Y Papitín? ¿Sabes algo de él? Comoquiera es nuestro padre. Dile a Tito que se quede en la Guardia Nacional. Crucemos los dedos para que este conflicto bélico no escale. Escríbeme tan pronto recibas esta carta. Si puedes, envíame copias del poemario. Dile a los de la imprenta que les mando el importe

> *para más impresiones a fin de mes. Si encuentras los libros de Juan Antonio que te pedí, no olvides enviármelos en un paquetito. Acá los esperan. Di mi palabra a Marinello de que se los conseguiría. Juan dice que está en las de conseguir cómo pagarte un pasaje para que vengas a visitarnos.*

Se sucedieron los meses. Recibió carta tras carta de Consuelo. Las cosas andaban mal con la familia. Carmen abandonó el seno del hogar, mudándose con un tal Pablo a otra casa. Angelina y Aracelis no cesaban de causarle problemas a la hermana, armando barullos. Se metían en peleas con otras mujeres del vecindario, como si fueran unas orilleras. Lo eran. Sus hermanas no alcanzaron a internalizar las enseñanzas que les inculcara Mamá Paula. Tampoco escucharon el secreto de quiénes eran, de dónde venían, cuál era su propósito en esta tierra. Solo Consuelo y ella lo sabían. Pero para el resto de sus hermanas, para Pepín y Tito, solo quedaba el hambre, la miseria. Julia no se cansó de enviarle carta tras carta a Consuelo, aconsejándola.

> *Dile a Carmen que me escriba. Si se muda con Pablo, nunca se casará con ella, que se mire en mi espejo. ¿Y Papitín? Por favor, búscalo para que les ayude a encontrar casa. Tal vez, si resuelvo ese problema, todos pueden mudarse bajo un nuevo techo y mantenerse juntos, en familia…*

Le publicaron su poema de Martí en el *Diario de Oriente*. Además, Consuelo le avisó que le habían otorgado el Premio del Ateneo de Puerto Rico por *Canción de la verdad sencilla*. Ya era poeta publicada en Cuba. Debía regresar a La Habana, sacarle provecho a su nuevo premio. Sin embargo, Juan Isidro no cedía y las peleas escalaban. Llegaba a visitarla a Trinidad. Cuando la abrazaba, Julia sentía que la husmeaba buscando olores a alcohol. La besaba buscando el sabor agrio. Ella había aprendido a esconder las evidencias. Usaba a un muchacho que le hacía mandados al colmado. *Le dices al dueño que te añadan una botella de ron blanco para el patrón.* Cambiaba a menudo de muchacho, para que no la fueran a rastrear. El problema era que a fin de mes, Juan Isidro pagaba las cuentas del mercado. Ella tenía su propio dinero, el del premio. Su único gasto era en víveres, en la ocasional botella. Pero todo en el colmado lo apuntaban y la cuenta estaba a nombre de Juan Isidro. El alquiler de la casa, también a nombre de Juan Isidro. Los contactos en el pueblo, eran amigos de Juan Isidro. Todo estaba a su nombre. Todo era de él.

Abotargada en las tardes de hastío en Trinidad, pensó muchas veces en irse. Pero a dónde. ¿A La Habana sola? Un terror la invadía. Sus únicos contactos en La Habana eran todos amigos de Juan Isidro. Mañach, Marinello, Juan Bosch. Julia navegaba la displicencia de su pareja como podía. Leía mucho, eso sí, y escribía. Botaba el alcohol cuando Juan Isidro le avisaba que viajaría a verla. Pero, de vez en cuando, alguien le comentaba algo en el pueblo o Juan encontraba alguna botella de ron escondida. Otra vez la pelea y luego el *perdóname*, el *si no estuviera todo el tiempo sola*, el *no puedo vivir sin ti*.

Al menos, ya sabía por qué no acababa de llevársela a La Habana. Los padres de Juan Isidro finalmente se mudaron a La Habana para reencontrarse con su hijo exiliado, prófugo de Trujillo, vástago que jamás podría regresar al hogar. Reclamaban su atención y Juan debía socorrerlos. Además, seguían enterándose de detalles precisos de la vida de Julia, de sus "debilidades". ¿Quién les llevaba el cuento? Sus futuros suegros se negaban a recibirla en la casa que Juan Isidro les consiguió y donde insistían que el hijo viviera junto a ellos. No compartirían techo con la mujerzuela que se trajo desde Puerto Rico. No mancharían su reputación ni aceptarían en la familia a semejante calaña, bebedora, divorciada y amoral. Para colmo, grifa negra. Juan Isidro se lo advirtió durante una temporada en que fue a quedarse con ella en Trinidad.

—Debemos tenerles paciencia a mis padres. Mi madre, María Filomena, es muy católica. No cree en el divorcio. Mi padre no entiende por qué insisto en casarme contigo, si ya me aceptaste como amante.

Son de otra época. Además, han pasado las de Caín y pagado en penurias y rechazos las culpas de mi militancia. Nadie en su grupo social los acepta. Se han quedado solos. Acaban de llegar a Cuba. Dales tiempo, Julia. Los convenceremos. Tendrán que aceptar nuestra relación si permanecemos juntos, amándonos.

—Yo no puedo permanecer en este exilio por siempre. ¿Además, cómo vas a mantener esta casa y la de ellos en La Habana?

—No lo sé. Resolveremos de alguna manera. Pero no podemos dejar que estas tensiones destruyan nuestro cariño, nuestra solidaridad.

—No me hables como si fuera una compañera de lucha.

—¿No lo eres?

—Nunca pensé que amarte se iba a convertir en otra lucha, Juan.

—Ayudaría si esta vez luchas contra el alcohol y lo vences.

Volvió a escribirle a Consuelo a Puerto Rico.

> *Averigua quién fue. No le dirijas la palabra a Carmen Cuchí, ni siquiera a Ovidia. Ellas no merecen nuestro saludo. Por favor, ven a visitarnos, Consuelo. Trae a Carmen, a Aracelis, a Iris. Juan les tiene mucho cariño. Necesito que entienda que ustedes lo necesitan, que somos su familia.*

Los días en Trinidad se sucedían en vano. Casi se acababa el año. Julia le puso un ultimátum a Juan Isidro cuando por fin la fue a visitar. O la llevaba a La Habana a conocer a sus padres o ella misma tocaría la puerta de la casa familiar. Se presentaría sin invitación.

—Ellos tienen que entender, Juan Isidro. Quiero estudiar, ocupar mi tiempo, soy joven. Tengo unos hermanos a quienes me debo. No puedo seguir siendo una carga para ti ni dejarlos en desamparo.

—Tú sabes que yo siempre les mando algo.

—Sí, pero no te toca a ti ayudarlos. Me toca a mí. Debo aprovechar los dineros del premio antes de que se acaben, y matricularme en la universidad. Soy la primera mujer en mi país en ganar un premio del Instituto de Literatura y estoy aquí pudriéndome en estas lomas. Llévame a la ciudad.

—Estás hablando como una loca. Seguro has bebido de nuevo. No sé ni por qué te vine a ver, Julia.

A los dos días de llegar al pueblo, Juan Isidro volvió a partir hacia La Habana. Pasó casi todas las fiestas de Navidad lejos de ella. Solo le quedaba Consuelo.

Por poco muero de soledad. Pasé sola las Navidades, sola la despedida del año, encerrada entre estas lomas. Poco faltó para que perdiera el juicio.

A principios de año, Juan Isidro regresó a Trinidad. Julia lo sintió entrar por el portón de la casa. Corrió y se le echó al cuello, llorando, murmurando palabras ininteligibles. Juan Isidro la abrazó, también llorando.

—Vengo a buscarte, Julia. Nos vamos para La Habana. Te ayudo a empacar. Ya está bueno de andar sin ti.

Por el camino, Juan Isidro le fue contando cómo sería su nueva vida en La Habana. Nada de alcohol. Nada. Julia no volvería a beber. Ahora estarían más cerca de sus padres. Y aunque la Habana era una metrópolis caribeña, no podían darse el lujo de que la vieran por ahí en algún bar o que algún conocido les comentara. Además, había hablado con Juan Bosch.

—Juan me dijo que encima del apartamento de una amiga suya yugoslava hay un piso que quedó vacante.

—Su querida, querrás decir.

—Juan ha sido extraordinariamente bueno conmigo y contigo. Él fue el que gestionó mi invitación a Puerto Rico cuando salió exiliado hacia tu país. Fue casi el responsable de que nos conociéramos. Nos recibió aquí en La Habana. Ha sido gran apoyador de tu poesía. Además, es hombre soltero. Lo que haga con su vida es asunto suyo y de nadie más.

—Pero lo que yo hago con la mía es comidilla de todo el mundo.

—Y tú les das motivos, Julia. Así es la vida. La cuestión es saberla manejar. El apartamento no es nada del otro mundo, pero es amplio. Queda en el edificio Carrermo, en la Habana Vieja. No está muy cerca de la universidad, pero se puede llegar caminando.

—Todavía no te mudarás conmigo.

—Todavía no. Este es un periodo de prueba. No puede haber más bebida. He convencido a mi madre de que te invite a la casa un día de estos a cenar. Tu conducta debe ser intachable. Por favor, recapacita, corrige tu comportamiento. Estoy haciendo todo lo que puedo por lograr las condiciones más favorables para que nos podamos casar.

—Puedes contar con eso, Juan Isidro.

Se permitió ilusionarse un poco. Las condiciones de su mudanza a La Habana no eran las idóneas, pero había conseguido salir de Trinidad. Aún Juan la quería a su lado. Se prometió que tan pronto abriera la universidad de su receso de Navidades, iría a matricularse. Esta vez, contaba con los medios. Utilizaría lo que le quedaba del premio, que era bastante, para empezar a estudiar Filosofía y Derecho.

—Yo misma me costearé los estudios. No tendrás que invertir ni un centavo. Lo único que te pido es ayuda con los veinticinco dólares que le prometí a Consuelo si mis hermanos se organizan y consiguen una casa para mudarse de El Monte. Yo te los pagaré de vuelta. Soy excelente redactora. Hablaré con

Marinello, a ver si puedo ayudar como correctora en algún periódico. También pasaré por el Lyceum.

—La Universidad de La Habana es reconocida en toda Latinoamérica. Sus profesores son muy estrictos. Creo que debes enfocarte en estudiar.

—No hay cosa que desee con más ahínco. Pero no somos ricos, Juan Isidro.

—Mis padres lo son. ¿De dónde crees que he estado sacando los dineros para mantener dos casas todo este tiempo?

—No voy a aceptar un centavo de más de tus padres. Yo pagaré el apartamento de Carrermo y mis estudios. Así les convenceremos de que no soy una arrimada ni una vividora. Seré la peor mujer del mundo, pero eso no.

—Yo sé que no lo eres, Julia. Ellos están aprendiendo a verte a través de mis ojos. Los convenceremos.

Julia empleó algunos dineros en amueblar su apartamento. Todos los muebles que compró eran de segunda mano, pero eran suyos. La cama, el escritorio, la mesa del comedor, el armario de libros, la butaca de leer. Odiaba tener que vivir en aquel edificio, donde vivía sin Juan, pero aquel era su apartamento. Bosch la pasaba a visitar a veces, cuando Juan no estaba. Mejor guardar las distancias. No quería pasar por una situación similar a la que pasó con Lloréns Torres allá en El Abanico. Aquella experiencia le abrió los ojos. Las compañeras podían reunirse con amigos de la lucha siempre y cuando sus maridos estuvieran presentes. Y Juan sería su marido. Era cuestión de tiempo.

A mediados de enero abrieron la universidad y Julia salió a toda prisa a matricularse. Tomaría los cursos básicos de Filosofía. Luego, se licenciaría en Derecho. La Universidad de La Habana no funcionaba igual que la de Puerto Rico. Se podía entrar a Derecho por dos vías, una concentrada en Humanidades. La otra, en Economía. Quería estudiar las dos, pero se decidió por la humanística. Añadió cursos de Literatura Nacional, Literatura Occidental, Historia del Arte.

Una noche, llegaron Juan Isidro y Bosch al apartamento. Pablo Neruda visitaba Cuba. Se logró que José María Chacón y Calvo, entonces director de Cultura del Ministerio de Educación, lo invitara. Como parte de la visita, ofrecería cuatro conferencias en la Academia Nacional de Artes y Letras.

—Eso ya lo sé. Lo llevan anunciando hace semanas en la universidad. Ya me anoté en las cuatro conferencias. Dos van a ser sobre Francisco de Quevedo.

—Pero, lo que no sabes, mi querida Julia, es que Pablo Neruda va a cenar esta noche con miembros de nuestro partido. Venimos a invitarte a la cena —le explicó Bosch.

—Creo que sería buena idea que te trajeras ejemplares de tus poemarios.

—Me quedan algunos. Consuelo me mandó los que se quedaron en Puerto Rico.

—Pues tráetelos. De seguro, Neruda te recibirá los libros. Quién sabe, tal vez lo impresione tu poesía, espero que no tanto como me impresionó a mí.

Julia salió corriendo a buscar sus libros y arreglarse para conocer a Pablo Neruda. Era alto, calvo. Tenía voz de pájaro. Julia se sentó en el anfiteatro junto a Juan Isidro y Bosch a escucharlo. Su conferencia duró una hora. ¿Se podía hacer eso? ¿Algún día habría gente interpretando lo que ella quiso decir en un poema? Neruda hablaba de la liberación que proponía la poesía frente a la prisión que podía ser la vida. Cómo podía transformar en belleza el dolor de los amores fallidos, la ubicuidad de la pobreza. La poesía era la única que podía liberar al ser humano, pues convertía el sentimiento en pensamiento, el pensamiento en acción. De ahí brotaba la belleza. Desde su asiento, Julia asintió callada. Tres años esperando por Juan Isidro. Su amor fallido la llenaba de dolor, pero la obligaba a pensar. Ahora pasaba todo el día en los pasillos de la universidad pensando, sintiendo y pensando, reconvirtiendo esa amalgama de sentimientos y pensamientos en belleza.

La conferencia acabó. Neruda saludó a la concurrencia. Agradeció a todos los que hicieron posible que finalmente pudiera llegar a Cuba. Juan y Bosch le hicieron señas a su acompañante para que los siguiera.

Caminaron hacia los camerinos y allí estaba el poeta chileno, saludando a José María Chacón. Se acercaron Juan Isidro, Bosch y ella. Tal parece que Neruda ya estaba esperando por los dominicanos. Hubo saludos y abrazos entre el chileno y Juan Bosch.

—Me dijo Marinello que nos esperaría en el restaurante del Ambos Mundos. Dar estas conferencias me provoca un hambre voraz. Me comería un caballo.

—Allí en el Ambos Mundos hacen un caballo al ajillo buenísimo —bromeó Juan Bosch—. Amigo mío, antes de que partamos le quiero presentar a mi cómplice Juan Isidro Grullón y a su compañera, la poeta boricua Julia de Burgos, premiada por el Instituto de Literatura de su país. Es la primera mujer en recibir dicho premio.

Neruda se acercó a Julia, galante. Le tomó la mano y se la besó.

—Ya me han advertido que usted es de las mejores poetas que tenemos en América Latina.

—Aquí le traigo mis poemarios, para que pueda juzgar por usted mismo.

Neruda le recibió los libros. Partieron en comitiva hacia el restaurante. La velada fue larga. Corrió el vino copiosamente, junto a las conversaciones de política y poesía. Julia se dio permiso para beber. No lo hizo por importunar a Juan Isidro. No sabía a ciencia cierta por qué, pero cada vez le importaba menos complacerlo, menos salir con él o si finalmente la llevaba a conocer a sus padres. Estaba agotada de ese amor. Había cruzado el mar dos veces por ese hombre y soportado casi un año de abandono en un pueblo donde no tenía cabida ni salida. Habían llegado juntos a La Habana, pero algo se quebró entre ella y Juan. O fue que algo la cambió por dentro. Sería verse al fin estudiando en la Universidad de La Habana. Aquel era, definitivamente, su destino. Ella había nacido para aprender, para estudiar. De hecho, le hubiera gustado ir sola a la conferencia de Neruda en la Academia Nacional y escuchar disertar al poeta a sus anchas, sin la mirada vigilante de Juan Isidro, sin sus compañeros de partido. Ella sola. Ella con el conocimiento, con la poesía, sin ningún otro propósito que escucharla, entenderla, oír hablar de ella. Vivir la poesía sin usarla como palanca para obtener títulos ni premios, ni para que le abriera las puertas a mayores oportunidades. Solo quería aprender, estar allí junto a Neruda, ir a todas sus conferencias, releerse a Quevedo. Juan Isidro, cada vez más incómodo a su lado, la observaba, pero a ella no le importó.

Al mes, Juan Isidro partió a México a otra conferencia. Estuvo dos semanas ausente. Julia no recibió ni una sola carta suya, ni una llamada. Decidió que tampoco lo llamaría. Necesitaba un descanso, concentrarse en estudiar, en ir a los cursos del poeta por las noches, en prepararse algo para comer. Cierto que la noche que salieron a compartir con Neruda, tomó de más. Cierto que Juan Isidro partió a México disgustado con ella. Aquello era un tiovivo del que ya no había forma de bajarse. Pero ahora no podía darse ese lujo. Juan Isidro tenía razón. La Universidad de La Habana era estricta. La carga académica de Julia era intensa. O se ponía las pilas o reprobaría cursos y se acabaría aquella maravilla que le suponía salir todos los días a la Universidad de La Habana, simplemente a estudiar.

Juan Isidro llegó de Ciudad de México. Almorzaron juntos en el apartamento y luego Juan salió a hacer unas gestiones con los del partido. Julia pasó la tarde en la casa leyendo. Como a las cuatro pasó el cartero. Bajó a todo tren a recoger la correspondencia. Mayormente recibía cartas para ella, cartas de su hermana Consuelo. Estaba pendiente de recibir noticias de ella porque recientemente había conocido a un joven comunista de San Sebastián y se había enamorado. El novio de su hermana también se llamaba Juan. Julia sospechaba que, por lo que le contaba Consuelo, pronto se casarían. Lamentaba no poder montarse en el primer barco hacia San Juan para acompañarla ese día feliz. Al fin alguien se casaba en la familia como Mamá Paula hubiera querido.

Por lo menos no le he parido ningún hijo natural a este hombre, pensó Julia para sí. Una brisa juguetona se le metió al apartamento, acariciándola. De seguro aquella brisa era su madre.

Julia tomó dos cartas de manos del cartero. Una era, como esperaba, de Consuelo. Era una carta como las que ella le escribía a Consuelo hablándole de Juan Isidro. La otra venía en sobre oficial desde la República Dominicana. No la abriría, pero desde que la sujetó para llevarla escaleras arriba, supo de qué se trataba aquella carta. Esperaría a que Juan Isidro regresara al apartamento para corroborar su intuición.

Juan Isidro llegó tarde en la noche. Julia decidió no decirle nada de la carta. Esperaría al día siguiente. En la mañana, se levantó a hacer el café del desayuno. Juan se levantó de la cama y fue hasta el comedor. Se sentó a tomar café. Julia le sirvió una taza. Esperó a que le diera un primer sorbo. Entonces, puso el sobre sobre la mesa y aguardó a que él lo abriera.

—Es la sentencia de divorcio, ¿verdad?

Juan se quedó mirando el papel. Estaba serio. No le contestó ni una palabra a Julia.

—He esperado tres años. Me dijiste que nos casaríamos tan pronto te divorciaras, al día siguiente de recibir los papeles.

Al fin, Juan Isidro levantó los ojos de los documentos para mirarla.

—Este viaje me ha servido para reflexionar mucho, Julia.

Julia se sentó a escucharlo.

—Te he pedido mil veces que encuentres la fuerza de voluntad para dejar de beber. Es lo único en que he insistido. Todo lo demás, te lo he dado.

—Todo menos casarte conmigo.

—Pero es que sigues bebiendo. Las otras noches, enfrente del mismo Neruda.

—Tú también bebiste. Volvimos al apartamento ebrios los dos.

—No se supone que sea así.

—Juan, acaba y dilo. Esta no es la verdadera razón por la que no quieres casarte conmigo. Acaba de admitir que no piensas actuar en contra de tus padres. Que a ti también te importa el qué dirán.

Juan Isidro rebuscó en el bolsillo de su chaleco. Le puso un sobre en la mano. Adentro había un pasaje de avión y cinco dólares.

—Desde que llegué cargo con esto en la chaqueta. Se me parte el alma, Julia, pero ya está decidido. Haz tus maletas y vete. Llamaré a un chofer para que te lleve al aeropuerto. Quizás lejos de mí encuentres la fuerza que necesitas para recuperarte.

YO MISMA FUI MI RUTA

Pestañeó. Una mirada dulce, dulcísima, la miró de vuelta. Notó en su frente sus dos usuales cicatrices. Aquellos zarpazos estaban allí desde el día y la hora exacta de su otro nacimiento, a la altura de su octavo cumpleaños. Aquella mañana, casi pierden la vida cuando su progenitora se comió una luz roja para que la hija llegara temprano a la escuela. Pasó un mes de convalecencia en el Hospital del Maestro luego del accidente que la dejó desfigurada. Tres operaciones más tarde le dieron de alta.

—Sobreviví. Estoy a salvo, Mami. Sobrevivimos esa y las demás muertes.

Una extraña paz le cincelaba el semblante. Pestañó de nuevo. Habían pasado trece años desde la gran pérdida, desde su gran traición. Las luces de la mañana rebotaron contra su rostro color caoba como si lo lustraran. La escritora acababa de bañarse, se secaba las gotas del torso y la cara y se observaba. Contrario a lo prescrito, ella apostó a que podía ser madre, escritora y mujer y lo estaba logrando. No sabe cómo logró hacerle caso a aquella voz, la propia, que la convenció de que había más vida después de la muerte de la Madre, los divorcios; que ella podría criar a sus hijos —a los dos— con o sin la ayuda de sus padres. Logró publicar suficientes libros, dar suficientes conferencias, ganarse suficientes premios y distinciones para sacarle filo a su capacidad. La biografía de Julia era otra de sus obras terminadas. Aquel día le tocaba la última y más importante presentación.

A las siete de la noche, en el Mausoleo de Julia de Burgos que estaba en el pueblo nativo de ambas escritoras, cerraría el ciclo de celebraciones del centenario. Sacó sus pantallas estridentes, llenas de cuentas y colorines. Escogió un par, se lo probó. Ninguna era de oro ni de piedras preciosas, ni de circunspectas perlas. Sus alhajas eran juguetes que colgarse en las orejas, abalorios de madera, cuentas semipreciosas, conchas de todos los colores. Sonrió al espejo con el pelo lleno de sorullitos trenzados con los que comenzó a criar una melena de *dreadlocks* parecida a la que abandonó después de que nació la nena y muriera el hermano. Faltaban horas para la última presentación de su biografía. Otro sábado. Emplearía algunas horas en sus deberes domésticos. Tenía que hacer compra, cocinarles a los nenes, limpiar. Luego repasaría la biografía. Era extraño eso de leerse. Quién había escrito aquel libro ya no era ella. Quizás podría citar algún pasaje que anotara aquella otra escritora adolorida, la pobre, huyendo de su pena y sus traiciones, del reguerete de vida que siempre resulta cuando se existe con miedo y en medio de la precariedad. Razones tuvo de sobra para sentir todo aquello, pero ya estuvo bueno de sufrir.

—Gracias por tu muerte, Madre.

Se escuchó murmurar la frase, pensarla lentamente mientras se le escurría de los labios. Un chorro de energía le erizó la piel de todo el cuerpo. ¿Se podía acaso agradecer la muerte de una madre —todas aquellas muertes— y levantarse así de limpia sobre su estatura? ¿Mirarse al espejo, sorprendida por tanta paz? No recuerda haberse sentido así nunca. ¿Cómo se llamaba aquel estado? ¿Sería aquello la felicidad? Nada había cambiado. Seguía madre soltera cumpliendo en mil frentes, escribiendo acaso con un poquito más de tiempo desde que la Madre muriera y muriera el hermano y se fueran los maridos con su distancia estacionaria a otra parte. También desde que ella dejara de andar persiguiendo el amor como paliativo. Siguió secándose la piel mientras se observaba por dentro. ¿Acaso se sentía cumplida? No. Le quedaban muchos libros por escribir. Además, la historia de Julia permanecía desdoblándose más allá de lo que ella había podido recontar en su libro. Julia insistía en permanecer extrañamente viva, existiendo en la memoria de cada persona que amó, hirió, abandonó y detestó en sus cortos treinta y nueve años de vida. Aun así, cuando la llamaron de la Alcaldía para avisarle que preparaban la última presentación de la biografía, la escritora se sintió orgullosa de sí misma. Había cumplido lo mejor que pudo con una misión necesaria, con una deuda que ayudó a asumir a todo un país. Julia fue la primera, la más vocal y mítica de todas las escritoras del Caribe; incluso fue la más atrevida y feminista de las escritoras de Latinoamérica. Sus tribulaciones no fueron en vano y ella había ayudado a contarlas. No todo estaba narrado, pero, al menos, lo que sí pudo apalabrar serviría de punto de partida para entender el fenómeno que fue Julia. Sus cartas, diarios, ensayos y poemas caminaron siempre de la mano de la vida de su antecesora. No bastaría con leer su obra si se obviaba aquella cosa orgánica que fundía vida y versos. Su escritura siempre fue una práctica orgánica. Aquella poesía suya tan neorromántica era la banda sonora de boleros que musicalizaba su vida. Julia jamás será tan solo su escritura; fue la que inauguró una manera nueva de "escribir" sobre la faz de la tierra. Autodidacta y sin apoyo intelectual, logró convertirse en la grifa letrada, sujeto que nunca antes se había visto operando desde las costas de este salvaje y mestizo Caribe, desde esta "Afroindoamérica" del Sur. Ahora lo veía.

Por eso, los ecos de Julia no se acallaban jamás. Qué suerte tuvo de que le encomendaran la tarea de narrarla. Tuvo que pasar un siglo para que otra escritora orillera, negra letrada, pudiera asomarse al mito en que ella se convirtió para poder verle su dimensión más quebradiza y humana que era, a su vez, la más inabarcable; agradecerle el camino que ella duramente caminó; ampliar su senda también desde su escritura. Le tocó a ella. Qué ingenua fue cuando aceptó la encomienda. Qué suerte tuvo.

La escritora se aceitó las trenzas. Se dio masaje en las piernas con un cepillo de cerdas gruesas para estimular la circulación. Se aplicó las cremas, los aceites. Desde que cayó encinta por primera vez, se había olvidado de su cuerpo, de las cicatrices en su frente, la tersura de su piel, la finura de sus manos, su dulce sonrisa. Comenzaban a salirle arruguitas alrededor de los ojos. Se descubrió cinco canas, líneas de expresión cerca de la boca. Serían los cigarrillos. Los dos embarazos y las lactancias la obligaron a dejar de fumar. Regresó al hábito, pero fumando menos pitillos cada día. Algún día pararía de nuevo. Parecía una estupidez, pero desde hacía algunas semanas se le había hecho indispensable estudiarse palmo a palmo, sin prisa, como si recién hubiera descubierto que existía. Empezó a notar que aquel cuerpo vívido y palpitante era ella, que no estaba hecha tan solo de pérdidas y palabras, como antes había pensado. Su cuerpo, traspasado por la vida, la llevaba poco a poco a integrarse.

Se vestiría de blanco. Pantalones, una chaquetita, las pantallas de cauríes. Sacó la ropa para plancharla más tarde. Luego, caminó hasta la computadora. Al lado de la pantalla reposaba la biografía de Julia. Quizás seleccionaría algunos pasajes para leer en la actividad.

Dieron las cuatro de la tarde. Se vistió, se maquilló. Tan solo le restaba llamar a Mónica para cuadrar a qué hora podía llevarle a los nenes. Mónica era una compañera profesora de la universidad y madre de uno de los mejores amigos de su hija. Se atrevió a pedirle ayuda.

—Sí, nena, tráete a los nenes pa'cá. Ellos se entretienen solos. Les pido una *pizza*. Comen todos juntos, juegan algo en el Game Boy y se acompañan.

Les avisó a sus hijos que ya era hora de irse. Los nenes bajaron felices la escalera. Rompían así la rutina de siempre: estar con mamá para todos lados, a presentaciones, conferencias, museos, librerías, viajes cosas de adultos. Eso era algo en lo que debía trabajar un poco, en darles a sus niños más infancia, más cosas sencillas como ir al parque con los amigos, a las casas de sus compañeritos a jugar. Ella puede crear ese balance. Bajó las escaleras de la casa convencida de que sí podría.

Llegaron a casa de Mónica. Se encontró con la madre de su amiga, quien llegó de sorpresa a visitar. Desde que se había retirado de dentista y divorciado del marido, le sobraba tiempo para abuelear. La escritora se presentó.

—Ya nos conocemos de antes, en uno de los cumpleaños de mis nietos, no recuerdo cuál, pero nunca tuvimos la oportunidad de conversar.

—Encantada de nuevo, entonces.

—Me dice la nena que hoy presentas libro.

—Sí, en mi pueblo.

—Pues yo me niego a pasar un sábado en la noche sola, encerrada en mi casa. Por eso me vine pa'cá.

—¿Quiere acompañarme?

Le hizo la invitación por cortesía. A Mónica se le iluminó el semblante.

—Ay, nena, sí, llévatela. Desde que se divorció de Papi, esta anda rebelde y difusa, mala combinación. Le va a hacer bien distraerse.

—Niña, no pongas a tu amiga en tres y dos.

—Acompáñeme, doña Migdalia. Divorciarse después de los setenta no debe ser nada fácil.

—Pero lo hice —la señora se tomó dos segundos para pensarlo mejor—. Pues fíjate que, sí, me voy contigo. Hace tiempo que no voy a eventos culturales. Y a mí me encanta la poesía de Julia.

Doña Migdalia fue a buscar su cartera. La escritora le pidió a Mónica un vaso de agua. Estuvieron listas y caminaron hacia la puerta.

—Regresamos a las nueve de la noche.

—Tranquila, que si va a hablar algún político, de seguro la actividad se extiende. Esa gente siempre llega tarde a todas partes.

Qué bueno que no iba sola. Sola a presentaciones de libro, a conferencias, sola a festivales literarios, a entrevistas de radio, ruedas de prensa, a recoger premios y becas, sola o con los nenes. A ella también le vendría bien la compañía.

Doña Migdalia y la escritora bajaron juntas en el elevador para partir raudas hacia el mausoleo. Esta vez no necesitó encender un cigarrillo mientras conducía para hacer pasar el tiempo. Durante todo el trayecto hacia la actividad, la mamá de Mónica le montó conversación.

—La jueza lo obligó a que pagara retribuciones por los veinticinco años que le administré la oficina de dentista. Como los dos abrimos despacho a la vez, éramos codueños de la oficina. Lo justo es que me comprara mi parte. Fuimos a juicio porque no quería pagarme ni reconocer que la administración de la oficina la llevaba yo. Nunca le cobré por eso. Lo hicimos para ahorrar para los estudios de las nenas. Pero ya que él decidió cambiarme por un modelo más joven, y la nueva mujer es ahora quien le lleva la oficina, tiene que indemnizarme a mí. Ese era mi punto. La jueza estuvo de acuerdo.

—Coño, qué bueno, doña Migdalia, que prevaleció la justicia.

—Ay, sí, muchachita. Ya se lo he dicho a Mónica: lo peor del mundo es trabajar para el marido. Si hay problemas de pareja, se te caen las finanzas. Y de amor no se vive. De desamor tampoco. Mejor es que cada cual tenga su trabajo. Ahora ustedes gozan de más oportunidades.

—Unas sí. Otras, todavía no.

—Hay que ser lista para no apostarlo todo al matrimonio y a la familia.

—Eso es difícil. Aún nosotras andamos con ese cuento viejo metido en la cabeza.

—Ay, mija, es que enamorarse es tan rico. No le digas nada a Mónica, pero un pretendiente me anda merodeando.

—¡Tan rápido, doña Migdalia!

—¿Y pa' cuándo lo voy a dejar? Ya yo no soy una pollita. En el campo donde me crie hay un refrán que dice "gallina vieja es buena pa' caldo".

La escritora se echó a reír a carcajadas. Aquella señora se las traía. Le hubiera gustado que su Madre la conociera. Las tres juntas en aquel carro como tres Marías, andando de noche, solas y sueltas, contándose travesuras. Extrañó a su Madre, pero sin pena. Ya no le dolía tanto su partida. Aquella risa que soltaba al aire era también la risa de su Madre. Estaba segura de ello.

—Ya estamos cerca del mausoleo. ¿Dónde quedará el *parking*?

—Míralo ahí, lo dice el letrero, doblando a la derecha.

—Pues llegamos.

El lugar estaba repleto. La escritora tuvo que pedirle a un guardia que le indicara dónde estacionarse. Gracias al cielo, le habían separado espacio.

—Tal parece que el pueblo entero de Carolina se dio cita para acá.

—Tal parece. Es que el alcalde anunció que iban a estar regalando libros y que la escritora los iba a autografiar. Allá en la parte de atrás del anfiteatro la están esperando. Hay una filota que le da vuelta a la cuadra.

La escritora miró a doña Migdalia asombrada. Sabía que Julia tenía fanaticada, pero no previó tal asistencia.

—Espera que me retoque el pintalabios y nos bajamos del carro.

La escritora también se retocó el maquillaje. Se bajaron del auto y caminaron, todavía conversando. Entraron ambas a los camerinos del anfiteatro. Allí se topó con su editor. Se abrazaron.

—Felices los ojos, Arnaldo.

—Oye, sí. Desde que se publicó el libro y empezaron las presentaciones por la isla, no te había visto.

—Esta es mi amiga Migdalia.

—Encantado, señora.

—¿Lista para la presentación?

—Loca por que empecemos.

—A mí también me cayó mi agüita. Me endilgaron algunas entrevistas de radio. Las presenciales te las dejé a ti. Para algo fuiste quien escribió el libro. La diva eres tú.

—Los divos. Gracias, Arnaldo, por confiar en mi trabajo. Estoy feliz.

—Se te nota. De hecho, hace tiempo no se te veía tan feliz.

—Pues sí que lo estoy. ¿Dónde está la directora de Arte y Cultura? Quiero repasar unas duditas con ella.

—Está afuera, esperando al alcalde. Tú sabes, en obligaciones oficiales.

—¿Sabes si le llegaron mis datos biográficos?

—No te preocupes. Yo te voy a presentar.

—Ah, pues quedo más tranquila. Tú sabrás qué decir.

—Sí que lo sé y voy a aprovechar la ocasión. Nos tocaba a nosotros narrar a Julia. Había que hacer un pase de batón. La generación anterior se ocupó de que se valorara su poesía. La recogieron, la estudiaron.

—Pero guardaron silencio acerca de su vida.

—Es que Julia era bien compleja.

—No más que otros escritores y artistas. Si hubiese sido hombre, poco hubiera importado que tuviera amantes, más de un marido…

—O su alcoholismo.

—Qué bueno que lo entiendes, Arnaldo.

—Claro que entiendo. Además, confiaba en que tú podías narrarla sin estarla excusando.

—No hay nada que excusarle a Julia; al contrario, mucho que agradecerle.

—Muchísimo.

Dos ujieres se acercaron al grupo procurando por la escritora. La condujeron por un largo pasillo hasta una mesa en medio del proscenio de un anfiteatro al aire libre. La mamá de Mónica fue conducida a un asiento en primera fila.

—No te ocupes, yo te saco fotos con el celular.

Tomó asiento junto a la directora de la oficina de Cultura del Municipio. A su lado sentaron al editor junto al alcalde y su señora esposa. La esposa del alcalde casi no se movió mientras esperaban a que diera comienzo la actividad. Tampoco entabló conversación con los presentes, fuera del saludo introductorio.

—Parece que le molesta la faja —bromeó Arnaldo por lo bajo.

—Pórtate bien. No me hagas reír, chico.

Compostura. La directora tomó el micrófono dando las buenas noches a todos los presentes y agradeciendo su asistencia a la actividad. Pasó el micrófono al alcalde para unas breves palabras. El alcalde se puso las botas alabando el trabajo que había hecho su equipo para celebrar el centenario del nacimiento de Julia. Aquella noche era el resultado de dos años de meticulosa planificación, reuniones con el Comité del Centenario de Julia, capitaneado por la licenciada María Consuelo Sáez Burgos, hija de Consuelo, la hermana de la poeta. Aquel comité había logrado pautar celebraciones en Cuba, República Dominicana y Nueva York, lugares íntimamente ligados a Julia en donde se le lee y se le admira, porque Julia era una verdadera hija del Caribe. Pero ahora le tocaba a Puerto Rico celebrarla. Anunció los conciertos, exposiciones y la edición de las cartas inéditas y diarios de la poeta. Así el municipio de Carolina se aseguraría de que el mundo entero conociera a fondo su legado de vida y obra. La escritora aplaudió al alcalde. El público se le sumó. Tanto trabajo que le costó consultar fuentes primarias. Ahora todos los escritos estarían disponibles. No había mejor forma de homenajearla.

"Julia, la flor del pueblo, la hija de las quebradas de Carolina", el alcalde concluyó su discurso en panegíricos poéticos. Más aplausos. La directora le cedió la palabra al editor. Arnaldo contó los pormenores de su trabajo, cómo fue el proceso de gestar la escritura de una biografía de la poeta y cómo decidió luego quién era la mejor candidata para la tarea. Procedió a enumerar los méritos que lo habían convencido de que era ella quien escribiría la biografía de Julia de Burgos. La escritora bajó la cabeza. Siempre le atacaba la timidez cuando en su presencia enumeraban su preparación, investigaciones, premios y publicaciones.

¿Cómo había logrado todo aquello, las publicaciones en el extranjero, las becas? ¿Fue suerte o estaba para ella? No se lo puede explicar. Lo único que hizo fue escribir, sobrevivir, criar. Buscó oportunidades. Las más de las veces las logró concursando en certámenes que implicaban publicaciones. No como Julia. Cuando Julia escribía en la isla casi no existían editoriales. El Ateneo Puertorriqueño recién sacaba su sello Biblioteca de Autores, pero no existía aún la Editorial de la Universidad ni la del Instituto de Cultura, ni las editoriales independientes que luego fueron apareciendo una tras otra tras otra. Ahora pululaban decenas de sellos editoriales que ofrecían sus servicios a los autores, casi siempre cobrándoles por publicar su libro. Aun así, la escritora siempre insistió en que le publicaran sin tener que costearse la impresión ni divulgación de su obra. Imprimir, recoger, distribuir, cobrar. Preparar presentaciones, dar entrevistas, mercadearse. Con tanto trabajo, ¿cuándo tendría tiempo para escribir? Pero esa es la vida de una escritora en estas islas. Así es para muchos y muchas. La escritora apostó a otra estrategia. Recogió laureles que le llegaban de afuera hacia adentro. Ganó premios allende los mares que la validaron dentro del minúsculo círculo intelectual de su isla. Para algo debía servir nacer en una colonia. Si todos, hasta la izquierda ilustrada, vivían convencidos de que lo que llegaba de fuera era mejor que lo de adentro, su obra llegaría desde afuera, sin olvidar el adentro. Publicaba un libro acá y otro allá. Ganaba un premio afuera que la consolidaba adentro. Una puerta abría la otra. Fue la única estrategia que encontró para que le hicieran caso a sus libros, obras escritas por una negra retinta, sin apellido hacendado. Aquella presentación llena de público le reiteró que iba por buen camino.

Tocó su turno. La escritora se paró frente al podio. Esperó a que amainara el aplauso de bienvenida con que la recibieron. Dio las buenas noches. Ajustó el micrófono.

—Yo no sé si para ustedes, pero para mí Julia siempre fue mía. No tuve que estudiarla. Crecí con sus poemas ya en mi mente. Antes de que me enseñaran a leerla en la escuela, ya yo sabía recitarla de tanto haber oído a mi madre y a mi abuela declamar sus poemas. Sin embargo, ni en casa ni en la escuela me hablaron nunca de su vida. Por ahí se oían rumores. Julia, la "disipada", como fueron "disipados" mi abuelo, mis tíos, tantos en mi familia, en la de todos nosotros. Murió en la calle, como tantos de los nuestros hoy mueren en las calles de Nueva York. *Nunca seas Julia*, me advirtieron mientras crecía. *Apréndete sus poemas, pero nunca te apartes de la senda del bien, que incluye casa, carro, marido, profesión. Nunca le cantes a esta tierra. Es muy pequeña, te atrapará con su miseria, sus abandonos y su hambre.* Pero escribiendo este libro sobre la vida de Julia, que fue su más desgarrada y maravillosa obra, aprendí, o más bien recuperé, la historia entera de la isla y del Caribe, mi propia historia; una que me habían ocultado, que, si acaso, me habían enseñado a olvidar. La vida de Julia fue y sigue siendo la vida de todos y de todas nosotras, hijas de las parcelas; de las barriadas; de urbanizaciones de clase trabajadora llenas de gente que escapa de los campos hacia las ciudades, de las costas hacia el Norte, buscando una mejor vida que siempre queda allá, lejos; del barrio Santa Cruz a Río Piedras, de Río Piedras a Nueva York, un año en Cuba, de nuevo a Nueva York. La ruta que Julia marcó con su vida fue la ruta que aún camina todo el Caribe.

Cuando Julia murió, profesores universitarios, su última pareja, contables, empresarios y otros miembros de la comunidad hispana en la isla y en la urbe unieron fuerzas para traer su cuerpo de regreso a su pueblo natal. La desenterraron de una fosa común. Le encontraron féretro de reposo. La envolvieron en nuestra bandera. Se hicieron colectas, gestiones para recuperar a nuestra poeta y traerla de nuevo a casa.

Esta es la casa de Julia, este pueblo, este pecho, todos nuestros corazones. Julia sigue viva en nosotros. Ella recorrió su ruta para que todos la viéramos bien clara, para que aprendiéramos de sus errores, de sus contradicciones y sus aciertos; para que nos sintiéramos latir en su palabra e integremos su vida a la nuestra, abrevando en ella para marcar otros cauces.

Por eso, agradezco a todos ustedes y a Julia el haberme encomendado esta dolorosísima y mágica tarea de sentir a Julia, transcribirla. Sentirme ahogada en Julia, borracha de Julia y de su pena, que es también la mía, la de todos, es saberla hoy pena superada. Vendrán otras. Que vengan. Estoy lista para encararlas. Me acompaña hoy, mañana y siempre, Julia.

Desde las gradas empezó a levantarse un murmullo. El público, hecho una misma voz, musitaba cada vez más claro:

¡Río Grande de Loíza!... Alárgate en mi espíritu
y deja que mi alma se pierda en tus riachuelos,
para buscar la fuente que te robó de niño
y en un ímpetu loco te devolvió al sendero.

La escritora sonrió. Ella también se sabía de memoria el poema. Sumó su voz desde el podio.

Enróscate en mis labios y deja que te beba
para sentirte mío por un breve momento,
y esconderte del mundo y en ti mismo esconderte;
y oír voces de asombro en la boca del viento.

Uno a uno, el público entero se fue poniendo de pie. La escritora sintió su voz unida retumbándole en el pecho. Cerró los ojos. Juntos terminaron de recitar el poema. Entre aplausos y vítores, escuchó gritar desde el público: "¡Julia, tú eres mía, tú eres mía!".

A la escritora se le aguaron los ojos. Se abrazó el corazón. Ahora sí había concluido su tarea.

AGRADECIMIENTOS

Escribir *La otra Julia* ha sido un trabajo colectivo. Le debo mucho a personas y a instituciones que ofrecieron su asistencia en las diversas fases que tomó escribir esta novela. Debo agradecer a la Bellagio Center Residency Program de la Rockefeller Foundation por la beca que me otorgó en junio de 2019 para trabajar su primera versión narrativa. Ese primer manuscrito fue mutando a lo largo de los años hasta convertirse en su versión final. Agradezco al Dr. José Olmos Olmos, uno de los investigadores más tenaces de Julia de Burgos. Fue él quien descubrió las grabaciones de sus poemas en voz propia y un sinnúmero de cartas e inéditos que todavía me envía. El archivo de Julia de Burgos siempre estará vivo y será cambiante. No hay forma de abarcarlo en su totalidad. Gracias a investigadores como José Olmos Olmos podremos seguir encontrando trazos de Julia y de otros escritores boricuas cuyos manuscritos inéditos rondan por las calles y casas de sus familiares y amigos. La precariedad de la colonia se extiende hasta afectar nuestra memoria y los textos y objetos que la componen. La fragilidad de nuestros archivos históricos y la ubicuidad de nuestros archivos vivos —esas personas que recuerdan nuestro pasado compartido— inspiran también esta novela.

Finalmente, quiero agradecer a mis hijos Lucián y Aidara y a mi marido/compañero de vida, el artista visual José Arturo Ballester Panelli, por haberme acompañado a Bellagio a escribir *La otra Julia*. Gracias por la paciencia de vivir conmigo y con mi obsesión por escribir esta novela, por todos estos años de oírme pensarla y sentirla, por apoyarme cocinando, limpiando, paseando al perro, sosteniendo la vida mientras yo escribía. Mil gracias por todo ese amor y esa fe, José Arturo, y por apoyarme en la crianza de mis hijos mientras componía el manuscrito. Eres, en verdad, un compañero. ¡Qué suerte que existen hombres como tú!